译文经典

第六病室
Палата № 6

契诃夫小说精选

Антон Павлович Чехов

〔俄〕契诃夫 著

朱逸森 译

上海译文出版社

前　言

契诃夫如是说：

"没有明确世界观的自觉生活不是生活，而是一种负担，一种可怕的事情。"①

"文学家不是做糖果点心的，不是化妆美容的，也不是使人消愁解闷的；他是一个负有义务的人，他受自己的责任感和良心的约束。"②

"如果我是个医生，我就需要有病人和医院；如果我是个文学家，我就需要生活在人们中间，……需要有一点儿社会生活和政治生活，哪怕很少一点点也好。"③

"在艺术中，也正像在生活中一样，没有什么偶然的东西。"④

"文学上的伪善是最令人厌恶的伪善。"⑤

"那些我们称之为不朽的作家或简称之为好的作家，那些使我们陶醉的作家，他们都有一个共同的而且非常重要的特征：他们在朝着一个什么地方走，而且召唤你向着那个地方走……他们中的优秀分子都是现实主义者，把生活写成它本来有的样子，但由于每一行文字都像浸透了浆汁似的浸透着目标感，你除了生活本来的样子外还感到那种应该有的生活，而这一点也就使你心醉。"⑥

"谁真诚地认为，崇高和遥远的目标对于人来说就像对于牛一样，很少需要，而'我们的全部不幸'又全在于这些目标，——谁真诚地这么认为，谁就只好吃吃喝喝睡睡了，而一旦这些东西也使他厌烦了，他就只好先跑上几步，然后一头撞向大箱子的角上。"⑦

"我只会凭回忆写东西，而且从来直接按实际情形写生。我要让我的记忆把题材过滤一番，以便在记忆里就像在过滤器中一样只留下重要的或典型的东西。"⑧

"文艺家进行观察、选择、推测和组合——光是这些活动一开头就要提出问题；如果艺术家最初不向自己提出问题，那么他就没有什么好推测、没有什么可选择的了。……

① 《契诃夫文学书简》，朱逸森译，1988 年，安徽文艺出版社，第 85 页。
② 同上书，第 22 页。
③ 同上书，第 194—195 页。
④ 同上书，第 402 页。
⑤ 同上书，第 22 页。
⑥ 同上书，第 222 页。
⑦ 同上书，第 225 页。
⑧ 同上书，第 281 页。

如果否认创作中有问题和意图，那么就必须承认，艺术家是即兴地、无用意地受了感情冲动的影响而进行创作的；所以，如果有哪一位作家向我夸口，说他事先没有深思熟虑的意图，而是只凭一时灵感就写好了一部中篇小说，那么我就会把他叫做疯子。"①

"为公共福利尽力的愿望应当不可或缺地成为心灵的需要和个人幸福的条件。"②

"我违心过着一种归根结底是为了卢布的狭隘生活……一想到钱是我的活动中心而我是在为钱工作，我心里就极端苦闷……真该在硫酸中洗一个澡，来一个脱胎换骨。"③

"我只想诚实地告诉人们：'看一看你们自己吧，你们生活得多么糟糕和无聊！'最主要的就是要人们懂得这一点；而一旦他们懂得了这一点，他们就一定会给自己创造另一种美好的生活。"④

"资产阶级非常喜欢所谓的'正面'典型以及有美满结局的长篇小说，因为这种小说使资产阶级心安理得地认为：

① 《契诃夫论文学》，汝龙译，人民文学出版社，第 110 页。
② 安·巴·契诃夫，《作品和书信三十卷集》，莫斯科，1974—1980 年，《作品集》，第 17 卷，第 8 页。
③ 安·巴·契诃夫，《全集》（二十卷本），莫斯科，1944—1951 年，第 15 卷，第 394 页。
④ 《文学遗产》，第 68 卷，苏联科学院出版社，1960 年，第 662 页。

可以既积攒钱财，又保持清白；既做野兽，又过幸福的生活。"[1]

短篇小说家安·巴·契诃夫遐迩闻名。列夫·托尔斯泰说，契诃夫是"无与伦比的艺术家"。托马斯·曼断言："毫无疑问，契诃夫的艺术在欧洲文学中属于最有力最优秀的一类。"海明威也非常赞赏契诃夫的艺术："人们对我说，凯瑟琳·曼斯菲尔德写了一些好的、甚至是很好的短篇小说；但是，在读了契诃夫之后再看她的作品，就觉得好像是在听了一个聪明博学的医生讲的故事后再听一个尚年轻的老处女竭力编造出来的故事一样。"更有意思的是：正是这位被誉为"英国契诃夫"的凯瑟琳·曼斯菲尔德本人在写给其丈夫的一封信中却说："我愿意将莫泊桑的全部作品换取契诃夫的一个短篇小说。"而在一篇札记中她写道："如果法国的全部短篇小说都毁于一炬，而这个短篇小说（《苦恼》）留存下来了，我不会感到可惜。"在我国，契诃夫也备受推崇，一代文学宗师茅盾曾号召作家们学习契诃夫的"敏锐的观察能力"，"高度集中概括的艺术表现能力和语言的精练"。

安·巴·契诃夫（1860—1904）出生于俄国罗斯托夫省塔甘罗格市。他的祖先是农奴。一八四一年，他的祖父以三千五百卢布的赎金换取了本人和家属不再当农奴的人身自由。一八四四年他的父亲到了塔甘罗格市，成了一名店员，十余年后他自己开了一家杂货铺。契诃夫的父亲为人严厉，

---

[1] 《契诃夫文学书简》，第 257 页。

常常命令儿子们站柜台做买卖，所以契诃夫说他自己"没有童年"。一八七六年不善经营的父亲破产了，为躲债他悄悄前往莫斯科谋生，接着一家人亦相继迁居莫斯科，只留下契诃夫一人在塔甘罗格，他靠做家教维持生计，继续求学，度过了三年艰辛生活。一八七九年契诃夫进入莫斯科大学医学系学习。一八八四年，他大学毕业后在莫斯科附近的沃斯克列先斯克和兹韦尼哥罗德等地行医，广泛接触农民、地主、官吏、教师等阶层的各式人物，毫无疑问，这种生活经历对他日后的文学创作有良好的影响。

契诃夫的文学生涯开始于一八八〇年，为当年俄国风靡一时的幽默报刊撰稿，常以契洪特为笔名。一八八〇年三月幽默杂志《蜻蜓》发表了契诃夫的两个作品：《致博学邻人书》和《在长、中篇之类的作品里最常见的是什么？》。学术界普遍认为这是契诃夫文学生涯的开端。

在俄国历史上，十九世纪八十年代首先是反动势力猖獗的年代，当局百般压抑和禁锢社会思想，其荒谬到了令人可笑的地步：连"帽徽"一词也遭禁用，似乎一使用它就会触犯沙皇军队的荣誉。同样荒谬的是：当年的书报检查官常从文章或作品中删去"秃头"一词，他们认为，谁使用这个词，就是蓄意影射，是对秃顶的沙皇亚历山大三世的严重冒犯。正是在这种令人窒息的社会氛围中，庸俗的滑稽刊物上尽登载一些趣闻蠢事，供小市民茶余酒后消遣。当时契诃夫年轻，涉世不深，缺乏生活经历和创作实践，又迫于生计，乃一度迎合时尚，写了大量没有思想和艺术价值的滑稽诙谐小品。但也有一些初露年轻作家才华的作品，如《吃苹果》(1880) 和《女东家》(1882) 等。在《女东家》中契洪特描绘了两个青年农民的悲惨遭遇。

自一八八三年起，契诃夫以契洪特为笔名，写下了许多幽默佳品，如《一个官员的死》，《在钉子上》，《胖子和瘦子》，《变色龙》，《普利希别耶夫军士》等。这些优秀的幽默短篇小说内容丰富，形式完美。《在钉子上》和《一个官员的死》展示了沙皇俄国的官场丑态：强者倨傲专横，弱者低头哈腰。蛆虫般的切尔维亚科夫①及其奴才心理正是这种官场生活的产物。"瘦子"和"胖子"本是自幼相好的朋友，久别重逢，他们俩拥抱接吻，热泪盈眶，但寒暄之间身为八等文官的"瘦子"得知"胖子"已高升为"有两个星章"的"三等文官"，他顿时"蜷缩起来，弯腰曲背，矮了半截"，而当"胖子"向他伸手道别时，他"只敢握握三个指头，一躬到地"。写于一八八四年的《变色龙》告诉读者：在沙皇俄国，将军家的狗也比普通人重要，巡官奥丘美洛夫之流在有权势者的家犬前摇尾乞怜，而对老百姓却张牙舞爪。《变色龙》是契诃夫送给世人的一面镜子。在百余年后的今天，在一些"现代人"身上还有着"变色龙"的奴性。

在一八八四年至一八八六年间，契诃夫的视线转向普通劳动者，描绘他们的痛苦和不幸。《歌女》描写了"上流人"如何恬不知耻地凌辱一个无依无靠的歌女。《苦恼》是契诃夫在早期创作中实现的一次思想和艺术的飞跃，它的结尾

---

① 在俄语中，切尔维亚科夫这个姓的词干是"червь"一词，其意义为"蛆虫"。

（人向马儿诉苦）十分强烈地渲染了当年俄国社会的世态炎凉。《万卡》可以说是《苦恼》的姐妹篇。九岁童工的稚真心灵，他的学徒生活的苦楚，他对祖父和故乡的眷恋——这一切在篇幅不大的作品中巧妙地互相穿插和渗透，给读者以深刻的印象。在这些短篇小说中，欢乐俏皮的契洪特成长为严肃深沉的契诃夫了。

非凡的才华使契诃夫声誉日增。一八八八年十月帝俄科学院授予他"普希金奖金"。从发表"第一篇小东西"到荣获"普希金奖金"前后相隔仅八年半时间，俄国文坛上鲜为人知的契洪特变成了彼得堡的"红人"契诃夫。他在中篇小说《草原》里描绘祖国的大自然，思考农民的命运。在《命名日》、《公爵夫人》等作品中他鞭挞伪善、庸俗和虚荣。特别值得注意的是《公爵夫人》，它尖锐地提出社会矛盾：富有的地主及其管家们竭力剥削农民，"要从一头牛身上撕下三张皮"。自八十年代下半期起契诃夫开始写剧本。《蠢货》、《求婚》、《结婚》和《纪念日》等独幕轻松喜剧在内容和笔法上接近契诃夫的早期作品，其中有的甚至是他将自己的短篇小说改编而成的。

一八九〇年春，迫切寻求"明确的世界观"的契诃夫不顾自己身体羸弱，万里迢迢穿过西伯利亚，前往沙皇政府流放并惩罚犯人的萨哈林岛。这是一座人间"地狱"，在这里契诃夫亲眼目睹了种种野蛮、痛苦和灾难，这使他日益疏远乃至否定了那曾经占据他心灵达六七年之久的托尔斯泰哲学，也使他开始认识到为反动的《新时报》撰稿带给他的只是"祸害"，并开始纠正自己不问政治的倾向。也正是在这时契诃夫写出了震撼人心的中篇小说《第六病室》，将沙皇俄国影射为一座阴森的监狱。

一八九二年，契诃夫在梅里霍沃购置庄园并在那里定居。一八九八年起，他因病情加剧遵医嘱迁居里海边的雅尔塔。在一八九〇至一九〇〇年间，契诃夫先后去米兰、威尼斯、维也纳、巴黎等地治病、疗养和游览。一九〇一年，他同莫斯科艺术剧院的天才演员奥尔迦·克尼碧尔结婚。

从十九世纪九十年代起到二十世纪初为止，俄国社会的政治经济矛盾不断激化。在新的历史条件下，契诃夫站在民主力量这一边。一八九七年冬到一八九八年春，他反对法国反动派诬陷犹太籍军官德雷福斯，指责在此案中助纣为虐的苏沃林及其《新时报》。一九〇〇年春他协助安排政治流放犯、社会民主党人拉金到雅尔塔肺病疗养院疗养。一九〇二年春，他同柯罗连科一起抗议帝俄科学院撤销高尔基名誉院士的称号。一九〇二到一九〇四年间，他不止一次地在物质上支援为争取民主而蒙难的青年学生。许多事实表明，契诃夫晚年的民主主义思想立场越来越坚定，而这正是他的后期创作的思想前提。他的中、短篇小说和戏剧创作进入了全盛时期。《农民》、《新别墅》、《一次公差》、《在峡谷里》等作品深刻描绘了当年俄国农村的贫穷落后和野蛮，展示了农村中的贫富悬殊和矛盾，反映了劳动者的自发不满和反感。契诃夫的名剧《海鸥》、《万尼亚舅舅》、《三姊妹》、《樱桃园》也就写于此时。

十九世纪九十年代资本主义在俄国迅速发展，它提高了工农业生产力以及科学和技术水平，但同时也给广大劳动群众加重了苦难。中篇小说《女人王国》、《三年》和短篇小说《行医一例》对此作了契诃夫式的反映。

随着资本主义的迅速发展，金钱的罪恶势力渗透到俄国社会生活的各个角落，小市民习气腐蚀着人们的心灵。契诃夫一直是庸俗习气的审判者，高尔基称他是"庸俗的仇敌"。他的短篇小说《约内奇》、《醋栗》、《挂在脖子上的安娜》等都以犀利的笔触暴露庸俗，剖析知识分子的精神堕落。

在十九世纪末和二十世纪初的俄国正酝酿着一九○五年大革命，"不能再这样生活下去"的社会情绪十分强烈。契诃夫晚年在许多作品中艺术地反映了这种情绪。尽管《套中人》、《醋栗》、《牵小狗的女人》、《语文教师》、《行医一例》、《一次公差》、《新别墅》、《农民》、《未婚妻》等作品中所描绘的是极不相同的生活和人物，但它们都表明当年存在着的社会关系是不合理的，都渗透着"不能再这样生活下去"的社会情绪，洋溢着民主精神，散发出强烈的时代气息。学术界对此评价很高，认为："契诃夫的创作与俄国革命的有机联系就在于：他表现了广大民主主义阶层要求自由的迫切愿望的成熟过程，他们意识到不能在现存条件下继续生活，也就是说，契诃夫表现了当时社会形势的最本质特点之一，这种形势使革命的无产阶级能够发动并引导人民群众进行争取他们的民主思想的斗争。"[1]列宁曾经说过：革命

---

① 《安·巴·契诃夫，思想和创作探索》，格·别尔德尼科夫著，朱逸森译，华东师范大学出版社，2015年，第381页。

"是不能按照定单和协定来进行的，只有当千千万万的人认为不能再这样生活下去的时候，革命才会爆发"。①契诃夫晚年作品中的人物的觉醒正是源于当时的社会形势，他们都是一些普通人，"契诃夫为普通人写了普通人，但他是另一种生活——光明、欢快和阳光普照的生活的诗人和预言家。"②

契诃夫作为一名医生，一贯热心公益事业，关心人民疾苦，为穷苦农民免费治病。可是他的健康却每况愈下。一九〇四年六月，他的病情恶化。他在妻子奥尔迦·克尼碧尔陪伴下前往德国的巴登维勒治疗。是年七月十五日契诃夫在该地逝世，结核杆菌夺去了年仅四十四岁的杰出艺术家的宝贵生命。

契诃夫是世界文坛上一位罕见的艺术家，他的小说经受了百余年的时间检验，依然闪耀着独特的艺术光彩。描写日常生活中最平凡事情的现实主义——这是契诃夫小说的重要特征。契诃夫的着眼点总是平凡的人的日常生活，但他不作自然主义的描绘，不陷入日常生活的"泥沼"，他对生活素材认真细致地进行"观察、选择"，而在创作过程中又进行"推测、组合"，使生活素材形象化和诗化，从平平常常的似乎是偶然的现象中揭示出生活本质。

在篇幅有限的短篇小说中展示人物的心理活动和性格发

---

① 《列宁全集》，第 27 卷，第 449 页。
② 《安·巴·契诃夫，思想和创作探索》，第 379 页。

展，勾勒出他们精神面貌的变化过程，给人以完美的艺术享受——这是契诃夫小说的又一艺术特色。短篇小说的体裁特点不允许他细致多面地直接描写人物的心理活动，于是他"努力使人物的心理在他们的行动中就清晰可见"。契诃夫在创作实践中一直遵循这个原则，使篇幅有限的短篇小说能展示人物的内心世界，给读者以鲜明深刻的印象。这是契诃夫对世界文学宝库所作的一大贡献。

真挚深沉的抒情性是契诃夫小说的另一特色。契诃夫不仅真实地反映社会生活和社会情绪，描写人物的觉醒或堕落，而且巧妙地流露他对觉醒者的同情赞扬，对堕落者的厌恶否定，对美好未来的向往，对丑恶现实的抨击。他在作品中真诚地抒发情思，但做得异常巧妙：把抒情流露融化在作品的形象体系之中，安排在适当的时机和场合，即安插在作品所描绘的生活与人物已经替抒情流露准备了成熟条件的地方。

契诃夫小说还有一个举世公认的重要特色：紧凑、简练、言简意赅，"内容比文字多得多"。为求作品能严密和紧凑，他主张"用刀子把一切多余的东西都剔掉"。他的另一个见解是："在短篇小说里，留有余地比说过头好。"正因为他在创作实践中认真贯彻了这些主张，他的中短篇小说总是紧凑简练的，而形象又总是鲜明的。读他的作品，读者总有独立思考的余地，总感到回味无穷。

笑是契诃夫小说艺术的又一重要特色。列夫·托尔斯泰称誉契诃夫为"第一流的幽默作家"。富有幽默天赋的契诃夫基于其描写的人物和事件的不同性质，巧妙地发出各种具有细微感情色彩差异的笑声：这有时是欢乐愉快的笑声；有时笑声中隐含一层苦意，引起读者对人物的同情和爱怜；有时则是细腻的讥嘲或辛辣的讽刺。

契诃夫离开人世已经一百一十二年，他的小说已经经受住时间的检验，成为世界文学宝库中的珍贵瑰宝。

契诃夫永远和进步的人类在一起。

朱逸森

二〇一六年夏

目 录

为了数个小苹果

在攸克辛荷和索洛甫吉之间，在相应的经度和纬度上，小地主特里丰·谢苗诺维奇早就住在他的一块黑土地上了。特里丰·谢苗诺维奇的姓同"叶斯捷斯特沃伊斯培达捷尔"①这个词一样长，它源自一个非常响亮动听的拉丁词，它意指为数众多的人类美德中的一种。他拥有的那块黑土地的数量是三千俄亩。他的田产（它是田产，而他是地主）已经抵押出去，正在出售。田产早在特里丰·谢苗诺维奇尚未谢顶的时候就已开始出售，但一直拖延到现在，而且由于银行的轻信和特里丰·谢苗诺维奇的机灵事情很难成交。这家银行总有一天会倒闭，因为特里丰·谢苗诺维奇，同与他类似的那种人一样（这类人不可胜数），收下了卢布，但却不付利息，有时候即使付上一点，也只是拘泥于礼节，好比善心人为祈祷亡灵和建造教堂而拿出一个戈比一样。假如这个世界不是这样的世界，假如它对什么都直言不讳的话，那么，特里丰·谢苗诺维奇就不会叫做特里丰·谢苗诺维奇，而会换另外一个名字，会用称牛马的名字来称呼他了。老实说，特里丰·谢苗诺维奇是地地道道的畜生。我请他本人同意这一点。要是这个请求能传到他那里（他偶尔也读读《蜻蜓》②）他大概不至于生气，因为他是个通情达理的人，他会完全同意我的见解，而且或许到了秋天，他还会慷慨解囊派人送给我几十个安东诺夫卡苹果③，因为我没把他的长姓公之于世，这一回只限于他的本名和父名。我不打算描写特里丰·谢苗诺维奇的全部美德，这材料过长。要把特里丰·谢苗诺维奇连胳膊带腿全部容纳进去的话，那就至少得坐着写上那么长时间，就像欧仁·苏④写他的《流浪的犹太人》那本又厚又大的书所花的时间一样长。我不想谈他玩纸牌的骗人伎俩，也不谈他为了不还债和不付息所耍的种种手腕，不谈他对神甫和助祭的所作所为，甚至也不谈及他身着该隐和亚伯⑤时代的装束⑥骑马漫游全村，我只描写一个能够表明他的待人态度的小场面。他凭四分之三世纪的经验编了一段称赞这种态度的绕口令："庄稼汉，憨小子，古怪老，傻瓜蛋，'耍傻瓜'⑦，准输钱。"

在一个风和日丽的早晨（那是在夏末季节），特里丰·谢苗诺维奇在他茂盛的果园里顺着长长短短的林荫路散步，凡是能激发诗人先生们诗兴的东西都慷慨好施地大量洒落在他的四周。一切都似乎在说话和歌唱："来拿吧，人啊！趁

---

① 这个词确实很长，它的意思是"自然科学家"。

② 这篇小说发表在彼得堡幽默杂志《蜻蜓》上。

③ 俄罗斯的一种冬季苹果，有酸味。

④ 欧仁·苏（1804—1857），法国作家，写过许多篇幅极长的长篇小说。《流浪的犹太人》淋漓尽致地揭露了耶稣会的黑暗。

⑤ 据《圣经·旧约·创世记》载，该隐和亚伯是上帝所创造的第一个人亚当的两个儿子。

⑥ "身着该隐和亚伯时代的装束"的意思是"赤身裸体"。

⑦ 一种牌戏。

秋天还没有来到，欣赏作乐吧！"然而特里丰·谢苗诺维奇却无心观赏，因为他远非什么诗人。再说，这天早晨他的心正在特别贪婪地领略着阴凉梦乡的滋味，每逢他打牌输了钱，这颗心总是这样的，如果它的主人感到自己吃了亏的话。特里丰·谢苗诺维奇的忠心佣工六十岁左右的小老头卡尔普希卡大摇大摆地走在他身后，不住地朝两边张望。这个卡尔普希卡在美德方面几乎超过了特里丰·谢苗诺维奇本人。他擅长擦皮靴，更擅长把多余的狗勒死，不管什么人的什么东西，见着就偷，至于做起暗探来，谁也比不上他。由文书开了头，全村人都叫他"狗腿子"。很少有一天农民和邻居不向特里丰·谢苗诺维奇抱怨卡尔普希卡的秉性和作风，可是这些抱怨都是徒劳无益的，因为他在特里丰·谢苗诺维奇的家务上是谁也替代不了的人。特里丰·谢苗诺维奇外出散步时，总把忠心耿耿的卡尔普希卡带在身边，这样做既安全一些，也多一点快乐。卡尔普希卡有一肚子说不完的逸闻、俏皮话和有趣故事，而且要他不讲是办不到的。他总要讲些什么，只有在听别人讲有趣事情的时候才不做声。就在我们讲的这天早晨，他跟随在老爷身后，唠唠叨叨地给他讲一件事情，说是有一天，两个戴白帽子的中学生带着枪支经过果园，恳求他卡尔普希卡放他们进园子打猎，而且拿出半卢布银币引诱他，可是他非常清楚他是为谁工作的，就愤怒地拒收银币，把卡希坦和谢尔克①放

---

① 卡希坦和谢尔克是两条狗的名字。

出去咬中学生。他讲完这件事后，已经开始用鲜明的色调描绘乡村医士可恶的生活方式，然而他没有能顺利完成描绘，因为一种可疑的沙沙声从茂密的苹果树和梨树那边传到了卡尔普希卡的耳朵里。一听见沙沙声，卡尔普希卡就屏住舌头，竖起耳朵，开始倾听起来。在他确定有沙沙声，而且沙沙声又令人可疑后，他就拉了一下老爷的衣襟，箭也似的向沙沙声那边飞跑过去。特里丰·谢苗诺维奇预感到了一场小乱子，猛地一哆嗦，迈动两条老腿，跟着卡尔普希卡小步跑了起来。他们这一阵跑还是有道理的……

在园子的边缘上，在一棵枝桠茂密的老苹果树下，有个农村姑娘站在那儿，她的嘴里在咀嚼着什么。在姑娘身旁有个宽肩膀的年轻小伙子跪在地上，爬来爬去，拣起被风吹刮在地上的苹果。他把生的丢进灌木丛，把熟的放在宽大而灰白的手心里，亲热地送给他的杜尔西内娅①。杜尔西内娅显然不为她的肠胃担忧，不停地津津有味地吃着苹果。小伙子边爬边拣，完全忘掉了自己，心目中只有杜尔西内娅一个人了。

"你呀，从树上摘！"姑娘悄悄地怂恿道。

"我害怕。"

"怕什么？！狗腿子大概在酒店里呢……"

小伙子稍稍站了起来，纵身一跳，从树上摘下一个苹果，把它递给了姑娘。可是小伙子和他的姑娘，如同古代的

---

① 杜尔西内娅，西班牙作家塞万提斯所著《堂吉诃德》中吉诃德的情人，在此借喻"情人"。

亚当和夏娃一样，因为这个苹果而倒了霉①。这位村姑刚刚咬下了一小块，递给小伙子，他们俩刚刚感到舌尖上有浓烈的酸味，他们的两张脸就变歪了，随后就拉长沉下变得惨白了……这倒不是因为苹果酸，而是因为他们眼前出现了特里丰·谢苗诺维奇严厉的面孔和卡尔普希卡幸灾乐祸的嘴脸。

"你们好哇，亲人们！"特里丰·谢苗诺维奇走向他们说，"怎么样，你们在吃苹果吗？我该没有妨碍你们吧？"

小伙子取掉帽子低下头。姑娘开始细看自己的围裙。

"啊，身体怎么样，格里戈里？"特里丰·谢苗诺维奇对小伙子说，"日子过得怎么样，小伙子？"

"我只拿了一个，"小伙子低声含糊地说，"那还是从地上……"

"啊，你身体好吗，小宝贝儿？"特里丰·谢苗诺维奇问姑娘说。

姑娘更加专注地盯住她那块围裙。

"嗯，你们还没有成亲吧？"

"还没有……我们，老爷，说真的，只拿了一个，就连……那个……"

"好，好，好小子。你识字吗？"

"不识……说真的，老爷，我们只拿了一个，那也是从地上拣起来的。"

---

① 《圣经·旧约·创世记》称，上帝创造了第一个男人亚当和第一个女人夏娃后，不许他们碰那棵区别善恶的树上的果子，后来他们因偷吃禁果而遭到惩罚。

"你不识字，偷东西你倒会。不过呢，那也行，就连这个也得谢谢上帝呢。有了本事总不能丢开不用。那么你早就开始偷东西了吗？"

"难道我是偷了，是么？"

"哼，瞧瞧你那个可爱的未婚妻，"卡尔普希卡对小伙子说，"可怜巴巴地在思忖些什么呀？莫非你爱得太少？"

"你别说话，卡尔普，"特里丰·谢苗诺维奇说，"来，格里戈里，你给我们讲个故事……"

格里戈里咳了一声，笑了一笑。

"我，不会讲故事，老爷，"他说，"再说，难道我真要您的苹果？如果我想要，我可以买嘛。"

"我很高兴，亲爱的，你钱很多。好，给我们随便讲个什么故事吧。让我听听，让卡尔普听听，也让你那漂亮的未婚妻听听。别难为情，胆子大一点！贼的胆子该是大的。我说的对吗，我的朋友？"

接着，特里丰·谢苗诺维奇把两只险恶的眼睛盯住了落网的小伙子……小伙子额头上冒汗了。

"老爷，您还是叫他唱个歌吧。他这种傻瓜怎么会讲故事呢？"卡尔普希卡用他可恶的男高音刺耳地说。

"你别作声，卡尔普，让他先讲个故事。喂，你讲啊，亲爱的！"

"我不会。"

"你当真不会？那偷东西你会吗？第八诫①是怎么

---

① 据说上帝为人立下十诫，其中第八诫是"不可偷盗"。

说的？"

"您问我这些干吗？难道我知道？真的，老爷，我们只吃了一个苹果，那也是从地上拣的……"

"讲故事！"

卡尔普希卡开始拔荨麻①。小伙子很清楚他准备荨麻是干什么的。特里丰·谢苗诺维奇同与他类似的那种人一样善于体面地擅自处理。他或是把贼关进地窖囚禁一昼夜，或是用荨麻抽打一顿，或是把贼的衣服脱光后予以释放……读者，对您来说这种做法新奇吗？可是有这样一些地方，有这样一些人，对他们来说这种做法就像大马车一样平常和古老。格里戈里斜视了一下荨麻，他犹豫了，咳嗽了几声，才开口说话，然而他不是讲故事，而是胡凑。他呼哧，冒汗，咳嗽，不断擤鼻涕，讲到从前有个时候俄国的勇士们痛打卡谢依②之流并娶美女为妻。特里丰·谢苗诺维奇站在那儿听着，眼睛一直盯着讲故事的人。

"够了！"他等小伙子完全胡说八道起来时说，"故事讲得很好，不过你偷起东西来更高明。喂，还有你，美人儿……"他转向姑娘说，"你背一遍《主祷文》！"

美人脸红了，她呼吸微弱，背了一遍祷告辞，声音低得几乎听不见。

"好，第八诫里是怎么说的？"

"您以为我们拿了很多，是吗？"小伙子回答说，绝

---

① 荨麻是一种带刺的野生植物。
② 俄罗斯童话中骨瘦如柴而长生不死的恶老头。

望地挥了挥手，"要是您不相信，那我敢凭十字架赌咒！……"

"糟糕啊，亲爱的，你们连十诫都不知道。应当开导开导你们。美人儿，是他教你偷的吧？你为啥不做声呀，小天使？你该说话呀！说呀！你不说？不说话就是同意。好吧，美人儿，你就打你的漂亮小伙子吧，因为他教会了你偷东西。"

"我不。"姑娘低声说。

"你打几下。对傻瓜应该教训教训。打他，我的小宝贝儿！不愿意？好，那我就命令卡尔普和玛特威用荨麻稍许打你几下……不愿意吧？"

"我不打。"

"卡尔普，你过来！"

姑娘急急向小伙子跑去，打了他一记耳光。小伙子很尴尬地笑了一下就哭起来了。

"好样的，美人儿！你揪他的头发！揪呀，我的小宝贝儿！不愿意？卡尔普，你过来！"

姑娘就揪他未婚夫的头发。

"你别揪住不放，那样他太痛了！你拖他走！"

姑娘开始拖了。卡尔普希卡乐得发狂了，放声大笑，发出刺耳的颤抖声。

"够了，"特里丰·谢苗诺维奇说，"谢谢你，你惩罚了坏人坏事，小宝贝儿。喂，"他转向小伙子说，"你教训教训你的新娘儿……刚才是她教训你，现在该你教训她了……"

"您真想得出，老爷，真的……为什么我要打她呢？"

"什么'为什么'？她不是打你了吗？那你也该打她嘛！这对她会是有益处的。你不打？没用。卡尔普，叫玛特威来一下。"

小伙子啐了口唾沫，咯吱一声，一把捏住未婚妻的辫子，开始惩罚起坏人坏事来。他惩罚着邪恶，不知不觉地极度兴奋起来，打入迷了，竟忘记了他打的不是特里丰·谢苗诺维奇，而是自己的未婚妻。姑娘大声哀号起来。他打了很长时间。如果不是萨申卡——特里丰·谢苗诺维奇俊俏的女儿从灌木丛后跳将出来，我真不知道这件事会怎样了结。

"好爸爸，去喝茶吧！"萨申卡叫了一声。她看到了好爸爸玩的鬼把戏后，声音响亮地大笑起来。

"够了！"特里丰·谢苗诺维奇说，"你们现在可以走了，小朋友们。再见！办喜事的时候，我一定给你们送一些苹果去。"

接着特里丰·谢苗诺维奇向挨了惩罚的人深深鞠了一躬。

小伙子和姑娘理好头发走了。小伙子朝右走，姑娘朝左走，而且……一直到今天没再见过面。如果萨申卡不来的话，小伙子和姑娘就得尝尝荨麻的滋味了……请看，特里丰·谢苗诺维奇在晚年就是这么消遣取乐的。他一家子也同他差不多。他的女儿们有一个习惯：在"地位低下"的客人的帽子上拴个蒜头，在同样地位的喝醉了酒的客人的背上用粉笔写上大字："春驴①"或者"傻瓜"。他的爱子米嘉是个退役少尉，有一次在冬天他竟然超过了好爸爸本人：他伙同卡尔普希卡用柏油涂抹一个退伍兵士的大门，就因为这个兵士不肯把一头狼崽送给米嘉，还因为这个兵士似乎指使他的几个女儿拒收退役少尉先生所送的姜饼和糖果……

这样一来，你还把特里丰·谢苗诺维奇叫做特里丰·谢苗诺维奇！

---

① 地主的女儿们写别字，应是"蠢驴"。

女东家

一

两匹可爱的维亚特马①驾着一辆半篷四轮弹簧马车急速驶向马克西姆·茹尔金的农舍,沾满尘土的枯草发出簌簌沙沙的声响。车上坐着叶连娜·叶戈罗芙娜·斯特列尔科娃太太和她的管家费利克斯·阿达莫维奇·勒热韦茨基。管家敏捷地从马车上跳下,走近农舍,用食指敲了敲玻璃窗。农舍里亮起了灯火。

"谁呀?"一个老太婆的声音问道,而在窗户里露出了马克西姆的妻子的头。

"老奶奶,你出来一下!"女东家叫了一声。

片刻后马克西姆和妻子走出农舍,站在大门口,默默地向太太鞠躬,而后又向管家鞠躬。

"没想到,"叶连娜·叶戈罗芙娜对老头子说,"这一切算什么呀?"

"什么事,太太?"

"怎么什么事?难道你真不知道?斯捷潘在家吗?"

"不在家。去磨坊了。"

"他这是想干什么?我不理解这个人!他为什么要从我

家出走？"

"我们不知道，太太。难道我们会知道？"

"他太不光彩了！他使我没有了马夫！就因为他，费利克斯·阿达莫维奇不得不亲自套马赶车。太荒唐了！你们应该明白，他这简直是在胡闹。难道他嫌钱少？"

"基督才知道他是怎么回事！"老头儿一面回答，一面斜起眼睛瞧着正在向窗户里偷看的管家，"他不告诉我们，我们又不能钻进他的脑袋瓜里去。他不想干了，那就算了！他自己有主意。想必是他嫌钱少。"

"那个躺在圣像下的长凳上的是谁？"朝窗户里看的费利克斯·阿达莫维奇问道。

"是谢苗，老爷！斯捷潘不在家！"

"他太放肆了！"女东家边吸烟边说，"勒热韦茨基先生，他在我们家领多少工资？"

"每月十卢布。"

"如果他觉得十个卢布少了，我可以给他十五个！可是他一句话也不说就走了，这么做诚实吗？有良心吗？"

"我早就说过，对这种人根本就不该客气！"勒热韦茨基说。他清楚地吐出每一个音节，尽量不重读每个词的倒数第二个音节。"您把这些好吃懒做的家伙惯坏了！任何时候也不该一下子把整月的工钱发给他！这么做有什么好处？再说您又何必给他加工钱。不加钱，他也会来！是他自己讲好了来上工的！你告诉他，"波兰管家转身对马克西姆说，"他

---

① 一种产于维亚特省的身矮胸宽多鬃毛的马。

是头猪，就是这样！"

"别说了！"

"你听好，乡巴佬，受了雇佣，就得上班，不可以想不干就不干，死鬼！叫他试试，明天他敢不来！不听话，我就让他知道厉害。就连你们也都会受到惩罚。听见了吗，老太婆？"

"别说了①，勒热韦茨基！"

"你们都要受惩罚！你别再到我的办公室来，老狗！跟你们讲客气？！难道你们是人？难道你们懂得好话？只有揍你们一顿，给你们吃一点苦头，你们才会明白！叫他明天来！"

"我告诉他。为啥不告诉呢？可以告诉他……"

"你告诉他，我会给他加工钱，"叶连娜·叶戈罗芙娜说，"我可少不了马车夫。等我找到了人，那时候他要走就让他走。叫他明天一定来！你们告诉他，他这么不礼貌真叫我生气！老奶奶，也请您给他说一声。我希望，明天他会在我身边，不用我打发人来叫他。来，老奶奶，你过来一下！这给你，亲爱的！孩子大了，难管教了吧？你拿着吧，亲爱的！"

女东家从衣袋里取出一个漂亮的烟盒，从烟卷下面抽出一张黄颜色的纸币，把它递给了老太婆。

"如果他不来，"女东家接着说，"那我们就只好吵一架，那可就非常不好了。不过，我希望……你们一定要劝劝

---

① 原文为法语。

他。我们走吧，费利克斯·阿达莫维奇！再见！"

勒热韦茨基跳上马车，拿起缰绳，马车就沿着松软的道路迅速驶去。

"她给了多少？"老头子问道。

"一个卢布。"

"拿过来！"

老头子接过一张一卢布的钞票，用两只手心把它摩挲平，小心地叠好，然后把它藏进口袋。

"斯捷潘，她走了！"老头子走进屋里说，"我对他撒了个谎说你上磨坊去了。她可真吓坏了！……"

马车离远了，看不见了，斯捷潘立刻出现在窗口。他面色死白，全身哆嗦，半个身子探出窗外，举起大拳头朝远处黑黝黝的一座花园威吓了一下。那是地主老爷家的花园。他威吓了五六次，嘟哝了几句，然后就缩进屋里，砰的一声放下了窗框。

女东家离开后半个来钟头，茹尔金一家在厨房里吃晚饭。在灶台附近一张油污的桌子，桌旁坐着茹尔金和他的妻子，坐在他们对面的是马克西姆的大儿子谢苗。他是一个短期回家休假的兵士。他有一张又红又瘦的脸，一只长长的有麻点的鼻子和两只色眯眯的眼睛。他的相貌像父亲，所不同的只是头发不白头顶不秃，也没有他父亲所特有的茨冈人那样狡黠的眼睛。谢苗身旁坐着马克西姆的第二个儿了斯捷潘。他用拳头支着漂亮的浅褐色的头，什么东西也不吃，直瞅着熏黑了的天花板，一个劲儿地想着什么。斯捷潘的妻子玛丽亚给他们开饭。大伙儿默默地喝完了白菜汤。

"收走!"马克西姆看见白菜汤已经喝完就吩咐说。玛丽亚拿起桌上的空汤钵。可是她未能顺顺当当地把汤钵送上灶台,虽说灶台离得很近。她身子晃了晃,一下子倒在了长凳上,汤钵子从她手中掉落到了膝头上,又滑到了地上。她啜泣起来。

"是不是有人在哭?"马克西姆问道。

玛丽亚哭得更响了。过了一两分钟老太婆站起来,亲自去把稀饭端到桌上。斯捷潘清清喉咙站起来。

"别哭!"他咕哝了一句。

玛丽亚哭个不停。

"别哭!听见没有?"斯捷潘喊道。

"我最不爱听见娘儿们哭嚎!"谢苗大胆地嘟哝起来,搔搔他头发粗硬的后脑壳,"她号啕大哭,可是她自己也不知道哭什么!娘儿们总是这个样子。要哭,就到外边去哭!"

"娘儿们的眼泪不过是几滴水!"马克西姆说。"好在眼泪不必花钱买,是白给的。你哭什么呀!哎,别哭了!不会把你的好斯捷潘弄走的!看把你惯的!娇里娇气!过来吃稀饭吧!"

"怎么啦?别哭了!听见没有?哎……贱货!"

斯捷潘抡起手来,一拳打在了玛丽亚躺着的长凳上。亮晶晶的大颗泪珠顺着他的脸颊淌下。他抹去眼泪,在桌旁坐下,吃起稀饭来。玛丽亚站起来,在灶台后面坐下,离大家远一些。她不停抽搭着。大家把稀饭喝完了。

"玛丽亚，把克瓦斯①端上来！你得知道自己该干什么，小娘儿们！可不好意思哭鼻子！"老头儿大声说道，"你又不是小孩子！"

脸色苍白泪痕满面的玛丽亚从灶台后走来。她谁也不看，把一只盛着清凉饮料的水罐子递给了老头子。罐子在全家人手里传递。谢苗接过水罐，在胸前画了个十字，喝了一口就呛起来。

"你笑什么？"

"没什么……没什么。我想起了一件可笑的事情。"

谢苗把头朝后一仰，咧开大嘴痴笑起来。

"女东家来过了？"他斜起眼睛看着斯捷潘问道，"是吗？她说了些什么？哈哈！"

斯捷潘瞧了谢苗一眼，满脸通红。

"她答应给十五个卢布。"老头子说。

"瞧！只消你提出，就是一百卢布她也会给，一定会给的。我敢赌咒。"

谢苗挤挤眼睛伸伸懒腰。

"哎，要是我有这么个娘儿们就好了！"他接着说，"我会吸干这个妖婆！榨干她的油水！榨……"

谢苗耸耸肩膀，拍了斯捷潘一下，哈哈大笑起来。

"就这么一回事，我的亲人！你太忸怩了！我们这种人不必害羞！你是个傻瓜，斯捷潘！唉，真是大傻瓜！"

"不用说，他就是个傻瓜！"

---

① 一种清凉饮料，用麦粉、麦芽、面包屑或浆果做成。

啜泣声又传到他们耳中。

"你的娘们儿又在哭鼻子了！她醋劲十足，她怕胳肢①！我不喜欢娘儿们的尖声叫唤，就像是刀扎似的让人难受！哎，娘儿们啊，娘儿们啊！为什么上帝要把你们制造出来？为了什么？梅尔西②这顿晚餐，诸位尊敬的先生！现在要是有一点酒喝喝该多好啊，那就能够做一场好梦！在你的女东家家里一定有许许多多美酒，你怎么喝也喝不完吧！"

"你呀，谢恩卡③，你是一个没有心肝的畜生！"

斯捷潘说完，叹口气，抱起车毯，从农舍走进园子。谢苗紧紧地跟着他。

屋外一片宁静。俄罗斯的夏夜平静来临。月亮从远处的山岗后面升起，边缘泛着银光的蓬松浮云迎着月亮游去。整个淡白色的天边泛起悦目的青苍月色。闪闪的星光显得微弱了一些，好像是害怕月亮，收敛起它们微弱的亮光。潮湿的夜气从河面上升起，向四处漫延，抚摸着人的脸颊。在神甫格里戈里的木房内时钟当当当地敲了九下，钟声传遍了整个村庄。小酒店的犹太老板砰砰砰地关上窗户，把一盏油污的提灯挂到门上，街道上和庭园里不见一个人影，没有一点声响……斯捷潘在草地上铺上毯子，在胸前画个十字为自己祝福后就躺下了，把胳膊肘垫在头下。谢苗清了清喉咙，在他脚旁坐下。

"嗯，是啊……"他说。

---

① 按俄罗斯人的习惯说法，醋性重的女人怕胳肢。
② 法文"谢谢"一词的俄语读音。
③ 谢苗的昵称。

谢苗沉默了片刻，坐坐舒服点上小烟斗说：

"今天我去看了特罗菲姆……喝了啤酒，一共喝了三瓶。你想抽烟吗，斯焦巴①？"

"不想。"

"这烟草挺好。要是现在能喝喝茶就好了！你在女东家那里常喝茶吗？茶叶好吗？一定是上等名茶吧！大约要五个卢布一磅吧！有一种茶叶，买一磅要花上一百个卢布。真的，真有那种茶叶。虽说我没喝过，可是我知道。当初我在城里做店员时见过那种茶叶……有一个太太喝了那种茶。单是那清香味就值多少钱啊！我闻过。明天我们一起去见女东家吗？"

"你让我安静一下！"

"你生什么气？我不过说说话，又没骂街。你不该生气。可是你为什么不肯去呢，你这个怪人！我不明白！钱挣得多，吃得又好，酒呢，由你尽情地喝……还可以抽她的烟，喝喝好茶……"

谢苗沉默一会儿后又继续说：

"她长得又俊俏。跟老太婆勾搭，那是倒霉的事情，可是跟这一位……那真是福气！"谢苗啐一口唾沫，沉默了一会儿。"这个娘儿们好比是一团火！一团烈火！脖子真可爱，软乎乎的……"

"可要是昧了良心造孽呢？"斯捷潘忽然翻动身子问谢苗。

---

① 斯捷潘的小名。

"造孽？哪来什么孽？穷苦人干啥都不造孽。"

"穷苦人也得下地狱，如果……再说，难道我是穷苦人？我不是穷苦人。"

"可是这又算得了什么罪孽？又不是你去找她的。是她自己来勾搭你的嘛！你真是一个稻草人。"

"你是强盗，尽说些强盗话……"

"你真蠢！"谢苗叹气说，"真蠢！有福不会享！没有情感！大概，你钱太多，不要钱……"

"钱，我要，可是别人的钱我不要。"

"你又不是去偷。她自己会给你，她的那只小手会把钱送给你。算了，跟你这种傻瓜没什么可说的！同你说话，就像拿豌豆朝墙上撒一样，白费劲……算是白费唾沫。"

谢苗站起身来，伸伸懒腰。

"你会后悔的。可后悔就晚了！从今以后我不同你往来了。你不是我的弟弟。见鬼去吧！……去张罗你那头蠢母牛吧！……"

"玛丽亚是母牛？"

"是母牛。"

"哼……可你呀，你连给这头母牛做脚掌都不配！你给我走开！"

"本来这件事会对你好，对我们大家也会好。傻瓜！！"

"走开！"

"走开就走开……有人揍你一顿才痛快呢！"

谢苗转过身，慢腾腾地朝农舍走去，嘴里打着唿哨。大约过了五分钟，斯捷潘附近的草窸窸窣窣响起来。斯捷潘抬头一看：玛丽亚正向他走来。玛丽亚走到他跟前，站了一会后就在他身旁躺下。

"斯焦巴，你别去！"她开始小声说话。"别去，亲爱的！她会毁了你！这个该死的女人，她已经有了一个波兰人，还嫌少，还要你。你别去她那儿，我的好斯焦巴！"

"你别管！"

玛丽亚的泪水像小雨一样滴落到斯捷潘的脸上。

"你别把我毁了，斯捷潘！别作孽。你只爱我一个，不要去找别人！上帝让你同我成亲，你就要跟我一块儿过。我孤苦伶仃……只有你这么一个亲人。"

"真讨厌！啊……恶魔！我已经说过我不去啦！"

"这就好了……你别去，亲爱的！我已经有喜了，好斯焦巴……不久孩子就要出生……你别丢下我们不管，上帝会惩罚你的！公公和谢苗一心想打发你到她家去，你别去……别理睬他们……他们是畜生，不是人。"

"你睡吧！"

"我这就睡，斯焦巴……我睡。"

"玛丽亚！"这是马克西姆的声音，"你在哪儿？快去，婆婆在叫你！"

玛丽亚跳起身来，理理头发朝农舍跑去。马克西姆慢慢地走近斯捷潘。他已经脱去了外衣，穿着内衣的他活像一个死人。月光在他的秃顶上闪亮，照着他两只茨冈人一般的眼睛。

"女东家那边你是明天去？还是后天去？"他问斯

捷潘。

斯捷潘不答话。

"如果你去，那就明天去，而且要早一些。也许，那几匹马一直没人刷洗。你可要记住：她已经答应给你十五个卢布。只给十个卢布的话，你就别去。"

"说啥我也不去。"斯捷潘说。

"这又是为什么？"

"没什么……我不想去……"

"究竟是为什么？"

"您自己清楚。"

"哦……你小心一些，斯焦巴，可别叫我这么大岁数还来揍你！"

"您就打吧！"

"可以这么回答爹娘的话吗？你这是在同谁说话？你可要小心！乳臭还没有干，就对父亲无礼。"

"我不去，就是不去！你是信教的，可就是不怕作孽。"

"傻瓜，我正打算让你分家另过！要不要盖新房子？你说，木料找谁要？找斯特列尔契哈①要，是不是？钱向谁借？是不是向她借？她既会给你木料，又会给你钞票。她一定会奖赏你的。"

"让她去奖赏别人吧！我不要她的奖赏。"

"我要用鞭子好好揍你一顿。"

---

① 农民对女地主斯特列尔科娃的俗称。

"您揍吧！揍吧！"

马克西姆笑一笑伸出胳膊。他手中捏着一根鞭子。

"我真要揍了，斯捷潘！"

斯捷潘转过身去，做出一副好像是别人在妨碍他睡觉的样子。

"你不去？当真不去？"

"真的不去。若是我去的话，就让上帝把我活活打死。"

马克西姆扬起胳膊，斯捷潘顿时感到肩膀上和脸颊上一阵剧烈的疼痛。他跳了起来，像发了疯一样。

"别打了，亲爹爹！"他大声喊叫，"别打啦！你听见没有？别打了！"

"什么？"

马克西姆想了想，又抽了斯捷潘一鞭，紧接着又抽了第三鞭。

"父亲吩咐你去，你得听父亲的话，一定得去！你这个混蛋！"

"别打了！你听见了吗？"

斯捷潘坐在毯子上号啕大哭起来。

"我去！好！我去……不过，你记着：你不会有好日子过的！你会遭诅咒的！"

"好吧。你去是为你自己，又不是为我。要盖新房子的不是我，是你！我说过要揍你一顿，这不就揍了你一顿吗？"

"我……我去！只……只是你以后会想起这根鞭

子的。"

"好吧，你就吓唬吧！你再对我说一句！"

"好……我一定去……"

斯捷潘不再大声痛哭。他翻了个身，脸朝下，小声地抽泣着。

"瞧你两个肩膀耸个不停！哭得好惨啊！你就多哭会儿吧！你明天一早就去，先预支一个月的工钱。你已经干过四天活，也要她付工钱。这四天的工钱足够你母马买一块头巾。你挨了一顿鞭子，但别生气，我是爹……我想打就打，想饶就饶。就是这么回事……睡吧！"

马克西姆抚摸一下胡子，转身朝农舍走去。斯捷潘好像听见马克西姆一进屋子就说："我揍了他一顿！"接着又听见了谢苗的笑声。

在神甫格里戈里的农舍里响起了悲戚的钢琴声：神甫的女儿通常每天晚上八点多钟练琴。奇怪的低微琴声传遍了整个村子。斯捷潘站了起来，跨过篱栅，顺着街道走向河边。河水亮晶晶的像水银一样。水面上倒映出天空、月亮和星星。四周宁静死寂，没有一丝响动。只有一只蟋蟀偶尔叫上几声……斯捷潘在河岸上坐下，就坐在河水上方。他用拳头支着头，阴郁的想法一个接一个地在他的脑海中出现。

在河对面耸立着一些高大匀称的白杨树，它们团团围住地主家的花园。树木之间隐约可见地主家的一扇窗户里的灯光，大概是女东家尚未安睡。斯捷潘坐在河岸上思忖着，一直到燕子开始在河面上飞翔的时候才站起来，那时闪耀在河水中的已经不是月亮，而是初升的太阳。斯捷潘用河水洗了脸，站起身来朝着东方祈祷了一阵，迈开步子坚决而又迅速地走向浅滩。他涉渡浅滩走向地主家的院子……

二

"斯捷潘来了吗？"第二天叶连娜·叶戈罗芙娜一睁眼就问道。

"来了！"女仆回答说。

"啊……很好。现在他在哪儿？"

"在马厩。"

太太跳下床来，很快穿好衣服，去饭厅喝咖啡。

看外貌，斯特列尔科娃还年轻，显得比她的岁数小。不过，她的那双眼睛泄露了她的秘密：她已经度过了女人一生中的妙龄，有三十开外了。在她褐色的眼睛里有一种深沉而多疑的神情，这不像是女人的眼睛，倒像是男人的。她不美，却招人喜欢。她脸庞丰润，气色健康，讨人喜爱。她的脖子（谢苗曾经讲起过）和胸部都非常漂亮。倘使谢苗懂得小手纤足的价值，他决不会不提一提这位女地主的纤足和小手。她的衣着素雅飘逸，是夏令服装。她的发式是最普通的。

斯特列尔科娃为人懒散，不喜欢花功夫梳妆和打扮。她住在哥哥的庄园里。她哥哥是一个单身汉，定居在彼得堡，很少想到自己的庄园。斯特列尔科娃打从和丈夫离婚后一直住在哥哥的庄园里。她的丈夫斯特列尔科夫上校是个高贵的人，也住在彼得堡。他对妻子的思念甚至还不如她哥哥对自己庄园的关心。斯特列尔科娃和丈夫一起生活不满一年就分手了。在婚后的第二十天她就对丈夫变了心。

斯特列尔科娃刚坐下喝咖啡，就吩咐人去找斯捷潘。斯捷潘来了，站在饭厅门口。他脸色苍白，头发蓬乱，活像一头被逮住的狼，目光凶狠阴沉。女东家瞟了他一眼，脸上泛出一阵红晕。

"你好，斯捷潘！"她边说边给自己斟咖啡，"你倒说说，你这搞的是什么把戏？你为什么走啦？才做了四天就走了！也不说一声。你应该请示一下嘛！"

"我请示过的。"斯捷潘闷闷地说。

"请示了谁？"

"费利克斯·阿达梅奇。"

斯特列尔科娃沉默片刻后问道：

"你生气了，是吗？斯捷潘，你回答呀！我在问你！你生气了吗？"

"要不是你说了那种话，我是不会走的。我是来管马的，不是来……"

"我们不谈这件事了……是你没听懂我的意思，就这么回事。你生气是不应该的。我没说什么特别的话，即使我说了一些什么，那你……那你……须知我毕竟……我有权利多说几句嘛……嗯……我给你加工钱。我希望，我与你之间不再有什么误会。"

斯捷潘转身往外走。

"慢着，别忙！"斯特列尔科娃把他叫住，"我话还没说完呢。是这么回事，斯捷潘……我这儿有一身新的马车夫衣服。你拿去穿上吧，你现在身上穿的太不像样了。我这儿有漂亮的衣服。我叫费奥多尔给你送去。"

"是。"

"你这张什么脸呀……还在生气？难道真受了那么大的委屈？够啦……我可什么也没……在我这儿你会过得挺好的……一切都会使你称心满意。别生气……你不生气了吧？"

"我们这种人难道可以生气？"

斯捷潘一摆手眨起眼来，他把脸扭了过去。

"你怎么啦，斯捷潘？"

"没什么……难道我们可以生气吗？我们是不可以生气的……"

女东家站起身来，做出一副关心的样子，走到斯捷潘跟前。

"斯捷潘，你……你哭了？"

女东家拉着斯捷潘的衣袖。

"你怎么啦，斯捷潘？你怎么啦？你说话呀，真是，谁欺侮你了？"

女东家眼眶里涌出了泪水。

"你说话呀！"

斯捷潘摆摆手，使劲眨眼，竟号啕大哭起来。

"太太！"他喃喃地说，"我会跟你好的……叫我怎么样都成！我答应了！但是你什么也别给他们，那些该死的！一个子儿也别给，一块小木片也别给！我样样都答应你！我把灵魂出卖给魔鬼，可你什么也别给他们！"

"他们是谁？"

"我父亲和哥哥。一块小木片也别给他们！让他们活活气死才好，这些该死的！"

女东家微微一笑，擦净眼泪放声大笑起来。

"好，"她说，"你走吧！我马上差人给你送衣服去。"

斯捷潘走出饭厅。

"他傻呵呵的，太好了！省得我表白了……他先开口说跟我'好'……"女东家暗自想道。她目送斯捷潘离去，欣赏着他宽阔的肩膀。

夕阳在黄昏时分把天空染得通红，给大地涂上一层金黄色。斯特列尔科娃的两匹马出了村子，朝着远处的地平线发疯似的奔驰在一望无际的草原大道上……四轮弹簧马车滚滚跳跳地像一只小球似的，一路上它无情地撕扯那些冲大道垂下沉甸甸的穗子的黑麦，斯捷潘坐在赶车人的位置上，疯狂地鞭打马匹，看样子他像是非把缰绳一寸一寸地拉断不可。他的装束很讲究，看得出来为他这身打扮是花了不少时间和金钱的。一身用价格不菲的绿绒和红色斜纹布做成的衣服紧裹在他结实的身体上，他胸前挂着一条有垂饰的表链。皮靴的靴腰用最地道的靴油擦得锃亮。一顶插有孔雀毛的帽子轻巧地戴在他卷曲的浅褐色的头发上。他脸上露出一种麻木顺从的神情，但他又是怒气冲冲的，两匹可怜的马儿成了他泄愤的牺牲品……女东家展开四肢躺在马车上，畅快地呼吸着有益于健康的空气。她的脸颊上现出青春的红晕……她在充分享受着生活的乐趣……

"太好啦，斯焦巴！太好啦！"她叫道，"就该这么抽！叫它们快跑！快得像风！"

要是轮子之下是石头，这石头准会进出火星……村子离他们越来越远了……农民的小屋不见了，地主家的谷仓不见了……不久，连钟楼也看不见了……最后，村子变成了一条烟雾迷蒙的长带，淹没在远方。可斯捷潘仍在不停地赶马。他一心想离罪孽远一些，他害怕作孽。可是，不行，这罪孽就坐在他背后，就在马车上。斯捷潘逃不掉了。就在这天晚上他出卖了自己的灵魂，草原和天空都是见证人。

十点多钟，马车又疾驰在返途上。拉边套的马瘸了腿，辕马浑身泛起泡沫。女东家坐在马车的一角，眼睛半睁半闭，身子蜷缩在斗篷里。她的双唇露出满足的微笑。她的呼吸轻松平和。斯捷潘一边赶车一边想：这下子他完蛋了。他头脑里空空洞洞昏昏沉沉，郁闷在啃啮他的心灵……

每天傍晚，斯捷潘总要把两匹洗刷得干干净净的马牵出马厩，套上四轮马车，朝花园栅门赶去，容光焕发的女东家从栅门里走出来，登上马车，于是就开始疯狂的疾驰。没有一天不是这样。斯捷潘也真是倒霉：没有一天是傍晚下雨让他可以不出车的。

有一次，斯捷潘从草原上赶车回来后走出院子，在河岸上溜达。同平日一样，他头脑里昏昏沉沉空空洞洞，心头郁闷。夜色美丽宁静，一阵阵轻淡的香气在空中飘荡，温柔地抚着斯捷潘的脸。斯捷潘想起了自己的村子，这村子就在河对面，黑糊糊的一片就在他眼前。他想到自家的农舍、菜园、马儿；还想到那条长凳，在那条长凳上他同玛丽亚睡在一起，感到十分满足……想到这一切斯捷潘觉得心痛如绞……

"斯焦巴!"他听到一个微弱的声音。他回头一看,玛丽亚正在朝着他走来。她刚涉水过来,手上还提着一双鞋子。

"斯焦巴,你为什么走了?"

斯捷潘呆板地看了她一眼就把脸转开。

"我的好斯焦巴,你把这个孤儿交给谁呀?"

"别缠着我!"

"我的好斯焦巴,老天爷会惩罚你的!会惩罚你的!他会叫你不得好死,连忏悔也来不及。你等着瞧吧!你还记得吗,当初特罗菲姆大叔跟一个当兵人的老婆住在一块儿,他后来是怎么死的?你还记得吗?老天爷保佑你吧!"

"你干吗缠着我?哎……"

斯捷潘朝前走了两步,玛丽亚伸出双手揪住他的上衣。

"我是你的老婆,斯捷潘!你不能就这样把我丢弃!我的好斯焦巴!"

玛丽亚号啕大哭起来。

"亲爱的!我情愿给你洗脚,喝你的洗脚水!咱们一起回家去吧!"

斯捷潘挣脱玛丽亚的手,打了她一拳。出于内心痛苦他随手打了一下,但这一拳却正好打在了她的腹部。玛丽亚喊叫了一声,捧着肚子坐到地上。

"哎哟!"她痛苦地呻吟着。

斯捷潘直眨眼,朝自己的太阳穴打了一拳,头也不回地走向大院。

他回到了马厩。在长凳上躺下,把枕头压在头上,伤心地咬了一口手。

这时候女东家正在卧室里用纸牌占卦，卜算着明天傍晚的天气好不好。纸牌告诉她：天气会很好。

三

勒热韦茨基在邻居家做客过夜，一清早他坐着马车回家。大约至多是凌晨四点钟光景，太阳尚未升起，勒热韦茨基感到头脑里闹哄哄的。他赶着马车，身子有些摇晃。有一半路程他必须穿过树林。

"见鬼！莫非有人在砍树？"他想道。他的车子已经驶近他在那儿当管家的庄园。

从树林深处传来砍伐树木和折断树枝的声响。勒热韦茨基侧耳倾听，他思忖了一下，骂了一句，笨拙地下了轻便马车走向树林深处。

谢苗·茹尔金正坐在地上用斧头砍劈嫩绿的树枝，而在他身旁已经有三棵赤杨树被砍倒在地上，一匹套在板车上的马儿正在一旁吃草。勒热韦茨基看见了谢苗。霎时间醉意和困倦全部消失了，他脸色苍白，向谢苗跑去。

"你在干什么？啊？"他叫喊道。

"你在干什么？啊？"回声接应着。

谢苗却一言不发，点上烟斗继续干他的活儿。

"我问你，下流坯，你在干什么？"

"难道你看不见？莫非你眼睛瞎了？"

"什——么？你说什么？再说一遍！"

"我是说：你给我走开！"

"什么？什么？什么？"

"你给我走开！没啥可以大叫大嚷的……"

勒热韦茨基的脸涨红了，他耸了耸肩膀。

"你是什么人？你怎么敢这样？"

"我就是敢！你是什么东西？我不怕！你们这种人多的是！要是见着一个就巴结，那不太麻烦了吗？"

"你怎么敢砍树？这树林是你的？"

"也不是你的呀！"

勒热韦茨基扬起短皮鞭，但他并未抽打，因为谢苗向他扬了扬斧头。

"你可知道，坏蛋，这是谁家的树林？"

"知道！这是斯特列尔契哈的树林。我会同斯特列尔契哈说。是她的树林，我会向她回话。可你算是啥东西？听差！堂倌！我不认识你。你这个过路人，你走你的路去吧！起步走！"

谢苗把烟斗在斧子上敲了敲，嘲弄地一笑。

勒热韦茨基向马车跑去。他一拽缰绳，车子就箭似的向村庄飞去。在村子里他找了好几个见证人，同他们一起驰向犯罪地点。见证人碰上谢苗正在干他的活儿。这事顿时沸腾起来。村长、副村长、文书、乡警等都来了，写下了好几份公文，勒热韦茨基签了名，也叫谢苗画了押。谢苗只管在一旁窃笑……

午饭前谢苗来见女东家。女东家已经知道砍树的事。谢苗见了女东家也不问候，张口就说日子不好过，说波兰人打他，说他只砍了三棵小树，等等。

"你怎么敢砍别人家的树林？"女东家十分生气。

"真是吃够了他的苦头啦！"谢苗嘟哝道，他欣赏着女东家愤怒的样子，心里想着一定要整治整治这个波兰人，"你一说话，他扬手就打！难道可以这样做吗？而且他一心要打人家的脸。不可以这样……我们也都是人。"

"我问你，坏蛋，你怎么敢砍我的树林？"

"太太，这是他在您面前胡说！我，确实……砍过……我承认……可是他凭什么打人？"

贵族的血在女东家身上沸腾起来了。她忘记了谢苗是斯捷潘的哥哥，忘记了她自己的高尚品格，忘记了世上的一切，她打了谢苗一记耳光。

"你给我滚，土头土脑的家伙！"她叫道，"滚出去！立刻给我滚！"

谢苗显得局促不安，他怎么也没有料到会有这么一场吵闹。

"再见，太太！"他深叹一口气说，"该怎么办呢，太太，该怎么办？"

谢苗嘟哝着走了出去。他走到户外时甚至忘了把帽子戴上。

约莫过了两个多钟头后，马克西姆来见女东家。他的脸拉得长长的，眼睛是阴沉沉的。从他的面容可以看出，他此来是要说几句犯上的话，或者是干一件放肆的事。

"你有什么事？"女东家问。

"您好，太太！我，太太，主要是求您点事。求您给一点木材，太太，我要给斯捷潘盖房子，可是没有木料。请您给我一点木材吧！……"

"那有什么！行啊！"

马克西姆喜笑颜开。

"要盖房，可是没有木材。真糟透了！这好比你坐下来吃菜汤，可是没有菜汤。嘻嘻……您赏一点木材和薄板吧……刚才谢苗在这儿说话放肆……您可别生气，太太！傻瓜终究是傻瓜。满脑子的浑劲……不懂事。他就是这种人！请问太太，我们可以来取木料吗？"

"来取吧！"

"那么请您关照一下费利克斯·阿达梅奇吧！求上帝保佑您健康！斯焦巴会有房子住了！"

"不过，茹尔金，我要价是很高的！你自己知道，木材我不卖，我自己要用。我要是出售木材的话，价钱是很贵的。"

马克西姆的脸沉下来了。

"这话是什么意思？"

"就是这个意思：第一，立即付款；第二，……"

"出钱买，我不要。"

"那你要怎么样？"

"很清楚么，您自己明白。如今种田人哪有什么钱？就连小子儿也没有一个。"

"我不能白送。"

马克西姆把帽子捏在拳头里，眼望着天花板。

"您这么说是当真的？"他沉默片刻后问道。

"是的。你还有什么要说的？"

"有什么可说的？您不给木料，我何必跟您多说？再见！您不给木料是不对的……您会后悔的……我毫不在乎，可您会后悔的……斯捷潘在马厩吗？"

"不知道。"

马克西姆意味深长瞧了女东家一眼，嗽嗽喉咙，迟疑一下就走了出去。他气得全身哆嗦。

"原来你是这样的，骗子！"他想着朝马厩走去。这时斯捷潘坐在马厩里的一条长凳上，懒洋洋地刷洗着站在他面前的马。马克西姆不进马厩，他站在门口。

"斯捷潘！"他说。

斯捷潘不答话，也不看父亲一眼。马儿摇动了一下身子。

"你收拾一下回家去！"马克西姆说。

"我不想回去。"

"你可以对我说这种话吗？"

"既然我说了，那可见是可以说的。"

"我命令你回去！"

斯捷潘跳起身来，冲着马克西姆的鼻子砰的一声关上了马厩的门。

晚上村里的一个小男孩跑来告诉斯捷潘：马克西姆把玛丽亚赶出家门，玛丽亚不知道该上哪儿过夜。

"现在她正在教堂旁边哭呢！"小男孩说，"有一群人围着她，大家都在骂你。"

第二天早晨，当地主家的人都在梦乡中的时候，斯捷潘穿上他那身旧衣服，回自己的村里去了。教堂的钟声在召唤人们去做弥撒。那是一个明亮欢乐的星期天早晨，是寻欢作乐的好时光。斯捷潘走过教堂，呆板地看了一眼钟楼，就迈步向酒店走去。不幸得很，酒店的门总比教堂开得早，斯捷潘走进酒店时，柜台旁边已经有人在喝酒了。

"伏特加！"斯捷潘吩咐道。给他斟满了一杯伏特加，他一饮而尽。稍坐一会后他又干了一杯。他醉了，开始请别人喝酒。一场热闹的狂饮就这么开始了。

"你在斯特列尔契哈家挣很多钱吧？"西多尔问。

"该挣多少就挣多少。你喝吧，蠢驴！"

"好呀！为节日干杯，斯捷潘·马克西梅奇！为星期日干杯！您怎么不喝呀？"

"我也……我也喝……"

"我很高兴……这种事，老实说，是很不坏，很迷人，斯捷潘·马克西梅奇！是啊……请容许我问您一句：十个卢布工钱总有的吧？"

"哈哈！难道做老爷的能靠十个卢布过日子？你这是什么话？他挣一百卢布呐！"

斯捷潘看了一眼说这话的人，认出是哥哥谢苗。谢苗坐在墙角落里的长凳上喝酒。从谢苗的背后探出教堂诵经士马纳富伊洛夫的醉脸，他在奸险地微笑。

"请问您，老爷，"谢苗脱下帽子说，"女东家的马儿好不好？您喜欢吗？"

斯捷潘默默地给自己斟上一杯伏特加，默默地喝了下去。

"该是很好的马儿，"谢苗接着说，"只可惜她没有马夫。没有马夫就不那么对劲了……"

马纳富伊洛夫走到斯捷潘跟前，他摇了摇头说：

"你……你……是猪！猪！你不觉得这是造孽？诸位正教徒啊！他不觉得这是造孽！可《圣经》里是怎么写的，啊？"

"让我安静一下，傻瓜！"

"傻瓜……算你聪明！马夫，可是不管马。嘻嘻……她还给您咖啡喝吧？"

斯捷潘抢起酒瓶，朝马纳富伊洛夫的大脑瓜砸了过去。马纳富伊洛夫摇晃了一下接着说：

"爱情！这是多么好的感情呀……哎哎……可惜的就是不能拜堂成亲……要不然就当上老爷了！"

一阵哄堂大笑。斯捷潘又抢起酒瓶砸了一下那个大脑瓜。马纳富伊洛夫摇晃了一下，这一回他可是倒下了。

"你为什么打人？"谢苗叫喊着向弟弟扑去，"你先跟她结了婚再来打人吧！伙计们，他为什么打人？我问你，你为什么打人？"

谢苗眯细眼睛，一把抓住斯捷潘的胸口，对着上腹就是一拳。马纳富伊洛夫站了起来，在斯捷潘眼前舞动他长长的手指。

"伙计们！打架了！真的，打架了！使劲呀！"

酒店里人声鼎沸。说话声和哄笑声混杂在一起。

已经有一大群人围在酒店门口。斯捷潘揪住马纳富伊洛夫的衣领，用力把他朝门口一推。诵经士发出尖声喊叫，像一只球似的滚下台阶。哄笑声更响亮了。酒店里人挤得满满的。西多尔也管起闲事来了，他自己也不知道为什么朝斯捷潘背部打了一拳。斯捷潘抓住谢苗的肩膀，把他朝门口一推，谢苗一头撞上了门框，他冲下台阶，跌倒在地，汗湿的脸栽到了泥土里。他的弟弟紧紧追上，踩着哥哥的肚子跳了起来，凶狂地高兴地跳，往高里跳，跳了很久……

响起了赞美诗《值得崇敬》的乐声。斯捷潘往四下里一看，在他的周围净是一张张丑八怪似的笑脸，一张比一张醉，一张比一张邪。大量的丑脸！谢苗从地上爬起，蓬头散发，血迹斑斑，他捏紧拳头，一脸凶气。马纳富伊洛夫躺在尘土里哭泣，灰尘迷了他的眼睛。天知道这里出了什么事。

斯捷潘打了个冷战，脸色煞白，像疯子似的拔腿就跑。许多人在后面追他。

"抓住他！抓住他！"人们在他身后叫喊。"抓住他！他打死人了！"

恐惧笼罩了斯捷潘。他觉得，要是他被追上，准会被打死。他跑得更快了。

"抓住他！抓住他！"

他不知不觉跑到了父亲家门口。大门敞开着，两扇门被风吹得摇摇晃晃……他跑进了院子。

在离大门不远的地方有一堆刨花和木屑，上面坐着他的玛丽亚。她把双腿盘在身子底下，两条软弱无力的胳膊伸向前方，两只眼睛紧盯着地面。斯捷潘一看到玛丽亚，在他的惊惶昏醉的头脑里忽然闪现一个清醒的念头……从这个地方逃走，逃到远远的地方，带上这个脸色死白受尽委屈他所热爱的女人逃。远远地离开这些恶魔，比方说，逃到库班去……库班那地方多好啊！要是彼得舅舅信上写的都是真的，那么库班草原该是一个非常奇妙的广阔天地！那儿的生活更畅，夏日更长，人更勇……起初他们俩，斯捷潘和玛丽亚，他们俩将做雇工，之后就可以置办起自己的土地。在那里同他们在一起的不会再有长着茨冈人眼睛的秃头马克西姆，也不会再有醉醺醺的笑起来一脸阴险的谢苗。

他这么想着来到了玛丽亚跟前，在她面前站住……可是酒醉了的他头昏眼花周身酸痛……他勉勉强强地站着。

"去库班……那个……"他的舌头失去了说话的能力，"去库班……到彼得舅舅那儿去……你知道吗？就是常常写信来的那一个……"

可是已经不行了！去库班的希望破灭了……玛丽亚抬起祈求的眼睛，看着他那张苍白癫狂的脸，这脸的一半被蓬乱的头发遮住了。她站起身来，两片嘴唇颤抖着……

"是你，强盗？"她哀号起来。"是你吗？该是在酒店里把你这张丑脸打出血了吧？该死的家伙！你这个刽子手！你榨尽了我的血汗！让你这个坏蛋在阴间也遭这种罪！你把我这个孤苦伶仃的人活活害死了！……你，斯焦巴，你是杀人凶手！圣母一定会惩罚你的！你别忙！这件事你难逃恶报。你以为只有我一个人受苦？你想错了……你也会受苦的……"

斯捷潘的眼睛又眨起来了。他摇晃了一下。

"别说了！看在基督的面上！"

"酒鬼！我知道你喝酒用谁的钱……我知道，你这个强盗！你是高兴才喝酒的吧？你快活，是吧？"

"住口，玛希卡①！住口……"

"你来干什么？你要什么？你是来吹嘘的吧？我们都知道，不用你吹嘘……全村人都知道……不是吗，成天都在拿你，该死的，拿你来挖苦我……"

斯捷潘跺跺脚，身子摇晃了一下，用胳膊肘推了一下玛丽亚，两眼炯炯发光：

"住嘴！听见没有？别撕扯我的心了！"

"我要说！你要动手？好吧……你打吧……打我这个孤儿吧！反正一样死……还能指望你疼我？你尽管打吧……把我打死吧，强盗！你还会要我？你现在有太太了……她有钱……她漂亮……我是贱人，她是贵族……你为什么不打，强盗？"

斯捷潘抡起胳膊朝玛丽亚那张气愤得变了形的脸打了一拳。醉汉的这一拳正好打在了太阳穴上。玛丽亚身子摇晃了一下，一声不响地倒在地上。就在她倒下的当口斯捷潘又当胸打了一拳。

丈夫俯向已经死去的妻子的温热身躯，混浊的眼睛看了看她痛苦的脸庞。他什么也不明白，在死尸旁坐下。

太阳高挂在农舍上空，像火烤一般地照晒着。风也变热了。一大群人哆哆嗦嗦地围着斯捷潘和玛丽亚。令人难受的郁闷弥漫在炎热的空气里。这儿发生了一件人命案子，人们都看到，也都明白，就是不相信自己的眼睛。斯捷潘混浊的眼睛不住地环视人群，牙齿咯咯作响，语无伦次地嘟哝着。

―――――――――――――

① 玛丽亚的爱称。

没有人动手捆绑斯捷潘。马克西姆、谢苗和马纳富伊洛夫三人彼此紧挨着站在人群里。

"他为什么打死她？"脸色死白的他们问道。

大声哀号着的母亲在人群周围跑。

有人向女东家报告了发生的事情。她哎呀了一声，抓起小酒精瓶想闻一闻，她并未不省人事而倒下。

"这些人真可怕！"她小声说，"哎，这都是些什么样的人呀！尽是些坏蛋！真做得出来呀！我要给他们一点厉害看！他们会知道我是个什么人！"

勒热韦茨基前来安慰女东家。他使她高兴起来，重新占据了原先属于他的位置。反复无常的女东家不久前将这个位子从他手中夺走交给了斯捷潘。这是一个又有油水又舒服对他来说再合适不过的位置。一年间有十次他被人家赶下这个位置，可是十次都给他支付补偿费，而且每次都付得不少。

变色龙

　　警察局监督员奥丘美洛夫正在穿过集市广场。他身穿新的军大衣，手提小包，在他身后跟着一个火红色头发的警察，提着一只箩筐，筐里装满了没收充公的醋栗。四周一片寂静……广场上没有一个人影儿……店铺和酒馆的门都开着，像一张饥饿的大嘴，无精打采地瞧着这个人世间。附近连乞丐也没有一个。

　　"你咬人，该死的！"奥丘美洛夫忽然听见有人说话。"伙计们，别放过它！如今可不许咬人！抓住它！啊……啊……"

　　听到狗的尖叫声，奥丘美洛夫朝旁边一看：从商人皮丘金的木栈里蹿出一条狗，它瘸着一条腿，向四面张望。它后面有一个人在追。他穿着一件浆过的布衬衫和没扣上扣子的坎肩。他紧紧追着狗，只见他身子前倾，扑倒在地上，抓住了狗的两条后腿。又听到了狗的尖叫和人的喊声："别放过它!"从许多店铺里探出睡眼惺忪的面孔,过不了多久木栈旁就聚起一群人,像是从地下冒出来似的。

"莫非出了什么乱子,长官……"警察问。

奥丘美洛夫来了个半面向左转,迈步向人群走去。在木栈的大门口他看到: 上文中说到的那个坎肩敞开的人正举起右手,让大家看血淋淋的手指。在他半醉的脸上仿佛写着:"看我剥了你的皮,恶棍!"他的那个手指有一种胜利征兆的样子。奥丘美洛夫认出这个人是金银首饰匠赫留金。在人群中央是这场乱子的肇事者,它是一条白毛小猎狗,尖嘴巴,背上有黄斑。它张开前腿,趴在地上,浑身发抖,在它泪汪汪的眼睛里显出愁苦和恐惧。

"这儿出了什么事? "奥丘美洛夫挤进人群问道,"为什么在这儿? 你这指头是怎么回事? ……是谁在大声喊叫? "

"我走着我的路,长官,谁也没有惹……"赫留金说,用拳头捂住嘴咳嗽了几下,"我正在跟米特里·米特里奇谈木柴的事,忽然这只下贱坯无缘无故咬我的手指头……请您原谅,我是个手艺人,我干的是细活。他们得赔我钱,因为,也许,我这个指头一星期都动弹不了……长官,法律上没有说要受畜生气……要是狗谁都咬,那还是不活在这世上好……"

"嗯! ……好……"奥丘美洛夫咳咳嗽扬扬眉毛说。"谁家的狗? 这件事我不会不管。我要让你们瞧瞧怎么能纵容狗咬人! 该注意那些不愿守法的先生们了! 等我罚了他款,这恶棍就会明白,乱放狗和其他畜生会怎么样。我要叫

他知道厉害……叶尔特林，"监督员对警察说，"你去查一查，这是谁家的狗，做一份笔录！这条狗应当歼灭。立刻执行！这多半是一条疯狗……我在问你们呢，这条狗是谁家的？"

"好像是日加洛夫将军家的！"人群中有人说。

"日加洛夫将军家的？嗯！……叶尔特林，给我把大衣脱下来……真吓人，这么热！想必是天在作雨……我只有一点不明白，它怎么能把你咬了呢？"奥丘美洛夫问赫留金，"难道它够得着你的手指头？它这么小，而你是个彪形大汉！肯定是你的手指被小钉子扎了，后来你就想出了讹一下人家的主意。你呀，你们这帮人，大家都清楚……你们这些鬼东西，我知道你们！"

"他呀，长官，他拿纸烟戳狗的脸取乐，而狗呢，既然它不是傻瓜，它就张嘴一咬……这是一个惹是生非的人，长官！"

"你胡说，独眼龙！所以，你没有看见，为什么胡说？长官是明白人，知道谁胡说，谁凭良心说话，像在上帝面前那样……要是我胡说，就让民事法官来断定。他的法律里说得明明白白……现在人人平等……不瞒您说，我自己的哥哥就在宪兵队里……如果您想知道的话……"

"不许议论！"

"不对，这不是将军家的……"警察深思熟虑地说，"将军家没有这种狗……他家养的都是大猎犬。"

"你吃得准？"

"吃得准，长官。"

"我自己也知道，将军家的狗都是名贵的，都是良种，可是这条狗——鬼知道是什么！毛色不好，样子也不行……不过是一只贱货……他老人家会养这种狗？！……你们的脑子在哪里？这种狗如果落到彼得堡或莫斯科，你们知道会怎么样？在那儿可不会查看什么法律条文，而是一下子叫它断气！你，赫留金，你吃苦了，这件事不能就这么了结……得教训教训他们，是时候了……"

"不过，也许是将军家的狗……"警察想出声来说，"狗脸上又没写字……前几天在他家院子里见过这样的一条。"

"不用说，是将军家的！"人群中有人说。

"嗯！……叶尔特林老弟，你替我把大衣穿上……好像有风……我觉得冷……你把狗送到将军家去问一问。你就说是我找到了派人送去的。你告诉他们，别放它上街……也许，它很贵重……要是每个蠢人都用纸烟戳它鼻子，那么不用多久就会把它糟蹋了。狗可是一种娇嫩的有生之物……你啊，混蛋，你把手放下！不必显摆你那只蠢指头！是你自己错了！"

"将军家的厨子走过来了，咱们问问他……喂，普罗霍尔！你过来，亲爱的，看一看这条狗……是你们家的吗？"

"胡思乱想！我们家从来没有这种狗！"

"不必多问了，"奥丘美洛夫说，"这是一条野狗！不必多说……既然我说是野狗，那准是野狗……把它歼灭不就完了。"

"这条狗不是我们家的，"普罗霍尔接着说，"它是将军弟弟家的。他前几天来过这里。我们将军不喜欢这种狗，他弟弟却喜欢……"

"难道他老爷的弟弟来了？弗拉基米尔·伊万内奇来了？"奥丘美洛夫问道，满脸是动情的笑容。"瞧，我的天啊！我竟然不知道！他是来住一阵的吧？"

"是的……"

"瞧，我的天啊，他这是想念哥哥了。可我竟然不知道！就是说，这狗是他老爷家的？我很高兴……你把它带走吧……挺不错的小狗儿……挺伶巧的……它喀嚓一口就咬了这家伙的手指头！哈、哈、哈！……咦，你为啥发抖呀？汪汪……汪汪汪……它生气了，小坏蛋……小狗崽……"

普罗霍尔招呼小狗，领着它离开了木栈……人群冲着赫留金哈哈大笑。

"等着吧，总有一天我会找你算账！"奥丘美洛夫威胁赫留金说。说完他裹紧大衣重又在市集广场上巡视起来。

苦　恼

向谁去诉说我的悲伤……

　　黄昏。湿湿的大雪懒洋洋地在刚才点亮的路灯旁回旋，它落到屋顶上马背上行人的肩头和帽子上，积成了软软薄薄的一层。赶马车的姚纳·波塔波夫雪白一身，像个幽灵。他屈着身子，屈到一个活人的肉体所能屈的最大程度。他坐在赶车人的座位上，一动不动。如果一整个雪堆掉落到他身上，看来，他也不会认为必须把它抖掉……他的驽马也是白白的静静的。它的静止状态、笨拙形体和木棒般笔直的四条腿——这一切即使在近处看也使它像是那种一分钱一块的糖饼干。它十之八九是陷入了沉思。谁突然被迫离开犁杖，离开习惯的景色而投入充满怪异灯火、吵闹喧嚣和匆匆行人的漩涡，谁就不能不思索……

姚纳和他的驽马已经好久未动一步了。午饭前他们就出了大车店，还没有做到头笔生意。现在夜色已经降落到城市上空，路灯的苍白亮光正在让位给生动的彩色，忙乱的街头更加嘈杂了。

"赶车的，去维堡区①！"姚纳听到有人在叫，"赶车的！"

姚纳突然哆嗦了一下，透过沾着雪的眼睫毛他看见一个军人，穿着带风帽的军大衣。

"去维堡区！"军人又说，"你是睡着了吧？去维堡区！"

为表示同意姚纳拉了拉缰绳，他这么一拉，从马背上和从他的肩上散落下来一片积雪……军人坐上了雪橇。车夫嗫嗫嘴唇，像天鹅似的伸长脖子，稍微欠起身子，挥挥马鞭，他这么做更多的是由于习惯而不是出于需要。驽马也把脖子伸长，弯起那木棒似的腿，犹豫不决地走动了起来……

"该死的，你往哪儿赶？"才一开步姚纳便听见来自黑压压的前后移动的人流中的叫喊声，"鬼叫你往哪儿闯？靠右——右走！"

"你不会赶车？靠右走！"军人生气了。

---

① 维堡区在圣彼得堡的东北部，在涅瓦河的右岸，因处于通往维堡市的要道而得名。

一辆轿式马车的车夫在谩骂，一个行人在抖掉衣袖上的雪并恶狠狠地瞪眼，原来是他横穿马路时肩膀碰着了驽马的嘴面。姚纳在赶车人的座位上局促不安，像坐在针毡上一样。他胳膊肘向两边拱，双目环视，匆匆忙忙，仿佛他不明白他在什么地方，为什么他又会在这个地方。

　　"尽是一些混蛋！"军人说了几句俏皮话，"他们不是硬要来撞你，就是硬要朝马腿下面钻。他们这是商量好的。"

　　姚纳回头看一看乘客，微动嘴唇……显然，他是有话想说，可是从喉咙里发出的除去一些哼哧哼哧的声音外，什么话也没有。

　　"你在说什么？"军人问。

　　姚纳咧嘴苦笑，使劲鼓足喉咙，声音嘶哑地说：

　　"老爷，我的，那个……儿子在这个星期里死了。"

　　"噢！……生什么病死的？"

　　姚纳把整个身子转向乘客，说：

　　"谁知道呢！想必是得了热病死的……在医院里躺了三天，死了……这是上帝的意思。"

　　"转开，魔鬼！"黑暗处有人在叫喊，"你这是瞎了眼啦，老狗！睁开眼睛瞧着点儿！"

　　"走吧，走吧……"乘客说，"就这么走的话，我们明天也到不了。赶马上点儿劲！"

　　车夫重又伸长脖子，稍微欠起身子，苦痛而又优雅地挥起鞭子。后来他又多次回头看乘客，但乘客已经闭上眼睛，显然是不想听他讲了。在维堡区让乘客下车后，姚纳停歇在一个小饭铺子旁，又屈身坐在赶车人的座上，一动不动……

湿雪又把他和他的驽马染成白色。一个钟头过去了，又一个钟头……

人行道上走过三个年轻人，他们嘴里骂骂咧咧，套鞋在雪地上发出很大的声响。三人中两个身材细长，一个是矮小的驼子。

"赶车的，去警察桥！"驼背用刺耳颤抖的声音叫道，"三个人……二十戈比！"

姚纳拉拉缰绳，喀喀嘴。二十戈比这价钱是亏的。但他顾不上价钱，什么一个卢布，什么五个戈比——现在这些对他来说横竖一样，只要有乘客……年轻人彼此推搡，说着下流话走到了雪橇旁，三个人一下子全爬上座位。他们开始解决一个问题：该哪两个人坐，该哪个人站。经过长时间的对骂、耍脾气和相互申斥，他们作出决定：该站的是驼背，因为他最小。

"喂，快赶！"驼背在雪橇上站稳，用颤抖刺耳的声音说，冲着姚纳的后脑勺直吹气。"快赶！啊，小兄弟，瞧瞧你的帽子！在整个彼得堡找不到比它更破烂的……"

"哈哈，……哈哈……"姚纳哈哈笑着说，"就这么一顶帽……"

"得啦，你，就这么一顶！快赶！难道这一路你就这么走？是吗？你的脖子要挨揍？"

"头痛得要裂开了……"一个高个儿说，"昨天我和瓦西卡两个人喝完了四瓶白兰地，在杜克马索夫家。"

"我不懂为什么要撒谎！"另一个高个儿生气说，"他撒谎，像畜牲一样。"

"是真的，可以让上帝惩罚我……"

"是真的，就像跳蚤咳嗽一样真！"

"哈哈！"姚纳微笑说，"快活的爷们！"

"呸，你见鬼去吧！……"驼背生气说，"你赶呀，讨厌鬼，你赶还是不赶？难道都这么赶车吗？你用鞭子打它呀！驾，鬼东西！驾！狠狠地打！"

姚纳感觉到在他背后驼背的身子转动和嗓音颤抖。他听见对他的詈骂，他看到许许多多人，他胸中的孤独感渐渐缓和起来。驼子一直在骂，骂到他自己被那些特别的连珠炮似的射及六层高楼的骂人话哽了喉咙突然剧咳起来方才作罢。两个高个儿讲起一个名叫娜杰日达·彼得罗芙娜的女人。姚纳回头看看他们。他在等着，等到他们谈话间歇时又一次回头看。他喃喃自语道：

"我的，在这个星期里……我的儿子死了！"

"我们全都会死……"咳嗽完后驼背擦擦嘴唇伤感地说，"喂，你快赶，快赶！诸位，我绝对不能再这么乘下去了！他什么时候才能把我们送到？"

"你就稍稍给他提提神……来他一个脖儿拐！"

"讨厌鬼，听见了没有？我可要扭你脖子了！……同你们这伙人讲客气，那就得步行了！……听见了没有，险恶的家伙？莫非你对我们说的话毫不在乎？"

这时，姚纳倒不全是感觉到而是听到，后脑勺挨了一个脖儿拐。

"嘿嘿……"他笑着说，"快乐的爷们，愿上帝保佑你们！"

"赶车的,你有老婆吗?"一个高个儿问。

"我?嘿嘿嘿,……快活的爷们!我现在只有一个老婆,那就是一堆黄土,嘿——哈哈……就是说,一个坟!儿子么,他死了,我却活着……奇怪的事情,死神找错门儿了……该找我的,它却去找了儿子……"

姚纳扭过身来,想讲一讲他儿子是怎么死的,但这时驼子悠悠然吁了口气宣布说:谢天谢地,我们总算到了。姚纳接过二十戈比,久久地望着这三个消失在昏暗的入口处的好吃喝玩乐的人。他又是孤单一人,对他来说周围又是一片静寂……平息不久的苦恼重又充斥胸膛,而且比原先更为强烈。姚纳的充满忧虑和痛苦的眼睛东张西望,看看街上来来往往的行人:在这成千上万的人中间能否找到哪怕一个人来听他诉说?人群在奔忙,并不察觉他和他的苦恼……这苦恼是巨大的无边无际的。如果姚纳的胸膛会破裂,如果苦恼会从胸中溢出,那么它好像能把整个世界都淹没,但是却看不见它,它竟能容身在一个如此微小的躯壳之中,即使大白天点着灯也看不见它……

姚纳看见一个手里拿着包的守院子人,便决定同他说说话。

"老兄,现在几点钟了?"他问。

"九点多……干吗在这里停了下来?快离开!"

姚纳把雪橇向一旁移动了几步,弯下腰,又沉浸于苦恼之中……他认为,向人们诉说——这已经是无益的事情。但过不了五分钟他就挺起身子,晃晃脑袋,仿佛他感到了一阵剧痛,他拉起缰绳……他受不了啦。

"回大车店去。"他想。"回大车店！"

驽马仿佛懂得他的心思，跑起了小快步。过了一个多钟头，姚纳已经坐在一个又大又脏的火坑旁。坑上地板上长椅上都有人在打鼾。空气浑浊，闷热……姚纳望着一些正在睡觉的人，搔搔后脑勺，后悔这么早就回了大车店……

"连买燕麦的钱都没有赚到，"他想，"因此才会有苦恼。一个能干的人，他自己吃饱，马儿也吃饱，他也就一直会心安了……"

在一个墙角落里一个年轻的马车夫爬起来，昏昏沉沉清着喉咙，伸手要取水桶。

"想喝水？"姚纳问。

"是——是，喝水！"

"那么……就多喝些吧……我啊，老弟，我的儿子死了……听说了吗？就在这个星期，在医院里……就这么一回事！"

姚纳想看看他的话引起了什么反应，但他什么也没有看到。年轻车夫又蒙头睡觉了。姚纳叹息着搔痒……他很想说话，像那个年轻车夫想喝水那样想说说话。儿子死了将满一周，可是他还没有同任何一个人好好地说过这件事情……必须说一说，有条有理一字一句地说……应该说一说儿子怎么得病，遭受了什么样的痛苦，临死前又说了些什么，怎么死的……必须叙述一下落葬的情景，叙述一下到医院取儿子亡人的衣服的情景。女儿阿尼西娅还留在乡下……关于她也必须说一说……现在他能够说一说的事情还少吗？听的人应当唉声叹气沮丧哭泣……能够同婆娘们说说就更好了，虽说她们都是傻呵呵的，但听上两句话就会号啕大哭起来。

"该去看看马了，"姚纳想道，"睡觉么总归来得及的……不是吗，有你睡的……"

他穿上衣服，向马厩走去，他的马就在那儿。他想到燕麦，想到干草和天气……想儿子，在他孤零零一个人时他不敢想……同一个什么人说说儿子倒是可以做到的，不过要独自思念并描绘其音容笑貌，他就会感到难忍的恐怖。

"你在嚼草？"姚纳问他的马，看着它明亮的眼睛。"哦，你嚼吧，嚼吧……既然咱们没有赚到买燕麦的钱，咱们就吃干草吧……是啊，……赶车么，我已经老了……该是儿子来赶车，而不是我……他才是个真正的车把式……活着的话就好了……"

姚纳沉默了一会儿又接着说：

"是啊，兄弟，我的小牝马……库兹马·姚内奇不在了……他去世了……突然就白白死了……我们打个比方说吧，现在你有一头小马驹，而你是这头小马驹的亲娘……忽然，比方说，这头小马驹突然死了……岂不凄惨么？"

驽马嚼着草，听着，向着主人的手喷气……

姚纳可真来劲了，他把一切都向驽马讲了……

万 卡

　　三个月前九岁的男孩万卡·茹科夫被送给鞋匠阿利亚欣当学徒。在圣诞节前夜他不上床睡觉，等到店主夫妇和师傅们都出去做晨祷后，他从老板的柜子里取出一只小墨水瓶和一支笔尖已经生锈的钢笔，在自己面前摊开一张皱纸，他开始写信了。在写下第一个字母前他胆怯地看了房门和窗户好几次，他还斜眼瞟了一下昏暗的圣像和排在圣像两旁的鞋楦架子，叹吁了一声。那张纸摊开在一条长凳上，而他自己在长凳前跪着。

　　"亲爱的爷爷，康斯坦丁·马卡雷奇！"他写道，"我在给你写信，向您祝贺圣诞节，愿你有上帝所恩赐的一切。我没有爹没有娘，只剩下你一个亲人了。"

万卡把视线转向昏暗中的窗子，窗上闪动着他那小蜡烛的影子。他清楚地想象他祖父康斯坦丁·马卡雷奇的模样。祖父在日瓦列夫老爷家当守夜人，那是个矮小干瘦十分敏捷灵活的老头，年龄在六十五岁上下，一张笑脸，两只醉眼。白天他在仆人的厨房里睡觉，要不就跟厨娘们说笑打诨；夜间他裹着一件肥大的羊皮袄，敲打着梆子在庄园周围走动，两条狗耷拉着脑袋跟在他身后，一条是老母狗卡什坦卡，一条是小牝狗"泥鳅"，给它这个外号是因为它毛色乌黑身子细长，像一只伶鼬。这条"泥鳅"十分恭敬亲热，看到自家人或外人都一样温顺，不过它的名声不佳：它的恭敬顺从只是外表，隐藏在其后的是奸险毒辣。没有一条狗会比它更善于悄悄走近，或抓人的腿或潜入冷藏室或偷食农家的母鸡。人家已经不止一次打伤过它的后腿，有两次它被人家吊将起来，几乎每个星期里它都会被打到半死，可是它每次都能养好伤活下来。

眼下多半会是这样的情景：祖父正站在大门口，眯缝起眼睛瞧着乡村教堂的明亮通红的窗子，他穿着高统毡靴的脚在打拍子，他在跟仆婢们说笑打诨，那根敲更用的梆子挂在腰带上。他冷得瑟缩，在不时地搓手。他一忽儿拧女仆一把，一忽儿又拧一下厨娘，发出一阵阵的嬉笑声。

"要不咱们来吸一点儿鼻烟？"他说着把烟盒子送到了村妇们面前。

村妇们闻了点鼻烟打起喷嚏来。祖父乐得不可开交，哈哈大笑。他嚷道：

"快擦掉！冻结起来了！"

大伙儿给狗闻鼻烟。卡什坦卡打喷嚏，转动鼻面，表示它受到了欺侮，向一旁走去。"泥鳅"呢，它出于恭敬不打喷嚏摇摇尾巴。天气好极了。寂静，清澈，新鲜。夜色黑黝黝的，但是可以看得出整个村子、村里的白色屋顶、烟囱里冒出的缕缕炊烟、让重霜给染成银白色的树木和一堆堆的积雪。星星布满了整个天空，欢乐地闪烁着。银河显得十分明朗，好像有人已经在节前用雪将它洗擦过了……

万卡叹息一声，将钢笔蘸蘸墨水继续写：

"昨天我挨打了。老板揪住我一把头发，把我拉到户外拿师傅干活用的皮条痛打，只因为我在摇他们摇篮里的小孩时不知不觉睡着了。上个礼拜老板娘叫我洗一条青鱼，我从尾部开始，她就抓起青鱼用鱼头朝我脸上戳。师傅们常欺侮我，打发我到小酒店买伏特加，指使我偷主人家的黄瓜，而主人就打我，随手抓到什么就用什么打。吃东西呢，没有什么好吃的，早晨吃面包，午饭喝稀饭，晚上还吃面包，而茶水和菜汤呢——那是主人们自己大吃大喝的东西。睡觉么，他们叫我睡在过道里，摇他们的小孩，小孩一哭，我就不睡，摇摇篮。亲爱的爷爷，你发发上帝那样的慈悲吧，从这个地方把我领走，回家去，回乡下去，我怎么也熬不下去了……我给你下跪，我会永远为你求告上帝，领走我吧，要不我准会死……"

万卡撇撇嘴角，用黑黑的拳头揉揉眼睛：他哭了。

"我会帮你搓烟草，"他接着写道，"会为你求告上帝，要是我做错了什么，你就打我，痛痛地打。要是你认为我没有差事，那我就去求管家，求他看在基督分上让我擦皮鞋，要不我就去代替费季卡做牧童。亲爱的爷爷，我怎么也熬不下去了，干脆只有一死了。我本想跑回乡下去，可是我没有靴子，我怕受冻。等我长大了，我会为此给你养老，决不让任何人欺侮你，你死了，我准会求告上帝，让你的灵魂安息，就像为我好妈妈佩拉盖娅求告一样。

"莫斯科很大，全是老爷们的房子。马很多，没有羊，狗也不凶。这儿的孩子不举着纸星走来走去，也不许他们进唱诗班。有一次，我在一家铺子的橱窗里看见，有一些鱼钩连着钓丝一起卖，能钓各式各样的鱼，很管用的，有这么一个钓钩，它能钓得起一普特①重的大鲶鱼呢。我还看到几个铺子，那里有各式各样的枪，就像老爷家那种样子的枪，买一支枪恐怕得要百把个卢布……肉铺里有黑山鸡，有松鸡，有兔子，可是铺子里的伙计不肯说，这些东西是在哪里猎到的。

"亲爱的爷爷，等到老爷家摆起圣诞树，树上挂有许多礼物，你给我拿一个金色的核桃，把它藏进绿色的小箱子里。你问小姐奥莉加·伊格纳季耶芙娜要吧，就说是给万卡的。"

万卡猛然叹了一口气，又盯住了窗子看。他回想起：总是祖父到树林里去给老爷家找圣诞树，总是带着孙儿一起去。那真是快乐高兴的时候！祖父咳嗽得喀喀响，严寒把树木冻得喀喀响，万卡学着他们也喀喀地叫。往往是这样的：

---

① 俄国的重量单位：一普特相当于 16.58 斤。

祖父在砍树以前先要吸上一烟斗烟,闻上许多时间鼻烟,还要把已受冻的小万卡嘲笑一阵。那些将用作圣诞树的小云杉披着重重白霜,一动不动地在等待着:它们中的哪一棵该被砍下。突然间出现一只野兔,它像飞箭一样蹿过雪堆。祖父不住地叫喊着:

"捉住它,捉住它,……捉住它!嘿,这只短尾鬼!"

祖父把一棵砍倒的小云杉拖进老爷的屋子,大伙儿就动手将它打扮起来。干得最欢的是奥莉加·伊格纳季耶芙娜小姐,她是万卡最喜欢的人。当万卡的母亲佩拉盖娅还在世并给老爷家当女仆的时候,奥莉加·伊格纳季耶芙娜常常给万卡吃冰糖,她闲着没事,教会了万卡读书写字和数数,从一数到一百,甚至还教会了他跳卡德里尔舞。可是,佩拉盖娅死了,万卡就被送到仆人厨房去跟祖父一起生活,之后又把他从厨房送到了莫斯科鞋匠阿利亚欣的铺子里……

"你来吧,亲爱的爷爷。"万卡又往下写,"我求求你,看在基督和上帝面上,把我从这个地方领回去,你可怜可怜我吧,可怜我这个不幸的孤儿吧,这儿人人都打我。我饿,我烦闷,说不出来的烦闷,我一直在哭。前几天老板用鞋楦子打我的头,我被打得跌倒在地上,好不容易才醒过来。我的日子过得太苦了,连狗都不如啊……你代我问候阿辽娜,问候'独眼龙'叶戈尔卡和马车夫,我的那只手风琴你谁都别给。你的孙儿伊万·茹科夫。亲爱的爷爷,你来吧!"

万卡把这张写满字的纸一折成四,放进昨晚花了一个戈比买的信封里……他想了片刻,将钢笔蘸蘸墨水,写下了地址:

寄到乡下，给爷爷

接着他搔搔后脑勺，想了想又添了几个字：

给康斯坦丁·马卡雷奇

他感到满足，因为没有人妨碍他写信。他戴上帽子，连小皮袄也不披，光穿着一件衬衫就跑上街去……

昨晚他向肉铺的伙计们详细打听过，伙计告诉他：信件要投入邮筒，醉醺醺的车夫坐在三驾邮车上响着铃铛会从邮筒里取出信件，分送到各个地方。万卡跑到附近一个邮筒前，把他这封珍贵的信塞进了筒口……

甜蜜的希望催他入眠，过了个把钟头他就睡熟了……他梦到一个壁炉。祖父坐在炉台上，垂下两只光脚，把信念给厨娘们听……"泥鳅"在壁炉旁走来走去，摇动着尾巴……

公爵夫人

某某男修道院。四匹腹饱体美的马拉着一辆轻便弹簧四轮马车驶进了被叫作"正门"的大门。一群修士司祭和杂役站在客房楼贵族部的附近，他们单凭车夫和四匹马就认出来：坐在车上的一位太太是他们十分熟悉的人，是薇拉·加夫里洛芙娜公爵夫人。

一个老人从车夫座上跳下，他穿的是仆役制服，帮助公爵夫人下车。她撩起深色面纱，从容不迫地走向全体修士司祭领受祝福，然后亲切地向杂役们点点头朝贵族居室走去。

"怎么，公爵夫人不在你们感到寂寞了吧？"她对帮她拿东西的修士们说，"整整一个月我不在你们这里。瞧，我来了，好好瞧瞧你们的公爵夫人。修士大司祭在哪里？上帝啊，我忍不住了，实在忍不住！一个绝妙绝妙的老人！你们应当感到骄傲：在你们修道院有这么一个修士大司祭。"

修士大司祭走了进来，公爵夫人高兴地尖叫一声，将双手交叉在胸前，向他走近领受祝福。

"不，不！请让我吻一下！"她抓住了他的手说，贪婪地吻了三下，"我多么高兴呀，圣父，我终于看到您了！您也许把您的公爵夫人忘记了，可我在心里每时每刻都生活在你们可爱的修道院里。你们这里多好啊！在这种神仙生活里，远离浮华尘世，有着一种特别动人的东西，圣父，对此我全身心体验得到，但是不能用言语表达！”

公爵夫人双颊泛红，泪水涌上了眼睛。公爵夫人滔滔不断地说话，热烈兴奋，而修士大司祭，一个七十岁左右，严肃、不美、羞怯的老人，沉默不言，只是间或像军人似的断断续续地说：

“是，夫人……我听着……我明白……”

“您打算长久住在我们这里？”他问。

“今天我在你们这儿过夜，明天我去克拉夫季娅·尼古拉耶芙娜家——我同她好久不见面了，后天我再回到你们这里，住上个三四天，圣父，我想在你们这儿静一静心灵……”

公爵夫人喜欢到这个修道院来。近两年里她看中了这个地方，夏天几乎每个月都要来过上两天、三天，有时过上一个礼拜。羞怯的杂役，宁静的环境，低矮的天花板，柏树的气味，清淡的食物，廉价的窗帘——所有这一切都使她感动，使她心软，使她内省和思善。只消在静穆的内室待上半个小时，她就会开始觉得：她也是羞怯和谦逊的，她身上也有柏树的气味；而往日的生活已成为遥远的过去，失去了自身的价值，于是公爵夫人就开始认为，尽管她才二十九岁，她却很像老修士大司祭，她同他一样，天生不是享受富贵荣华和爱情的，而是过寂静的与世隔绝的像这内室一样暗淡的生活的……

生活中常有这种事情：一个潜心祈祷着的斋戒修士，突然间一缕阳光意外探视他昏暗的小室，或者是一只小鸟落在了他的窗台上唱歌，这时严峻的修士会不禁微笑起来，而在他的胸中从罪孽感这个痛苦的重压下会突然涌出一阵温和的问心无愧的喜悦，好像从岩石下涌出泉水一样。公爵夫人觉着，她就像这阳光或小鸟，从外界随身带来了同样的慰藉。她的温和令人愉快的微笑，和柔的神色，声音，玩笑话，乃至她整个人：娇小匀称的身材，朴素的黑色衣裙以及她的出现——都会在质朴严峻的人们心中唤起感动和愉悦。每个人看着她都会想："上帝给我们送来了天使"……由于她感觉到每个人会不由自主地想到这一点，她的微笑更加温和了，而且力求与小鸟相似。

她喝完茶，休息了一会儿就外出散步。太阳已经下山。刚浇过水的木樨散发出芳香的水汽，从修道院的花圃向公爵夫人徐徐送来，从教堂里传来男子合唱队的低微歌声，从远处听这歌声使人觉得惬意和忧郁。正在进行着彻夜祈祷仪式。昏暗的窗户里柔和地闪烁着长明灯的微光，在有荫的地方，在教堂入口处老修士带着捐款箱坐在圣像旁的身姿中——有着太多的安详和宁静，以致公爵夫人不知为什么很想哭一场……

在大门外，在林荫路上已经完全入夜，天色黑得很快。在围墙和桦树林之间有一些长凳。公爵夫人在林荫路上闲走一阵后在长凳上坐下，她陷入了沉思。

她想到：一辈子住进这个修道院会有多好，这里的生活平静安宁，就像这夏日的黄昏。她想到，完全忘记那个薄情而又放荡的公爵会有多好；忘记自己的巨大财产，忘记那些每天来打扰她的贷款人，忘记自己的不幸和灾难，忘记侍女达莎，今天早晨还顶撞过她的达莎——完全忘却这一切会有多好。如果一辈子能够坐在这里的长凳上穿过白桦树干观看景色会有多好，观看下方那晚雾一小片一小片地在山下荡漾；观看那些晚归的白嘴鸦在远方树林的上空飞，像乌云，又像面纱；观看两个杂役，一个骑在一匹有斑的马上，另一个步行，他们在赶着马群去夜牧，他们为无拘无束而高兴，像小孩一样在淘气，他们年轻的声音响彻在凝滞的空气中，每句话都可以听清楚。在寂静中坐着倾听——这也很好：一会儿是刮风了，它摇动白桦的树梢；一会儿是一只青蛙在去年的枯叶中沙沙作响；一会儿是墙外钟楼上的钟敲打四分之一小时……真想坐着一动不动，听着和想着，想着，想着……

身旁走过一个背着袋子的老妇。公爵夫人想：叫住这个老妇，同她说上几句亲切诚恳的话，给她一点儿帮助，——这倒会是很好的事情。可是老妇人连头也不回就拐弯走了。

等了一会儿，林荫路上出现了一个高身材的男人，长着白胡子，头戴草帽。他走到了公爵夫人身边，取下帽子，欠身鞠躬；凭他的大秃顶和鹰钩鼻，公爵夫人认出来了：他是五年前曾在她的杜博夫基庄园当医生的米哈伊尔·伊万诺维奇。她想起来了：有人对她说过，这位医生的妻子去年死了。她想向他稍表同情，说几句安慰话。

"医生，您，也许，没有认出我来？"她很有礼貌地微笑着问道。

"不，公爵夫人，我认出来了。"医生再次取下帽子说。

"好，谢谢，否则我以为连您也把自己的公爵夫人忘记了。人们记住的只是自己的仇敌。而朋友常常被忘掉。您也来祈祷？"

"我每星期六在这里过夜，履行职责，我在这里行医治病。"

"啊，日子过得怎么样？"公爵夫人叹息着问道，"我听说，您的太太去世了！真不幸啊！"

"正是，公爵夫人，对我来说这是巨大的不幸。"

"有什么办法！我们应当低首下心地忍受种种不幸。没有天意就连一丝头发也不会从人的头上掉下。"

"是的，公爵夫人。"

对公爵夫人很有礼貌的温柔的微笑和她的叹息，医生作出冷淡无情的回答："正是，公爵夫人。"就连他脸上的表情也是冷淡和无情的。

"还可以同他说点儿什么呢？"公爵夫人考虑了一下。

"我们很久没有见面了，也真是！"她说，"五年啦！这些年里有多少水流进了大海，又发生了多少变化，甚至想都不敢想啊！您知道，我出嫁了……伯爵小姐成了公爵夫人。已经又同丈夫离了婚。"

"是的，我听说了。"

"上帝给了我许多困苦经验！您大概也听说过，我差不多破产了。为我那个坏蛋丈夫的债务把我的杜博夫基庄园、基里亚诺沃庄园和索菲诺庄园都卖了，剩下来的只有巴拉诺沃和米哈尔采沃了。回头看看都不敢：多少变迁，多少不不幸和灾难，多少错误！"

"是的，公爵夫人，有许多错误。"

公爵夫人感到有点困窘。她知道她的一些错误，但所有这些错误都是隐秘的，隐秘到只有她一个人能够想和能够讲的程度。她支持不住了，她问道：

"您想到了哪些错误？"

"您提及了错误，可见，您知道……"医生回答说。他微微冷笑一下，"有必要讲它们吗？"

"不，医生，您讲。我会非常感激您！请您不要同我客气。我喜欢听真话。"

"公爵夫人，我不能判断您。"

"不能判断？您用这种口吻说话，那就是说，您知道一些什么。您讲！"

"如果您要求，那我遵命。不过，可惜我不善辞令，因而别人不是总能理解我。"

医生想了想，说：

"错误很多，其实，其中主要的错误，以我之见，是那个用来……是那个在您的全部庄园中占统治地位的总精神。瞧，我不善表达。就是说主要的——这就是憎恶，是对人们的反感，这反感确实在一切方面都可以感觉到。您的整个生活方式就是建立在这种反感上的。对人的说话声音，对人的面孔、后脑勺、步伐……都反感。一句话，对一切组成为人的东西都反感。在所有的门口和楼梯旁都站着一些脑满肠肥粗鲁懒惰的身穿仆役号衣的扈从，为的是不让穿着有失观瞻的人进屋。在前厅摆放着一些高背椅子，为的是在举办舞会和接待宾客日子里仆役们的后脑勺不会碰脏了墙上的壁布。在所有的房间里都铺着厚厚的地毯，为的是不听见人的步伐声。一定要预先告知每一个进屋的人，为的是要他轻声说话，少说话，不说会影响想象和神经的粗野话。而在您的书房里不给人握手，也不请人坐下，正像您眼下不同我握手和不请我坐下一样……"

"请握吧，如果您要握的话！"公爵夫人将手伸出，微笑着说，"真的，为这种小事生气……"

"难道我在生气？"医生笑了，但他立刻面色发红，取下并挥舞帽子，激昂地说，"坦白说，我早就等着向您把一切一切说出来的机会……那就是我想说，您按拿破仑的方式看所有的人，把人看作炮灰。但拿破仑总算还有个什么主旨，而您，除了反感什么都没有！"

"我对人的反感？"公爵夫人惊异中耸耸肩膀微笑了一下。

"不错，正是您！您需要事实吗？行！在米哈尔采沃有三个您家从前的厨子，你们厨房里的烟叫他们失明了，现在他们都以乞讨为生。在您数十万俄亩①的土地上全部健壮漂亮的人都被您和您的吃白食者们捉去充当扈从、仆役和车夫，而所有这些两足动物被训练成奴颜婢膝，他们大吃大喝，粗野生硬，总而言之，没有了人样……年轻的医学家、农艺师、教师、一般有知识的工作人员，我的天啊——都被

----

① 一俄亩相当于 1.09 公顷。

迫离弃事业，离弃诚实的劳动，迫使他们为了一块面包而去参与种种虚伪的礼仪，每一个正派人为此都会害臊！有的年轻人尚未干满三年就成了伪君子、马屁精、告密者……这好吗？您的管家们——波兰佬，这些奸细们，这些卡济米尔①和凯坦②们从早到晚奔走在您的数十万俄亩土地上，为了讨好您而竭力从一头牛身上剥下三张皮。请原谅，我讲得没有什么系统，不过这并不要紧！在您那里不把老百姓当人看。再说就是那些公爵、伯爵和主教上您家，您也只把他们看作点缀，而不是活生生的人。不过，主要的……主要的是您拥有上百万家产，却不为人们做点儿什么，什么也不做！"

公爵夫人端坐着，她诧异，惊愕，感到受委屈。她不知道该说什么，该怎么自持。以前从未有人用这种口气同她说话。医生讨厌的怒气冲冲的声音和笨拙结巴的话语在她的耳朵和脑袋里生出一阵尖利的敲打声，到后来她已经觉得，指手画脚的医生在用帽子打她的头了。

"不对！"她轻轻地用央求的声调说，"为人们我做过许多好事，这一点您自己也知道！"

"得啦！"医师喊道，"难道您还认为您的慈善活动是什么严肃和有益的事业，而不是虚伪的礼仪？要知道那是彻头彻尾的伪善，那只是一种玩爱护近人的把戏，是最露骨的把戏，就连小孩子和糊涂村妇都明白！就拿您的那个——它叫作什么来着——那个孤老婆子收容院来说吧，在那里您叫我做一个什么主任医生，而您自己当荣誉监护人。啊，我们的

①② 卡济米尔和凯坦都是人名。

上帝啊，那是一个多么可爱的机构！造了一座房子，地板是镶嵌的，房顶上装风标，从一些农村里凑到了差不多十个老太婆，叫她们睡觉盖长毛厚绒毯，铺荷兰亚麻布床单，还叫她们吃水果糖。"

医生幸灾乐祸地对着帽子噗嗤一笑，急促而又打着嗝继续说：

"是耍把戏！收容院的下级职员把毯子和被单都藏起来，还上锁，免得老婆子们弄脏了——让那些恶魔般的老虔婆们去睡地板！老婆子不敢坐在床上，不敢穿棉袄，不敢在光滑的镶嵌地板上走动。什么东西都保护着以供炫示，什么东西都藏起来防老婆子们，就像防贼似的。而老太婆们看在基督面上悄悄地吃悄悄地穿，她们日夜祈祷上帝，但求早些被释放，但求摆脱您所委托的那些饱腹的卑鄙家伙们的监视，不听他们拯救灵魂的那一套训言。那些高级职员们干什么呢？这说来可真妙啊！是这样，在一个星期内，有那么一两次，在晚间有三万五千名信使骑着马来通知我：明天公爵夫人，就是您，将到养老院来。这就是说：明天必须扔下病人，穿着整齐去接受检阅。好，我去。老婆子们全身干干净净穿着新衣排成一行，等着您。看守员在她们身旁转悠着，这是一个退伍的卫戍兵，一脸告密者的甜蜜微笑。老婆子们张口呆视互使眼色，但不敢发牢骚。我们等待着。小管家骑着马来了。在他之后半个小时大管家来了，之后总管家来了，再之后又来了个什么人，又来个什么人……骑着马来的人不断！一张张脸上的表情神秘而又庄重。我们等着等着，两只脚调换着站，时不时地看表——所有这一切都在死寂之中，因为我们大家互相憎恨，互相结仇。一个小时过去，又过去一个小时，终于在远处出现一辆四轮轻便弹簧马车和……和……"

医生发出尖声大笑，又用非常尖细的声音说：

"您从四轮马车上下来，老婆子们听从卫戍兵的口令开始歌唱：'我主在锡安山的荣光，非言语能以说明……'还不赖吧？"

医生用男低音哈哈大笑起来，他把手一挥，似乎是要表示他笑得说不出话来了。他的笑沉重、尖刻、咬牙切齿，像心怀敌意的人的笑。从他的声音、脸色和有些放肆的闪亮眼神来看就可以明白：他极看不起公爵夫人、养老院和老婆子们。在他拙笨粗野的讲述中没有丝毫可笑和欢乐的东西，但他却笑得高兴，甚至于笑得欢乐。

"再说说学校怎么样？"他笑得喘气困难，但继续说，"您还记得吗？您曾经要亲自教农家孩子读书。该是教得很好吧，因为很快孩子们都跑散了，后来的结果是不得不打他们，不得不花钱雇他们到您这儿来上学。您记得吧，您曾经要亲手用橡皮奶头给一些妈妈在田间干活的婴儿喂牛奶。您步行去一个个农村，您哭了，因为没有婴孩需要您的效劳，所有的妈妈都把孩子带到田间去了。后来村长命令妈妈们轮流着把孩子留下供您取笑娱乐。真令人诧异不已！大家都逃避您的种种恩惠，好像老鼠看到猫就逃一样。这是为什么呢？十分简单！不是因为我们的人民愚昧和忘恩负义，而您却一向是这么解释的；这是因为在您的种种奇思怪想中，请您原谅我的说法，丝毫没有爱心和仁慈！有的只是一种愿望，用活玩具来取乐消遣的愿望，除此之外别无其他……谁分不清人同长毛垂耳小狗之区别，谁就不该搞什么慈善事业。我向您肯定地说：在人同长毛垂耳小狗之间有着巨大的差别！"

公爵夫人的心脏跳得骇人，她的耳朵里有卜卜的响声；她还是觉着：医生在用帽子敲打她的头。医生说话急速、兴奋、不美、结结巴巴，还做一些多余的手势。对她来说只有一点是明白的：一个粗鲁凶狠无教养而又忘恩无义的人在同她说话，但这个人想要她干什么，又在对她说些什么——对此她并不明白。

"您离开！"她向上举起双手，以便挡住医生用帽子打她的头似的。她悲泣地说："您离开！"

"再说说您是怎么对待手下的吧！"医生仍在愤怒，"您不把他们当人看，您鄙视他们，认为他们是最坏的骗子手。举个例子说，请问您为什么把我辞退？我为您的父亲服务了十年，之后又为您服务，辛辛苦苦诚实真挚，没有节假日，受到了方圆百里之内的人们的爱戴，可是有一天突然宣布解雇我！这是为什么？一直到今天我还不明白！我是莫斯科大学毕业的医学博士，是贵族，一家之长，竟然会是一个被人不问缘由抓着脖子撵走的微不足道的小人物！有什么必要同我讲客气呢？后来我听说，事前我并不知道，妻子私下去过您家三次，为我求情，而您没有接见过她一次。据说她曾在前厅哭过。对此我永远不会原谅这个亡人！永远！"

医生不再作声，他咬紧牙齿努力要再想些十分难听和仇恨深重的话。他想到了一些什么事情，他的皱眉而又冷漠的脸突然有了笑容。

"就拿您对这个修道院的态度来说吧！"他不知满足地又讲起来，"您从来不怜惜任何人，而且在越是神圣的地方，这种机遇就越多。就拿这个修道院来说，您的仁慈和天使般的温和会使它遭受众多的麻烦。您干吗常到这里来？请容许我问您一句，在这里您要修士们为您干什么呢？赫卡柏与您有什么关系，您与赫卡柏又有什么关系？①又是取乐、玩耍、作贱人，如此而已。不是么，您不信仰修道院的上帝，在您心中有您自己的上帝，这个上帝是您在招魂降神会上领悟到的。对教堂仪式您抱着一种宽容的态度，您不参加弥撒和晚祷，睡觉您要睡到晌午……您干吗常到这里来？……您怀着自己的上帝跑他人的修道院，还自以为修道院会认此举为莫大的光荣。决不会！您倒去问一问，我顺便说说，问问您的造访对修士们来说其代价是什么？您要今天晚上到这里来，可是前天账房派出的骑马使者就来通知说您打算来。昨天一整天为您准备内室，等您。今天先行者到达，是一个蛮横无理的侍女，她不断地在院里跑来跑去，唧唧喳喳，问这问那，指手画脚……我简直受不了！今天一整天修士们精神紧张；如果不礼仪周到地迎接您，那就糟了！您会向大主教告状！'大师，修士们不喜欢我。我不知道怎么会触怒了他们。不错，我是个罪孽深重的人，可是我十分不幸呀！'已经有一个修道院因为您而受到了严厉申斥。修

---

① 此说借自莎士比亚悲剧《哈姆雷特》并略作改动，意思是：您和修士们没有什么直接关系。

士大司祭是个忙人，学者，他就连一分钟的空闲都没有，而您却不断地叫他去您的内室。您对高龄和圣职没有丝毫敬意。若是您布施多一些，那还不令人太感抱屈，可是一直以来修士们收您的钱连一百卢布还不到！"

公爵夫人每当她受了惊扰，因不被理解而感到受委屈，又不知该说什么做什么的时候，她就会哭。眼下也是这样：她终于掩住脸哭了起来，哭声尖细有稚气。医生突然不说话了，看了她一眼。他的脸色阴沉严峻。

"请原谅，公爵夫人，"他闷声说，"我屈从了仇恶情感，我放肆了。这很糟糕。"他局促不安地咳了一声，立刻离开了公爵夫人，连帽子都忘了戴。

天空中已有星星闪烁。修道院的那边该是月亮已经升起，因为天空明朗、清澈而柔和。沿着修道院的白墙有一些蝙蝠在无声飞翔。

时钟慢悠悠地打了某个小时的三刻钟，想必是八点三刻。公爵夫人站起身来，轻轻地向大门走去。她感到受了委屈，她在哭，她觉得，树木、星星和蝙蝠好像都在可怜她。她哭着想，她进修道院过一辈子会有多好：在静悄悄的夏晚，她独自一人在林荫道上散步，受欺凌受侮辱不为人们所理解，只有上帝和星空看见了苦命人的泪水。教堂里还在继续进行着彻夜祈祷。公爵夫人停下脚步倾听歌声；这歌声在静止昏暗的空中多么好听！在这歌声的陪同下哭泣和痛苦多么美妙！

回到内室后她照镜子看了看自己带泪痕的脸，搽了一点儿粉，之后就坐下吃晚饭。修士们知道她喜吃醋渍鲟鱼、小蘑菇和马拉加葡萄酒，还有那普通的蜜饯饼干，吃了这种饼干口中会有柏树清香味。每次她来修道院，都会把这些东西端给她。公爵夫人吃着小蘑菇，喝着马拉加葡萄酒，她想着人们会怎样叫她彻底破产并抛弃她；想着她的那些管家、伙计、账房办事人和侍女们会怎样顶撞她背叛她，虽说她曾帮过他们忙；想着地球上所有的人会怎样攻击她挖苦她嘲笑她；想着她会放弃公爵夫人的爵衔，放弃奢侈生活和社交；想着她会进修道院修行，对任何人都不说一句责备的话；想着她会为自己的仇敌们祈祷；想着到那时人们会一下子理解她，前来求她宽恕，可是为时已晚……

晚饭后，她在房角跪在圣像前读了《福音书》中的两章。之后侍女为她铺好被褥，她躺下睡觉。她在白色被单下伸懒腰，像人们哭完后会叹气一样，她甜蜜地深深叹息一声，闭上双眼沉睡起来……

清晨她醒来，看了一眼她的那只小手表：八点半。在床旁的地毯上徐徐移动着一束狭窄的明亮阳光，这光从窗口进来，微微照亮房间。在黑色窗帘后面，一些苍蝇在窗上嗡嗡叫。

"早着哪！"公爵夫人想了想又闭上了眼睛。

她在床上伸伸懒腰舒服着，想起了昨天同医生相遇的情景，想起了入睡前的一些想法，想起了她是不幸的。之后她又回忆起她的生活在彼得堡的丈夫、管家、医生、邻居、熟悉的官员……在她的想象中飞逝过一串熟识的男人面孔。她微微一笑，心中想：如果这些人能够洞察她的心思并且理解她，那么他们全都会倒在她的足下……

十一点一刻，她叫来侍女。

"达莎，我们穿衣服吧。"她懒洋洋地说，"不过，您先去说一声，让他们把马儿驾上车。应该到克拉夫季娅·尼古拉耶芙娜家去。"

她从内室出来上马车，明亮的阳光使她眯起眼睛，她满意地大笑起来：天气出奇的好！修士们集合在台阶旁为她送行，她眯缝着眼睛打量了一下，和颜悦色地点头说：

"再见吧，我的朋友们！后天见！"

使她感到惊奇而又愉快的是：同修士们一起站在台阶旁的还有医生。医生的脸苍白而又严峻。

"公爵夫人，"他取下帽子负疚地笑着说，"我在这儿等您很久了。请您原谅，看在上帝分上……昨天一种不好的报复心理诱导了我，我对您说了很多……愚蠢的话。总而言之，我请求原谅。"

公爵夫人和颜悦色地微微一笑，向他的嘴唇伸过去一只手。他吻了一下，脸红了。

公爵夫人力求像一只小鸟，轻盈地飞上马车，开始向四面八方点头。她内心快乐、明朗、暖和，就连她本人也感觉到她的微笑、和蔼、温柔。马车驶出大门，而后滚转在尘土飞扬的大路上，驶过农舍、果园、粮盐鱼贩子的长车队、鱼贯而行到修道院祈祷的人们，公爵夫人尚在眯着眼睛温柔地微笑。她在想：给自己所到之处带来温暖光明和喜悦，宽恕种种侮辱，亲切地向仇敌们微笑——没有什么比这一切更高尚的乐事了。迎面而来的庄稼汉们向她俯首行礼，马车发出柔和的沙沙声，车轮下扬起一阵阵飞尘，风将它们带进金黄色的黑麦地里，这时公爵夫人以为，她的躯体并非在马车的座垫上摇摆，而是在云中，而她本人则像一朵轻飘光莹的云彩……

　　"我多么幸福啊！"她闭上眼睛低声说，"我是多么幸福！"

第六病室

一

医院的院子里有一座小小的侧屋，它的周围长满了茂密的牛蒡、荨麻和野生大麻。屋顶生了锈，烟囱已半倒，门口的木台阶已经腐烂，长出了青草，墙上的涂料只剩下了一些痕迹。这座小屋正面对着医院，背后是田野，一道灰色的围墙把医院同田野隔开，墙的上端安有钉子。这许多尖头朝上的钉子，这一堵围墙，还有这座小屋——它们有着一种特殊的凄凉可恶的外表，这种外表只在医院和监狱的建筑物上才会有。

如果您不怕被荨麻扎伤，那么我们就一起沿着通向侧屋的狭窄小径去看看屋子里面是什么情形。打开第一道门，我们就进了入口处的门厅①。这儿墙边和炉子周围是一堆堆的医院破烂物：床垫、破旧的工作服、裤子和带有蓝条纹的上衣，怎么也不能再穿的旧鞋子——这许多破烂物乱堆在一起，腐烂着，散发着令人窒息的气味。

在这堆垃圾上躺着守门人尼基塔，他嘴上总叼着烟斗。这是一个退役老兵，臂章已经褪色，成了淡棕色。他的脸严厉而瘦瘦，两条低垂的浓眉使他的脸具有一种像草原牧羊犬似的神态。他有一个通红的鼻子，个子不高，看上去瘦骨嶙峋的，可是举止却令人生畏，拳头很结实有力。他属于这样一种人：头脑简单，忠实可靠，服从命令，麻木不仁，在人世间他最喜欢的是秩序，因此他深信对付"他们"必须揍。他打脸，打胸部，打后背，碰到哪儿就打哪儿，而且他深信：不打，这儿就不会有秩序。

再朝前走，他就进入一个宽敞的大房间，如果不把入口处的门厅算在内，这房间占了整座小侧屋。墙上刷的是灰暗的浅蓝色，熏黑了的天花板，就像是在没有烟囱的农舍里一样。显然这里冬天生炉子，常常会炭气很重。窗户因从里面安上了铁栅栏而显得难看。地板是灰色的，有很多木刺。房间里有酸白菜味儿、煤油灯味儿、臭虫味儿和尿臊味儿——这种气味立即给您一种印象，使您觉得好像是进了动物园。

房间里摆着好多张床，床脚全部用螺丝钉固定在地板上。床上有人坐着或者躺着，他们穿着蓝色的病人服，而且遵循古风戴着椭圆形的无缘帽。这是一些疯子。

这里一共有五个疯子。只有一人出身贵族，其余四人都是小市民。紧靠房门的是一个又高又瘦的小市民，亮亮的棕红色胡子，眼睛上留着泪痕。他双手支着头，呆呆地盯着一个地方看。他一天到晚发愁，摇头叹气苦笑。他很少参与别人的交谈，问他问题时他一般不作答。给东西吃喝时他就机械地吃喝。以使他痛苦得直哆嗦的咳嗽、消瘦以及脸颊上的红晕来看，他已经患上了肺痨病。

---

① 俄式建筑一进门就有一个入口处门厅，厅内不安装取暖设备。

他旁边是一个活泼好动的小老头儿，长着稀疏的山羊胡子和黑人似的黑色卷发。这个小老头儿白天在病室内来回踱步，从一个窗户旁到另一个窗户旁。要不，他就盘腿坐在床上，不停地吹口哨，像红腹灰雀似的，低声唱歌和窃笑。夜间他起来向上帝祈祷，他用拳头捶打胸部，用手指头挖门，表现出孩子般的高兴活泼的性格。他是傻呵呵的犹太佬，名字叫莫伊谢卡，二十年前他发了疯，因为他的帽子厂被烧毁了。

在第六病室的全部患者中，只允许他一人可以离开小侧屋，甚至离开医院院子上街去。他早就享受这种特权了，大概因为他是老病员，是平和无害的傻子，是市里的小丑，市民们已经看惯了：他在街上常被一些小孩和狗围住。他穿着寒碜的病人服，戴着可笑的帽子，穿着便鞋，有时赤脚甚至不穿长裤，走在大街上，在一些大门口和店铺前乞讨小钱儿，在一个地方人们会给他一点儿克瓦斯，另一个地方给一些面包，第三个地方给他几个小钱，因此通常回到小屋时他总是吃饱了肚子，而且还有一些钱。而尼基塔则将他带回来的东西统统据为己有。老兵做这件事很粗暴：他愤愤然把犹太佬的衣袋全部翻过，而且还要上帝作证，说他往后决不会放犹太佬上街，说在他心目中世界上最坏的事就是没有秩序。

莫伊谢卡喜欢为别人做事。他给病友们送水，病友睡觉时给他们盖被子，答应从街上回来时给每人一个戈比，给每人缝一顶新帽，他用调羹给瘫痪在他左侧床上的病友喂食。他这么做，并非出于同情心，也不是出于人道考虑，而是因为他模仿和身不由已地依从右侧的病友格罗莫夫。

伊万·德米特里奇·格罗莫夫是个三十三岁上下的男子，出身于贵族家庭，当过法庭庭丁和省城政府里的书记员。他生的是受迫害妄想症，自以为是被人迫害着。他要么蜷腿躺在床上，要么在病房里来回踱步，好像是为了活动筋骨。他很少坐着，总是激动、不安、紧张，模模糊糊地担心着什么。只消入口处门厅里稍有声响，或者院子里有人喊叫，他就会抬头谛听：该不是来抓他的吧！该不是在搜寻他吧？在这种时候他脸上显出一种极端的不安和反感。

我喜欢他那张宽阔的高颧骨的脸盘儿。他的脸色总是苍白的，神情总是可怜的，这张脸像镜子一样反映着他饱受冲突和长期受惊恐折磨的心灵；他做鬼脸时的表情是奇怪的、病态的，可是经由深刻真诚之痛苦烙出的清秀面容却是聪明的、文雅的，两眼闪着热情健康的光辉。我还喜欢他的为人，他有礼貌，殷勤，对所有的人，尼基塔除外，都十分客气。如果有人把纽扣和调羹掉落到地上，他会迅速跳下床去捡起来。每天早晨他向病友们道早安，躺下睡觉时他祝大家安眠。

除去经常处于紧张状态和做怪脸，他的精神错乱还表现在：有时候晚上他裹着睡袍，全身哆嗦，牙齿打颤，急速地行走在墙角和病床之间，像是得了厉害的疟疾；有时他会猛然停步，注视着病友，据此可以看出：他想说出一些很重要的事情，可是，显然，他考虑到人家不会听他说，或者人家会听不懂，他就不耐烦地晃头，继续走动。不过，想说话的愿望会迅速战胜各种考虑，于是他就任其自由，激烈热情地讲起来。他的话混乱，像梦呓，激昂，断断续续，不总是明了易懂，可是，在他的话里——在措词和声调里——却可以听出，其中有一种非常美好的东西。他讲话的时候，您可以看出他既是疯子又是人。很难把他的疯话在纸上表达出来。他讲到了人的卑劣，讲到了践踏真理的暴力，讲到了在大地上终将出现美好生活，讲到了窗上的铁栅——这些铁栅时时刻刻使他想到暴力者的愚钝和残忍。从他的讲话中得出的是一首由许多未过时的老歌组成的不规律不协调的集成曲。

二

十二至十五年前，在本市最主要的一条大街上，有一个姓格罗莫夫的官员生活在他自己的住宅里。他是个殷实富裕的人，有两个儿子：谢尔盖和伊万。谢尔盖在读大学四年级时患上了百日痨，他死了。他的死给格罗莫夫家突然遭到的一连串不幸开了个头儿。葬礼过后才一周，老格罗莫夫因为伪造文件和盗用公款而交法庭审判，不久他得了伤寒病死在监狱医院里。住宅和全部动产都被拍卖，伊万·德米特里奇和母亲只落得个一文不名。

过去，父亲在世时，伊万·德米特里奇生活在彼得堡，在上大学，每月收到六七十卢布，根本不知道什么是贫困；如今呢，他得果断地改变他的生活，他必须从早到晚给人家廉价补课。抄写材料，但他仍得忍饥挨饿，因为全部收入都寄给母亲糊口。伊万·德米特里奇经不起这种生活，他心情消沉，身体衰弱，终于放弃大学学业，回到了家里。在家乡这个小城市里，他受着眷顾在县立学校里得到了一份教师工作，但他跟同事们合不来，学生们又不喜欢他，不久他就离开了。母亲去世。他失业了半年左右，光靠吃面包喝凉水度日。后来他当上了法庭庭丁，一直干到因患病而被解雇为止。

他从未让人感到他是健壮的，即使是在做大学生的年轻时代。他一直脸色苍白，瘦削，易感冒，吃得少，睡不好。只消喝上一小盅葡萄酒，他的头就晕，歇斯底里病就会发作。他愿意同人接近，可是由于易怒多疑，同任何人都交往不深，没有朋友。他瞧不起本市的居民，说他们粗鲁愚昧，而他们的无生气无理性的生活令他厌恶。他说起话来音高，声大，热烈，总是义愤填膺，要不就是惊喜交集。他说话一向是真诚的。不管同他谈起什么，他总是要归结到：在这个城市里生活无聊得喘不过气来，社会没有高尚情趣，过着一种暗淡空虚的生活，只有暴力、堕落和伪善才使这生活不单调；坏蛋们吃饱穿暖，而老实人则以面包渣充饥；需要办学校，需要正派的地方报纸、剧院、报告会，需要知识界的团结；必须使社会醒悟和震惊。在关于人的论断中他总用浓重的颜色：黑色和白色，不承认任何别的色调，他把人分为诚实人和下流坏两种，没有中间人物。谈及女人和爱情时，他总是兴高采烈，可是他从来没有恋爱过。

虽说他言词偏激和神经过敏，在市里人们仍然喜欢他，在背后亲切地叫他万尼亚①。他天生的文雅殷勤正派高尚的品质，加上他的旧外套、病人模样、家庭不幸——这一切都

---

① 伊万的爱称。

使人对他产生良好亲切和忧郁的感情。他受过良好教育，博览群书，市民们认为，他什么都知道，在市里像是一部活词典。

他读的东西很多，有时他坐在俱乐部里神经质地捻着胡子，翻阅杂志和书籍。从他的脸上可以看出：他不是在读，而是在吞，连咀嚼都来不及。可以这么认为：阅读是他的一种病态习惯，他饥不择食地扑向落入他手中的一切，即使是陈年旧报和旧日历。在家里他总是躺着读书。

三

一个秋日的早晨，伊万·格罗莫夫竖起大衣领子，在泥泞中走小街穿陋巷，到一个小市民家去执行命令书，收取罚款。像每天早晨一样，他心情忧郁。在一条小巷子里，他遇上四个持枪的士兵，他们在押送两个戴着手铐脚镣的犯人。以前他常常遇到过被押送的犯人，每次都在他心中唤起同情和拘窘，可是今天这次相遇却引起了他的一种特殊的奇怪的印象，不知为什么他突然觉得，他也可能被戴上镣铐，走在泥泞的路上，同样地被押往监狱。他在小市民家办完事情后回家，在邮局附近遇见一个熟悉的警察，后者同他打了个招呼，并同他在街上一起走了几步。不知为什么他觉得此事可疑。在家中他成天记着这两个犯人和四个持枪的兵。一种莫名其妙的惶恐心情让他无法聚精会神地安心看书。晚上，他不点灯；夜里，他不睡觉。他一直在想着有人可能会逮捕他，给他戴上镣铐送进监狱。他知道自己过去并未犯过什么罪，而且他能证明将来也永远不会杀人放火和盗窃。然而，真的不会无意中不知不觉地犯罪吗？真的不可能遭人诽谤吗？再说，真的不可能有审判错误吗？人民千百年的经验不是无缘无故告诉我们：乞讨和坐牢，谁都难保不沾边。至于说到审判错误，那么在目前这种审判程序中是很可能发生的，是毫不足怪的。那些对他人的痛苦只保持职务关系和工作关系的人，例如法官、警察、医生，他们随着时日的推移，由于习惯的势力，会把自己锻炼到那种程度，以致他们不能不形式主义地对待工作对象，即使他们并不想这么做。从这方面来看，他们同那些在后院杀牛宰羊却看不见血的庄稼汉没有什么两样。要是法官对一个人抱着敷衍塞职、漠不关心的态度，为了剥夺一个无辜的人的全部财产权并判之以服苦役，法官所需要的只是时间，只需要履行某些手续的时间，而法官正是靠履行这种手续而领取薪俸的，随后也就万事大吉了。而你呢，你就在此后在这个离铁路线二百俄里的肮脏小城里去寻求公道和保护吧！任何暴力都被视作明智适宜的必要措施来欢迎；任何一个仁慈的行动，比如说宣告无罪，都会引起不满和报复的爆发。想在这种地方寻求公道岂不可笑？

早晨格罗莫夫起床，他心惊胆战，前额冒出冷汗。他已确信随时会有人来逮捕他。他想，昨天的那些忧虑这么长时间不肯消失，说明这些忧虑是有一些道理的。它们真的不可能平白无故地钻进脑袋。

一个警察不慌不忙地从窗前走过，这不会是无意的。瞧，有两个人在房子旁边停下，一声不吱。为什么他们一声不吱？

使伊万·德米特里奇痛苦的日日夜夜来临了。所有从窗前经过或走进院子的人都像是暗探和特务。警察局局长一向是在中午坐着双驾马车从街上过，他这是从郊区的庄园去警察局，可是格罗莫夫却觉得他的马车跑得太快，而在他脸上有一种特别的神情。显然，他这是急于去宣布：在市里出现了一个重要罪犯。格罗莫夫一听到门铃响或敲门声就会打哆嗦；在女房东那儿遇到了生人，他就会感到痛苦；遇到了警察和宪兵，他就会微笑吹口哨，装出一副镇静的样子。他夜里通宵不睡，等着人来逮捕他，但他高声打呼噜和喘气，像是睡着了，好让女房东觉得他是在睡觉，可不是么，如果他不睡觉，那准是良心的苛责在折磨着他——这会是一个多么有力的罪证啊！事实和健全的逻辑都在开导他：所有这些恐惧全是胡思乱想，是精神病！再说，如果开阔一些想，只要良心无愧，就没有什么好害怕的，真是如此。可是，他思考得越明智和越合乎逻辑，他内心的惊恐却越厉害，越使他痛苦。这情况倒像一个遁世者想在原始森林里砍伐出一小块地方来那样，他越使劲用斧头砍，树林却扩展得越快越茂密。伊万·德米特里奇看到：思考没有用处，他干脆就不再思考，让自己完全屈从于绝望和恐惧。

他开始过幽居生活，避免见人。上班，他以前就讨厌，如今他对它已经无法忍受。他担心：有人会愚弄他，悄悄把贿赂塞进他的口袋，然后就来揭发他；或是他无意中在处理公文时出了一个相当于伪造文件的错误；或是他丢失了别人的钱。说也奇怪，他的头脑从未像现在这样灵活机敏，现在他每天能够想出成千上万个理由，为他的自由和名誉提心吊胆的理由。但他对外界的兴趣，尤其是对书籍的兴趣大大减弱了，记忆力也差得多了。

春天，雪融化完了，在墓地附近的峡谷里发现了两具半腐烂的尸体，一个老妪，一个男孩，有他杀的迹象。在市里人们都在谈论这两具尸体和不明的凶手。伊万·德米特里奇为了不让人家认为是他杀了人，就上街走动，而且面带笑容；遇上了熟人他的脸色会忽红忽白，他会向人断言：没有比杀害无保护的弱者更卑劣的罪行。但这种虚伪的做法使他厌腻了，他稍事思考后就断定：在眼前这种处境中，他最好还是躲进房东的地窖里。他在地窖里待了一天，以后又待了一夜一天，他冻得慌，待天一黑便悄悄地像贼似的潜入自己的房间。他站在房间的中央一动也不动，倾听着外面的动静，一直到天亮。早晨，太阳尚未升起，女房东那里来了几个炉匠，他很清楚，他们是来改砌厨房炉子的，可是恐惧却提醒他：这是警察化装成炉匠，于是他悄悄溜出家门。为恐惧所笼罩的他没戴帽子没穿外套在街上奔跑，几条狗吠叫着在后面追，在他身后的一个什么地方有个庄稼汉在叫喊，风在耳际呼呼响，伊万·德米特里奇直觉得：全世界的暴力聚集到一起，在他背后追他。

有人把他拦截住，送到家，并打发女房东去请医生。医生安德烈·叶菲梅奇（下文中将讲到这位医生）吩咐给他的头部作冷敷，服用桂樱叶药水。后来医生忧郁地摇摇头走了，他告诉女房东：他不会再来，因为不该妨碍别人发疯。由于家里无钱维持生活和治病，所以不久就把伊万·德米特里奇送进医院，把他安置在花柳病患者的病房里。夜间他不睡觉，耍脾气，打扰其他病人，不久，根据安德烈·叶菲梅奇医生的安排，他被转到了第六病室。

一年之后，市里的人已经把伊万·德米特里奇忘记，完全忘记，而他的那许多书已经被女房东堆进雪橇搁置在屋檐下面，被顽童们一本一本地偷光了。

四

伊万·德米特里奇的病床左边的邻人，我已经在前文中交代过，是犹太佬莫伊谢卡；右边的邻人是个庄稼汉，他脂肪肥满，胖得几乎成了圆的，神情愚蠢迟钝。这是只贪吃、肮脏、不好动的动物。早已失去了思考和感受的能力。他身上总有一股令人窒息的浓烈臭味。

尼基塔帮他收拾，总打他，狠狠地挥手打，毫不怜惜拳头。十分可怕，令人可怕的倒不是打他，对此会看得惯的，可怕的是这头麻木不仁的动物对挨打竟一无反应，不出声，不躲闪，不眨眼，只是微晃一下身子，像一只重重的木桶。

第六病室的第五名，也即最后一名栖居者是一个小市民，从前在邮局里做拣信员。他个子瘦小，发色淡黄，神情善良，略带狡黠。从他聪明平静、闪着清晰欢快的光芒的眼睛来看，此人城府很深，保存着一个十分重要的惬意的秘密。在他的枕头和褥子下面有一样什么东西，他不肯给任何人看。这倒不是他怕人家抢走或偷去，而是出于腼腆。他有时会走到窗前，背对着病友们，把一样什么东西戴到胸前，低头观看；如果此时有人向他走近，他就会感到局促不安，把那样东西从胸前扯下。不过，要猜出他的秘密并不困难。

他常对伊万·德米特里奇说：

"请您祝贺我，我被提名获得二级带星的斯坦尼斯拉夫勋章。二级带星的斯坦尼斯拉夫勋章只授予外国人，不知为什么对我来了个例外。"他笑着，困惑地耸耸肩膀，"说老实话，没想到！"

"我在这方面什么也不懂。"伊万·德米特里奇闷闷不乐地说。

"您可知道我迟早要力争得到的是什么吗？"以前的拣信员狡黠地眯起眼睛说，"我一定会得到瑞典的'北极星'勋章。为这种勋章张罗——值得！白十字，黑绶带，漂亮！"

想必在任何一个别的地方生活绝不会像在第六病室里这么单调。早晨，除去瘫痪病人和胖子庄稼汉，大家都在入口处门厅里用大木桶中的水洗脸，用病人服的下摆把脸擦干；然后用锡制的大杯子喝水——茶是尼基塔从主楼那边拿来的，每人应得一大杯。中午吃酸菜汤和稀饭，晚上吃中午剩下来的稀饭。在空闲时间就躺躺，睡睡，看着窗外，踱步。天天如此。就连拣信员谈的也总是那些勋章。

第六病室里很少见到生人。医生早已不接收新的精神病患者，而喜欢来疯人病院参观的人在这个世界上是不多的。剃头师傅谢苗·拉扎里奇两个月才来一次。关于他怎样给疯子们理发，尼基塔怎么帮助他，醉醺醺、笑嘻嘻的剃头师傅的出现使病人慌乱成什么样子——关于这一切我们就不说了。

除去剃头师傅，没有什么人顺便来看看侧屋。这五个病人命中注定天天能看见的只有尼基塔。

不过，不久前医院里传开了一个相当奇怪的消息。

有人散播流言：好像是医生开始探访第六病室了。

五

奇怪的流言！

从某种观点看，医生安德烈·叶菲梅奇·拉金是个卓越的人。据说他少年时代笃信上帝，立志要当神职人员。一八六三年他中学毕业，打算进神学院，可是他的父亲（一个医学博士和外科专家）好像是刻毒地狠狠嘲笑了他一番，还斩钉截铁地声称，如果要当神甫，就同他断绝父子关系。这说法的可靠性如何，我不知道，但安德烈·叶菲梅奇自己曾不止一次地承认，说他对医学及一般的专门科学没有天赋。

不管怎么说，他医学系毕业后并未当神甫，也没有表现出他笃信上帝，在初当医生时，他同现在一样不像神职人员。

他的长相笨重粗糙，像个庄稼汉；他的脸、胡子、平伏的头发和结实粗笨的身材倒像是一个在大道旁开小酒店的肆意妄为、脾气暴躁、身体肥胖的老板。他神情严肃，满脸青筋，小眼睛，红鼻子，身材高，肩膀宽，手大脚大，好像他一拳就能打死人似的。可是他的脚步缓慢，走起路来细心温和，在狭窄的走廊上遇到人时，他总是先停下来给对方让路，而且用不是像人家预料的嗓门低沉而是柔和的男高音说："对不起！"他脖子上长着一个小瘤，因此他不能穿上了浆的硬领衬衫，总是穿柔软的麻布或花布衬衣。一般说，他在穿着上不像医生。一套衣服他能穿上十来年。新衣服呢，他一般都在犹太佬的小铺子里买，穿到身上像是已经有人穿过的，皱巴巴的，同旧的一样。他接待病人也好，吃饭也好，做客也好，都穿着同一件常礼服。这倒并非他为人吝啬，而是因为他对自己的仪表完全不在意。

安德烈·叶菲梅奇到本市医院就职时，这所"慈善机构"的状况十分糟糕。病房里，走廊里，院子里——都臭烘烘的，令人难以呼吸。医院的勤杂人员、助理护士以及他们的孩子都同病人们一起睡在病房里。大家都抱怨说，蟑螂、跳蚤、老鼠多得叫人无法生活。在外科病室里，丹毒从未断根。整个医院里只有两把手术刀，没有一支体温计，洗澡盆用来装土豆。总务主任、被服管理员和医助们都掠夺病人的钱财，而关于老医生，即安德烈·叶菲梅奇的前任，大家都说，他好像是把医院的酒精秘密出卖，说他将助理护士和女病人们组成一个巨大的闺房。市里对这种混乱情况知道得一清二楚，甚至还加以夸大，可是却安之若素。一些人认为，这种情况可以原宥，因为住在医院里的都是小市民和庄稼人，他们不可能不满意，比起住医院来，他们在家里过的日子要差得多，总不该给他们吃松鸡吧！另一些人则认为，地方自治局不资助，市里无力办一个好的医院，谢天谢地，现在总算有一个医院，虽说它并不好。而新设立的自治局呢，他们借口说市里已经有一个医院，就既不在市里办医院，也不在附近的地方办。

安德烈·叶菲梅奇视察完医院后，作出结论认为：这是一个不道德的机构，它对住在里面的人的健康非常有害。在他看来，当前可以做的最为明达的事情是：把病人放出去，把医院关掉。不过他说，要做到这一点，光凭他的意愿不够，再说这么做也会是无益的。如果把身心的污秽从一个地方驱走，那它可以转到另一个地方去，必须等它自行风化。再说吧，人们既然办了医院并且容忍它，那就是说，他们需要它；偏见和生活中的污蚀也是需要的，因为它们随着时日的推移会改变成为有用的东西，就像粪便会成黑土一样。世界上没有一样好东西其原始形态会是不龌龊的。

安德烈·叶菲梅奇就职后，他对混乱状况的态度是相当冷漠的。他所做的不过是请医院勤杂人员和助理护士们别再在病房里过夜，他还置办了两柜子医疗器材。总务主任、被服管理员、医助们以及外科病房里的丹毒则依然故我。

安德烈·叶菲梅奇非常喜欢智慧和诚实。可是要在自己身边建立起一种明达和诚实的生活，他却缺少魄力，而且他也不相信自己有这种权力。他压根儿就不会命令，不会禁止，也不会坚持。好像是他曾经立过誓：永远不提高嗓门说话，不使用命令式。说一声"给我"，说一声"拿来"——他都会觉得难以启齿；在他要吃一些什么的时候，他会先犹豫不决地咳一声，然后对厨娘说："假如能给一杯茶的话"或者"假如能让我吃午饭的话"。要他对总务主任说"别再偷盗"，或者要他把总务主任赶走，或者要他干脆废除这个寄生的职位——要他做这些事情，他完全是力不从心的。如果有人欺骗他，奉承他或者拿一张分明是糟糕的账单要他签字，那他的脸会涨红得像龙虾，他会感到自己有过失，但他仍会在这账单上签字。

如果病人向他诉说吃不饱或者诉说助理护士态度粗暴，他会感到局促不安，抱歉说：

"好，好，过一会儿我研究……大概这里有误会……"

接任初期安德烈·叶菲梅奇工作很努力。从早晨起，一直到进午餐前，他接诊病人，做手术，甚至还接生。女人们说他很细心，善于测度病症，特别是妇婴疾病。可是时间一长，单调的工作以及这工作的明显无效，渐渐使他感到厌烦。今天接诊三十个人，明天一瞧，三十五个病人蜂拥而至，后天竟然来了四十个。日复一日，年复一年，市内的死亡率没有下降，病人不断前来。从早晨一直到午餐前要认真地帮助前来看病的人——这在体力上就是不可能的，这就意味着：这种治疗结果是一种迫不得已的欺骗。一个统计年度内接诊了一万二千个病人，率直地说，就是一万二千人受了欺骗。把重病人收留住院，按科学规则治疗，这样也是做不到的，因为规则是有的，但没有科学。如果不作空论，而是像其他医生那样学究式地按规则进行治疗，那么首先需要的是清洁和通风而不是污秽，是健康的饮食而不是发臭的酸白菜汤，是好的助手而不是窃贼。

再说，既然死是每个人正常的合乎规律的结局，干吗要妨碍人们去死呢？一个小官吏或者商人多活上五年十年又有何用？如果说医学的目的在于用药物减轻病痛，那么我们不禁要问：干吗要减轻病痛？第一，据说病痛可以使人完善人格；假如人类当真学会了用药丸药水减轻自己的病痛，他就会完全抛弃宗教和哲学，而人类直到如今在宗教和哲学中不仅找到了避免各种灾难的办法，甚至还在其中找到了幸福。

普希金①临终前深尝可怕的痛苦，可怜的海涅②在床上瘫痪了多年，为什么一个安德烈·叶菲梅奇或玛特廖娜·萨维什纳就不能生生病，他们的生活本来就空空洞洞，如果没有病痛，那这生活会是极顶空虚，会像阿米巴虫的生命一样。

这种种想法压抑了安德烈·叶菲梅奇，他心灰意懒了，不再每天去医院了。

六

安德烈·叶菲梅奇通常是这么过日子的：早上八点钟左右起床，穿衣，喝茶，然后坐在书房里看书或者去医院。在医院的昏暗窄小的走廊上坐着一些门诊病人，他们在等候着治病。医院的勤杂人员和助理护士从他们身旁走过，皮靴在砖地上敲出响声；瘦弱的穿住院服的病人打这儿走过；抬过去了一些死人；有人端着便盆过去了；有孩子在哭；刮着穿堂风——这种环境，安德烈·叶菲梅奇很清楚，对于发烧病人、肺病患者乃至于一般敏感的病人来说是不能忍受的，可是有什么办法呢？在诊室里迎接他的是他的助手谢尔盖·谢尔盖伊奇，一个小胖子，肥软的脸庞洗得干干净净，刮得溜光。他举止文雅，身穿一套肥大的新西装，不像是个医助，倒像是个议员。市里很多人找他治病。他打的领带是白色的，他认为自己比医生更懂行，医生根本没有实践经验。在诊室墙角的神龛里供着一大张圣像，一盏笨重的长明灯，

---

① 普希金 (1799—1837)，俄国诗人，在决斗中胸部受重创，两天后死去。
② 海涅 (1797—1856)，德国诗人，患脊髓病瘫痪在床，历时八年。

旁边放着一个用白色罩子罩着的高烛台；墙上挂着一些主教的画像、圣山修道院的全景画和一些用干矢车菊扎成的花圈。谢尔盖·谢尔盖伊奇信教，他喜欢宗教的庄丽气象。圣像是他资助安装的；每逢礼拜日，他就吩咐某个病人在就诊室里朗诵赞美歌，朗诵完毕他就亲自提着香炉到所有的病房去焚香。

病人多，时间少，所以治病也不过是进行简短的问询配一些氯化铵软膏或蓖麻油之类的药物。安德烈·叶菲梅奇坐在诊室里，一个拳头支着脸，思索着，机械地提着问题。医助坐在一旁，搓着手，偶尔也插话：

"我们生病，受苦，都是因为我们不好好地祈祷慈悲的主。正是这样。"

在接待病人的过程中，安德烈·叶菲梅奇不做任何手术，他对开刀早已生疏，看见血他就会心情不好。当他需要小孩张嘴察看咽喉而孩子喊叫着用小手抵挡的时候，他就会耳鸣和头晕，眼睛里流泪，他急急忙忙写好药方，挥手让村妇快快把孩子抱走。

他看完五六个病人就离开；剩下的病人由医助接诊，因为诊室里的一切：怯懦糊涂的病人，紧靠在他身旁的信教的医助，墙上挂着的画像，还有他自己向病人已经反复提了二十多年的那些问题——这一切都使他感到厌倦。

安德烈·叶菲梅奇惬意地想道：谢天谢地，他早已不自己开业给人治病，不会有人来打搅他了。到家后他立即进书房在桌旁看起书来。他读很多书，而且总是兴致勃勃地读。他的一半薪俸用于买书，六居室的房子里有三间房堆满了书和旧杂志。他最喜欢读历史和哲学方面的文章，在医学方面他只订阅一本杂志：《医生》，而且总是从最后面的文章读起。他每次读书一读就是数小时，不休息，不感到疲倦。他读书不像格罗莫夫以前那样读得迅速和急躁，而是慢慢地满怀热忱地读，读到他喜欢或不懂的地方他会停下来。书旁总有一小瓶伏特加酒，一条腌黄瓜或一个糖渍苹果，这些东西直接放在呢子桌布上，不装盘子。每隔半个钟头他目不离书地给自己倒上一小盅伏特加酒，喝完后摸过一根黄瓜咬上一口。

下午三点钟，他小心翼翼地走到厨房门口，咳一下说："亲爱的达里娅，假如能让我用午餐的话……"

吃过不可口、不干净的午饭，安德烈·叶菲梅奇就在屋里踱步，思考，双手交叉在胸前。时钟敲了四下，之后又敲了五下，他仍在踱步，思考。厨房门偶尔吱呀一响，露出达里娅的睡意惺忪的红脸：

"安德烈·叶菲梅奇，该喝啤酒了吧？"她关心地问道。

"不，时候还没有到……"他回答说，"我等一会儿……等一会儿……"

傍晚一般是邮政局局长米哈伊尔·阿韦里亚内奇来访。在市里这是唯一的一个人，同他在一起安德烈·叶菲梅奇才会不感到讨厌。他过去曾是一个富有的地主，在骑步团里供职，破产后因生活贫困而在晚年进了邮政系统。他神采奕奕，浓密的花白胡子，举止文雅，嗓音响亮悦耳。他善良，热情，但性躁。如果有顾客在邮局抗议、不赞成某种做法或者不过是稍作议论，米哈伊尔·阿韦里亚内奇就会全身哆嗦，脸涨得通红，嗓音如雷，大叫："闭嘴！"正因为如此邮局就有了这样一种声誉：一个令人望而生畏的机关。安德烈·叶菲梅奇对邮政局长却是又敬又爱，认为他人品高尚有教养，而对那些市民他却总是居高临下，像对待他的下属一样。

"瞧，我来了！"他走进安德烈·叶菲梅奇的房间就说，"您好，亲爱的！也许，我已经使您厌烦了，是吧？"

"恰恰相反，我非常高兴，"医生回答说，"您来我一向高兴。"

两个朋友坐在书房里的沙发上，默默地吸了一阵子烟。

"亲爱的达里娅，假如能给我们来点儿啤酒就好啦！"安德烈·叶菲梅奇说。

默默地喝完了第一瓶啤酒。医生在沉思着什么，而米哈伊尔·阿韦里亚内奇挺兴奋愉快，好像是他要讲一讲什么有趣的事情。医生总是第一个开始说话。

"多么遗憾，"他摇摇头，不看对话人的眼睛（他从来不看对话人的眼睛），慢慢地低声说，"尊敬的米哈伊尔·阿韦里亚内奇，我深感遗憾：我们市里没有人善于并喜欢进行有智慧有风趣的交谈。对我们来说这是一个巨大的损失。就连知识阶层也不能超脱庸俗习气。我认为他们的发展水平丝毫不高于下层人。"

"完全正确。我同意。"

"您自己清楚，"医生抑扬顿挫地低声说，"在这个世界上，除去人类智慧的崇高表现，一切都渺小和无意思。智慧在动物与人之间划了一道明确的界线，它指出人的非凡天性，在某种程度上说它甚至为人替代了永生。永生实际上是并不存在的，因此智慧是唯一可能的欢乐源泉。我们在自己周围看不见也听不到智慧，这就是说我们被剥夺了欢乐。不错，我们有书，但它跟生动的谈话和交际不同，完全不同。如果打一个不很中肯的比方，那么书是歌谱，而交谈则是歌唱。"

"完全正确。"

一阵沉默。达里娅神色愁闷，从厨房出来，站在门口，用小拳头支着脸，她想听一听。

"唉！"邮政局局长叹口气说，"您还希望现今的人有智慧！"

接着他就开始讲从前的生活有多好，多快活，多有意思，而当时的俄国知识分子多么有智慧，多么重视友谊和荣誉。借钱给人家不索要借据，认为对贫困的伙伴不伸手帮助是可耻的。有过多好的远足、探险和争论！有过多好的伙伴、多好的女人！高加索——这是一个多妙的地方！有一个营长的妻子，这是一个奇女子，常穿军官制服，在傍晚单身骑马进山，不带向导。据说她是去同一个山村里的式微的公爵幽会。

"啊呀，圣母……"达里娅叹气说。

"啊，酒喝得有多痛快！吃得有多好！有过一些多么大胆的自由主义者！"

安德烈·叶菲梅奇在听他讲，但是什么也没有听进去。他呷着啤酒，在思考着什么。突然间他打断米哈伊尔·阿韦里亚内奇的话说：

　　"我常常梦见一些有智慧的人以及同他们的交谈。我的父亲，他让我受好的教育，但在六十年代思想的影响下，他却迫使我当医生。我觉得，如果当时我不听他的话，那么今天我会处在思想运动的中心，大概会是大学某个系的领导成员。当然，智慧也不是永恒的，它是无常的。不过，您是知道的，我为什么喜欢智慧。生活是个令人烦恼的陷阱。当一个有思想的人达到了成熟阶段，有了成熟的认识，他就会不由自主地觉得自己好像是身处陷阱，找不到出路。确实是如此，他不由自主地被一些偶然性从虚无中召唤到人世……为什么？他想知道自己生存的意义和目的，但人们不告诉他，或者是对他说一些荒唐话；他敲门，人们不给他开；死亡来到，同样是违反他的意志的。就像在监狱里一些有着共同不幸遭遇的人聚在一起会感到轻松些一样，在生活中也是如此：喜欢分析和综合的人聚在一起交流清高的自由思想时也会忘记陷阱。在这个意义上讲，智慧乃是一种不可替代的乐事。"

　　"完全正确。"

　　"您不相信灵魂永生吧？"邮局局长突然发问。

　　"对，尊敬的米哈伊尔·阿韦里亚内奇，我不信，没有根据相信。"

　　"说实话，我也怀疑，虽说我有一种感觉：好像我永远不会死。有时候我想，老家伙，该死啦！可是心中却有一个小声音在说：别信，你不会死！……"

　　九点钟过了，米哈伊尔·阿韦里亚内奇就告辞了。他在穿大衣时叹着气说：

"命运把我们驱赶到了这么偏僻的地方！最最令人烦恼懊丧的是还得死在这个地方。唉！"

七

送走朋友后，安德烈·叶菲梅奇在桌旁坐下，又读起书来。宁静的夜晚，万籁俱寂，时间似乎也停下来了，并同医生一起屏息看书；好像是除去这书和罩着绿色灯罩的台灯之外没有什么其他东西存在。面对人的智慧活动，医生的那张粗糙的庄稼人似的脸由于陶醉和欢欣的微笑而渐渐开朗起来。"啊，为什么人不能永生？"他想，"为什么要有大脑中枢和脑回？为什么要有视觉、言语、自我感觉和天才？这一切东西都注定要入土，同地壳一起冷却，然后跟地球一起毫无意义和目的地绕着太阳浮动成百上千万年。为了这种冷却和浮动实在没有必要把人连同他崇高而非凡的智慧从虚无中召唤来到地球，之后又犹如嘲弄他而把他变成泥土，实在不必。"

新陈代谢！可是，用永生这个代用品来进行自我安慰又是何种怯懦的行为！发生在自然界的无意识过程比人的愚蠢更低下，因为在愚蠢中毕竟还有着意识和意志，而在这些过程中却什么也没有。懦夫在面对死亡时恐惧多于尊严，只有懦夫才会安慰自己，说什么他的肉体日后将活在青草中石头中和蟾蜍中……在新陈代谢中看到永生同样是奇怪的，正如珍贵的提琴已经破碎无用，而在此后预言什么琴盒将有辉煌的未来。

时钟敲响的时候，安德烈·叶菲梅奇向后仰身，靠着椅背，闭上眼睛：他要稍许想一想。在从书中读到的美好思想影响下，他无意中回顾起自己的过去并扫视现在。过去是令人厌恶的，最好是不去回想它，而现在又同过去一样。他清楚：就在他的思想同冷却的地球一起绕着太阳浮动的时候，在他寓所旁的医院大楼里，许多人正在受着疾病和龌龊的折磨；也许，有个什么人睡不着，正在同虫子斗争，有个什么人染上了丹毒或是因绷带缠得太紧而正在呻吟；也许，一些病人正在同助理护士们一起打牌喝酒。在上个统计年度，受骗上当的病人有一万二千，而医院的全部业务仍像二十年前一样，全都建立在盗窃、倾轧、诽谤、徇私和露骨的欺诈上，所以医院仍是一个不道德的机构，对居民健康十分有害的机构。他清楚，在第六病室里，在铁栅栏后，尼基塔正在痛打病人，而莫伊谢卡每天都上街乞讨。

　　另一方面，他也非常清楚的是：近二十五年来，医学有了神话般的变化。在他读大学的时候，他曾觉得医学不久要遭受同炼金术、形而上学一样的命运；而如今在他夜读的时候，医学使他感动，使他惊讶甚至狂喜。确实是：多么出人意料的辉煌，多么深刻的革命！在抗菌法的帮助下，人们在做着伟大的皮罗果夫[①]认为即使在将来[②]也不可能做的手术。普通的地方自治局医生都敢进行膝关节截除，剖腹手术的死亡率只是百分之一，而结石病则被认为是区区小病，不

---

① Н. П. 皮罗果夫 (1810—1881)，俄国著名外科医生。
② 原文为拉丁语。

值一提。对梅毒已经能够进行根本治疗。还有遗传学说，催眠术，巴斯德①和科赫②的发现，卫生统计学，我们俄罗斯的地方自治医疗！精神病学及其现在的疾病分类法和诊治方法，若与过去的状况相比，那它简直是高不可攀的厄尔布鲁士山了。如今已经不朝精神病人头上浇冷水，不给他们穿紧身衣，而给之以人道待遇，据报载，甚至还为他们组织演出和舞会。安德烈·叶菲梅奇知道，按当今的观点和要求来看，像第六病室这样的丑事只能存在于离铁路线两百俄里的地方，存在于那种小城市里，那儿的市长和地方自治局委员全是识字不多的小市民，他们视医生为祭司，对他应当不加评判地信任，哪怕是这种医生向病人口中灌注锡水；要是在别的地方，公众和舆论早就会把这个小小的巴士底狱③捣毁了。

　　"那又怎样呢？"安德烈·叶菲梅奇睁开眼睛问自己，"这一切的结果是什么呢？有了抗菌法，有了科赫和巴斯德，可是事情的实质一无改变，还是那样的发病率和死亡率。给精神病人组织舞会和演出，可是就是不让其自由。这就是说，一切都是胡扯，是瞎忙。在维也纳最好的门诊医院和我的医院之间，本质上，没有任何差别。"

　　伤心以及一种类似嫉妒的心情使他不能无动于衷。大概是他太疲劳了，沉甸甸的头向着书本垂下。为了稍许缓和一

---

① 巴斯德 (1822—1895)，法国细菌学家，化学家。
② 科赫 (1843—1910)，德国细菌学家。
③ 巴黎的一个城堡，建于一三七〇至一三八二年，自十五世纪起为国家监狱。一七九〇年被毁。

下，他用双手把脸托住，他想：

"我在为一件有害的事情效劳，从受我欺骗的人们手中领取薪俸；我不诚实。不过，我个人是微不足道的，我只是不可避免的社会罪恶的一个分子：县里的官吏全都有害，都在领薪俸……这就是说，我不诚实，但有错的不是我，而是时代……我要是晚生二百年，我就会是另一个人。"

时钟敲了三下，他把灯熄灭，走进卧室，但他并无睡意。

八

为补贴市立医院医务人员的配备，两年前地方自治局表示慷慨，决定每年拨款三百卢布，直至开办地方自治局医院为止。这样市里就把县医叶甫盖尼·费奥多雷奇·霍博托夫请来协助安德烈·叶菲梅奇。这位医生很年轻，还不到三十岁，高身材，黑头发，宽颧骨，小眼睛；大概他的祖先是少数民族。他到市里来时没有钱，手提一个小箱子，领着一个不好看的年轻女人，他称她是厨娘。这女人有个吃奶的孩子。叶甫盖尼·费奥多雷奇戴大盖帽，穿高统皮靴，冬天穿一件短皮袄。他跟医助谢尔盖·谢尔盖伊奇和出纳员交往甚密。不知为什么，他把其他官员都叫作贵族而回避之。他家里只有一本书：《维也纳医院一八八一年度最新临床处方》。他去看病人时一直带着这本书。每天晚上他在俱乐部打台球，他不喜欢玩牌，闲谈时他非常喜欢用这样一些字眼："无聊之至""废话连篇""故布疑阵"等等。

一星期内他去两次医院，巡视病房，接诊病人。医院里没有抗菌剂，使用拔血罐——这使他愤慨，但他并不引入新方法，担心会因此得罪安德烈·叶菲梅奇。他认为同事安德烈·叶菲梅奇是一个老骗子，怀疑他有大笔钱财，在暗中嫉妒他。他很乐于将他取而代之。

九

三月末的一个春晚，地上已经没有了积雪，椋鸟在医院的花园里唱歌，医生把自己的朋友邮局局长送到大门外。恰恰在这时犹太佬莫伊谢卡从街上乞讨回来，走进院子。他不戴帽子，赤脚穿着一双浅筒小套鞋，手里拿着一只不大的乞讨袋。

"给一个小戈比吧！"冻得直哆嗦的他微笑着对医生说。

安德烈·叶菲梅奇向来不会拒绝，给了他一个十戈比银币。看着犹太佬的一双光着的脚和冻红了的瘦踝，医生心想："这有多不好，潮湿！"

在一种类似怜悯和嫌恶情绪的支配下，他跟犹太佬朝侧屋走去，时而看着他的秃顶，时而看着他的脚踝。医生一走进来，尼基塔立即从垃圾堆上跳起，站得笔直。

"你好，尼基塔。"安德烈·叶菲梅奇客气地说，"假如能给这个犹太人发一双靴子……是否可以……不然他准会感冒。"

"是，先生，我向监管人报告。"

"拜托啦！你用我的名义请求他。告诉他，是我请求他。"

从入口处通向病房的门打开着。伊万·德米特里奇躺在床上，用一个胳膊肘支起身子，惊慌地听着生人的声音，他忽然认出这是医生。出于气愤他全身哆嗦，满脸通红，凶狠地瞪着双眼，跑到了病房的中央。

"医生来了！"他喊叫一声后便哈哈大笑起来，"终于来了！诸位，我祝贺你们，医生大驾光临啦！该死的坏蛋！"他尖叫一声，跺一下脚，病友们从未见过他如此狂怒，"打死这个坏蛋！不，打死倒会是便宜了他！在茅坑里把他淹死！"

安德烈·叶菲梅奇听到此话，从入口处朝病房里张望一下，口气温和地问道：

"为什么呢？"

"为什么？"伊万·德米特里奇大喊一声朝医生走去，一副威胁的样子，慌忙地把睡袍裹紧，"为什么？窃贼！"他厌恶地说，像要吐唾沫似的动了动嘴唇，"骗子！刽子手！"

"请安静。"安德烈·叶菲梅奇愧疚地微笑着说。"我向您保证：我从未偷过什么东西，至于其他方面呢，您，显然，您过分夸大了。我看得出，您在生我的气。请您安静，如果您能做到，请冷静地告诉我：您为何生气？"

"您为什么把我关在这里？"

"因为您有病。"

"是的，我有病。可是成百上千个疯子在外边自由自在，就因为您无知，您不能把他们同健康人区分开。我和这几个人为什么就该在此地代人受过，像替罪羊似的？您，医助，监管人以及你们医院的所有坏蛋，你们在道德方面比我们中的每个人都低，低得无可比拟，为什么被关着的是我们，而不是你们？逻辑何在？"

"这儿谈不上什么道德和逻辑。一切都取决于偶然。把谁关进来了，谁就待在这里；没有关谁，谁就在外面自由游逛，就是这么一回事。至于说到我是医生，而您是病人，在这方面既没有什么道德，也没有什么逻辑，有的只是一种无根据的偶然性。"

"胡说八道，我听不懂……"伊万·德米特里奇低声说。他在床上坐下。

医生在场，尼基塔不好意思搜查莫伊谢卡，于是莫伊谢卡就把乞讨来的面包块、纸币和小骨头在自己的床上摆弄。他冻得还在哆嗦，很快地用犹太话念叨着什么，像唱歌似的。他这是在想象他开了一个小铺子。

"请您把我放出去。"伊万·德米特里奇说，他的声音发抖。

"我不能。"

"为什么呢？为什么？"

"因为这不受我的支配，请您想一想，如果我把您放了，您因此能得到什么好处？您走吧！市民或警察局准会把您抓住送回来。"

"不错，不错，正是这样……"伊万·德米特里奇说着擦了擦前额，"这太可怕了！我该怎么办？怎么办？"

伊万·德米特里奇的声音，他那张年轻聪明的脸，还有脸上的怪相——都使安德烈·叶菲梅奇感到喜欢。他想爱抚和安慰这个年轻人。他同他并排坐在床上，想了一想说：

"您问该怎么办？处在您的境地最好的办法就是逃离这个地方。不过，很遗憾，这么做也是徒劳。准会把您抓住。如果社会要隔离罪犯、精神病人和一般说不稳妥的人，那它是不可战胜的。您只有一个办法：您要认为您待在这个地方是必要的，您要安静下来。"

"可是我待在这里对谁都没有用。"

"既然存在着监狱和疯人院，那总得有人在其中待着。不是您，就是我；不是我，就是第三个别的什么人。等着吧，在遥远的将来，监狱和疯人院一定会结束它们的存在，到那时窗户上就不会有铁栅栏，你们也不必穿这种病人服。当然，这个时代迟早一定会来到。"

格罗莫夫讥讽地一笑，眯起眼睛说：

"您在开玩笑。像您和您的助手尼基塔这样的先生们，同未来没有任何关系。不过，尊敬的先生，您可以相信，美好的时代一定会到来。虽说我言辞粗陋乏味，您可以将我嘲笑，但新生活的曙光必将升起，真理必将胜利，我们也一定会有扬眉吐气的一天！我是等不到啦，我会死去，可是一些人的曾孙们一定能等到。我衷心祝福他们，我为他们高兴！前进！上帝保佑你们。朋友们！"

伊万·德米特里奇站起来，两眼闪出光芒，双手伸向窗户，声调激动地说：

"我在铁栅栏后面祝福你们！真理万岁！我高兴！"

"我找不到特别的理由来高兴。"安德烈·叶菲梅奇说。他觉得：伊万·德米特里奇的举动像演戏，但他又喜欢这种举动。"监狱和疯人院将不复存在，"他说，"真理，如您所说，必将胜利，可是事物的本质绝不会改变，自然规律一定会依然如故。人们仍将跟现在一样生老病死。不管会有多么壮丽的曙光照亮您的生活，您最终定将被钉进棺材扔进土坑。"

"那么永生呢？"

"唉，得了吧！"

"您不相信，可是我信。陀思妥耶夫斯基或伏尔泰的作品中有个人说过：如果没有上帝的话，人们也会虚构一个出来。我深信：如果没有永生，伟大的人类智慧迟早会发明它。"

"说得好。"安德烈·叶菲梅奇满意地微笑说。"您信，这很好。怀着这种信仰的人，即便被幽禁在铁墙内，他也会过得很快活。请问，您是在哪儿受的教育？"

"我上过大学，但是没有毕业。"

"您是个有智慧、好思索的人。在任何环境里您都从自身找到安慰。进行自由深刻的思维以参透生活奥秘，彻底蔑视人世的愚蠢空忙——这是人迄今所知的两种至高无上的幸福。您可以获得这两种幸福，哪怕您是生活在三重铁栅栏后面。第奥根尼①在木桶里过日子，他却比人间所有帝王都幸福。"

"您的第奥根尼是傻瓜，"伊万·德米特里奇忧郁地说，"您对我讲什么第奥根尼？讲什么参透生活奥秘？"他突

---

① 第奥根尼（约前400—约前325），古希腊哲学家。他主张禁欲主义，传说他生活在木桶里。

然大怒，跳将起来。"我爱生活，热烈地爱！我得到的是迫害，恐惧感不断地折磨我。 可是在渴望生活的心情支配我的时候，我就担心会发疯。 我非常想生活，非常！"

他激动地在病房里走了一圈，压低声音说：

"在我幻想的时候会有一些幽灵来造访。似乎有人来到我这里，我听到说话声，听到音乐，我觉得我在林中、在海滨散步，我非常向往生活俗事，向往操劳……请您告诉我，外边有什么新鲜事儿？"伊万·德米特里奇问道，"那里怎么样？"

"您想知道什么情况，市里的还是一般的？"

"请您先给我讲市里的情况，然后再讲一般的。"

"好吧，市里无聊得要命……无人可以交谈，值得听一听的人也没有。没有新来的人。不过，不久前来了个年轻医生，姓霍博托夫。"

"我在场的时候他就来了。怎么，是一个厚颜无耻之徒？"

"不错，是个没有文化修养的人。说来奇怪，您可知道……就各种情况来判断，在京城里思想并未停滞不前，它有进展，就是说，那儿应该有一些真正的人，可是，不知为什么，每次从那儿派来的尽是一些我连看都不想看的人。不幸的城市啊！"

"不错，我们这个城市是不幸的！"伊万·德米特里奇叹口气笑将起来："一般的情况如何？报纸和杂志上都说些什么？"

病房里已经暗下来了。医生站了起来。他站着讲，讲国内外报纸杂志上写些什么，讲目前出现了什么思潮。伊万·德米特里奇认真地听着，也提出一些问题。可是他突然像是想起了什么可怕的事情，抱住头朝床上一躺，背对着医生。

"您怎么啦？"安德烈·叶菲梅奇问。

"您再也听不到我说一句话！"伊万·德米特里奇粗鲁地说，"别纠缠我！"

"为什么？"

"没有听见？别纠缠我！何必呢？"

安德烈·叶菲梅奇耸耸肩膀，叹口气走出病房。经过入口处时他说：

"这儿假如可以收拾一下的话……尼基塔……气味太难闻！"

"是，先生。"

安德烈·叶菲梅奇在回家途中想："一个十分令人愉快的年轻人。这好像是我到本市来后第一个可以谈谈的人。他善于思考，关心的也是需要关心的问题。"

看书的时候以及后来上床睡觉的时候，他心中一直想到伊万·德米特里奇。第二天早晨他一醒来便想到昨天结识了一个聪明有趣的人，并决定一有可能就再去找他。

十

伊万·德米特里奇在床上躺着，还是昨天的那种姿势，双手抱住头，两腿蜷缩，看不到脸。

"您好，我的朋友。"安德烈·叶菲梅奇说，"您没睡吧？"

"第一，我不是您的朋友。"伊万·德米特里奇嘴凑着枕头说，"第二，您白费劲，从我这里您一句话也打听不出来。"

"奇怪……"安德烈·叶菲梅奇尴尬地咕哝着，"昨天我们谈得多好，可是您不知为什么突然生气，一下子把谈话打断了……大概我有什么表达不妥，或者是我说出的想法不合乎您的信仰……"

"我当真会相信您？"伊万·德米特里奇说着从床上爬起，既讥嘲又惊慌地看着医生，两眼通红，"您可以上别处去当暗探和拷问，在这儿您没有什么事可做。昨天我就明白您来是干什么的。"

"奇怪的想象！"医生苦笑着说，"您认为我是特务？"

"是的，我认为……反正一样：是特务还是医生，把我送去受他拷问的医生。"

"哎呀，也真是的，您呀，请原谅……太怪啦！"

医生在床前的一张小凳子上坐下，责备地摇摇头。

"不过，我们假设一下，您是对的，而我是奸险地要抓住您的话柄向警察局告发，把您逮捕，然后判刑，可是，难道判刑坐牢对您来说会比待在这儿更糟？我认为，不会更糟……有啥好怕的呢？"

这番话，显然，对伊万·德米特里奇起了作用，他安静地坐下了。

已经是下午四点多钟，通常这时候安德烈·叶菲梅奇在房间里踱步，而达里娅则问他是否该喝啤酒了。户外天气宁静明朗。

"我用过午餐后出来散步，顺便过来看看，"医生说，"瞧，完全是春天了。"

"现在是几月份？是三月份吧？"伊万·德米特里奇问。

"是的，是三月底。"

"外面很泥泞吧？"

"不，不很泥泞。花园里的小径已经露出来了。"

"现在坐马车到郊外兜兜倒是挺好的，"伊万·德米特里奇说，揉着红眼睛，像是半睡半醒，"然后回家坐在温暖舒适的书房里……找上一个好医生，治一治头痛……我过的早已不是人过的生活了。这儿丑恶，丑恶得无法忍受！"

经过昨天那一番激动，他神色疲倦，无精打采，不想说话。他的手指在抖，从脸部表情看，他的头在痛，痛得厉害。

"在温暖舒适的书房和这个病房之间不存在任何差别。"安德烈·叶菲梅奇说，"人的安宁和舒泰不在他的身外，而在他自身之内。"

"这话怎么理解？"

"普通人都从身外期待好事和不吉，就是说，从马车和书房等等外在之物，而好思索的人则是从自己本身。"

"您到希腊去宣传这种哲学吧，那里暖和，还有橙子香呢，这种哲学不适合于此地的气候。我这是同谁谈过第奥根尼？是同您谈的吧？"

"是的，昨天同我谈的。"

"第奥根尼不需要书房和暖和的房间，在他那个地方本来天气就热，可以舒服地躺在大桶里，吃吃橙子和橄榄。如果他生活在俄国，别说在十二月里，就是在五月份他就会要求进屋。也许，他会冷得蜷缩起来。"

"不对！寒冷，像任何疼痛一样，可以感觉不到它。马可·奥勒留①说过：'疼痛是关于疼着的生动观念，如果你加强意志以求改变这个观念，抛弃它，不再诉说痛苦，那么痛苦准会消失。'这种说法是有根据的，智者，或者一般有思想、好思索的人，其特点就是他蔑视痛苦，永远知足，对什么事情都不大惊小怪。"

"这么说来我就是个白痴，因为我痛苦，我疾恶如仇，我对人的下贱行为感到惊讶。"

"您这就大可不必了。如果您能多做些思考，您就会理解：身外的一切事物是多么微不足道，而它们却使我们焦急不安。应该努力参透生活，真正的幸福就在于此。"

"参透……"伊万·德米特里奇皱一皱眉头说，"身外的，身内的……请您原谅，这些我可不懂，我只知道，"他站起来生气地看着医生说，"我只知道，上帝用热血和神经把我创造出来！而有机组织，如果它是有生命力的，它就应当对任何刺激作出反应，所以我也就有所反应！我以喊叫和流泪来反应痛苦；我以愤慨来反应下贱行为；而对卑鄙龌龊之事我的反应是厌恶。我认为，这实际上就叫作生命。机体越低级，它就越不敏感，对外来刺激的反应就越弱；机体越

---

① 马可·奥勒留（121—180），晚期斯多葛派的代表人物，主张智者应该顺应自然的冷漠，清心寡欲。

高级，它就越敏感，对现实的反应就越有力。怎么可以不知道这一点呢？身为医生，连这种小事都不知道！要想做到蔑视痛苦、永远知足、对什么都不大惊小怪，就必须达到这种状态，"说着伊万·德米特里奇指指那个脑满肠肥的胖汉子，"不然就得让痛苦把自己磨炼到对任何痛苦失去任何反应的程度，换句话说，也就是不再活着。请您原谅，我不是智者，也不是哲学家，"伊万·德米特里奇激动地继续说，"在这方面我是一窍不通，我没有能力议论什么。"

"恰恰相反，您的议论很精辟。"

"您拙劣地模仿的斯多葛派是一些出色的人物，不过，他们的学说在两千年前就停滞了，再也没有一点一滴的进步，将来也不会有所前进，因为它脱离实际，没有生命力。它只受到少数人的欢迎，这些人在研究和品味不同的学说中过日子，大多数人则对它并不理解。大多数人对那种鼓吹要漠视财富和舒适生活，要蔑视痛苦和死亡的学说是不理解的，因为他们从未有过财富和舒适生活；至于说到蔑视痛苦，这就是要他们蔑视生命，因为人的全部实际就是由饥饿、寒冷、欺凌、损失以及哈姆雷特式的对死的恐惧所组成，而生活的全部就在于对这一切的感受之中，可以为这种生活痛苦，也可以仇恨它，但蔑视它——是不可以的。不错，我再重复说一遍，斯多葛派的学说永远不可能有什么前途，正如您所见到的那样，从世纪初直到今天，日益发展着的却是斗争，是对疼痛的敏感，对刺激的回应能力……"

伊万·德米特里奇的思路突然中断，他停下来擦擦额头说：

"我想说一个重要的看法，可是思路断了。刚才我说什么来着？噢，对了，我是想说：有一个斯多葛主义者卖身为奴，为的是要替一个近亲赎身。您瞧，这说明，就连斯多葛主义者对刺激也会有所反应，因为要做出这样的慷慨举动：为了近亲而使自己陷入绝境——就得有一颗激愤的同情心。在这个监狱里我把学过的东西全都忘记了，要不我还能想起一些什么来。可以拿基督作例子吗？基督是以哭泣、微笑、悲伤、愤怒来回应现实的。他并非微笑着去迎接苦难，他也没有蔑视死亡，而是在客西马尼花园里祷告，让他不遭受这份苦难。"

　　伊万·德米特里奇笑了，他坐下来说：

　　"就算人的安宁和舒适不在他身外，而在他自身之内；就算需要蔑视痛苦，需要对什么都不大惊小怪，可您凭什么来鼓吹这种东西？难道您是智者？是哲学家？"

　　"不，我不是哲学家，但宣传这种学说是每个人应该做的事情，因为它是合理的。"

　　"不，我想知道您为何认为自己有资格来谈什么参透生活、蔑视痛苦等等？难道您曾经痛苦过？您可知道什么是痛苦？请问，您幼年挨过鞭打吗？"

　　"没有，我的父母讨厌体罚。"

　　"而我的父亲狠狠地抽打过我。他生性暴躁，是个官员，黄脖儿，长鼻子，有痔疮。不过，我们还是来谈谈您吧。您这一辈子没有人对您动过一根手指头，没人吓唬过您，没人打过您；您壮得像牛，您在父亲的羽翼下成长，他供养您求学，然后您一下子就占据了一个高薪而又清闲的职位。您在不付房钱的寓所里住了二十来年，有暖气，有照明，有仆人，而且有权随意工作，怎么干和干多少全都随您的意愿，哪怕是什么事也不干。您生性懒散，因而在安排生活方面尽量不让任何事情打扰您、推动您。您把工作交给医助和别的坏蛋去做，自己坐在温暖安静的屋里，攒钱，看书，以思考各种高雅的无聊问题为自己取乐。"伊万·德米特里奇看了看医生的红鼻子又说，"您还饮酒消遣，一句话，您没见过生活，根本就不了解它，而对现实，您的了解是脱离实际的。您蔑视痛苦，对什么都不在乎，原因很简单：什么万事皆空，什么身外身内，什么蔑视生命、痛苦和死亡，什么参透，什么真正的幸福——所有这一切都只是一种抽象的空论，对俄国懒汉来说最为合适的空论。比如，您看着农夫打老婆，您不加规劝。为什么要去干预？让他打吧，反正两个人早晚都得死，何况打人的人以殴打来侮辱的并非他所打的那个人，而是他自己。又如，酗酒是蠢事，有失体面，不过酗酒会死，不酗酒也得死。再比如，来了一个农妇，她牙痛……那有什么！疼痛是一个观念，关于疼痛的观念，再说人生在世没有不生病的，我们大伙儿都会死，因此你，农妇，你走吧，别妨碍我思索，别妨碍我喝酒。还有年轻人来求教：该怎么办？该怎么生活？别人在回答之前会想一想，可在您这儿有现存的答案：努力去参透生活或者努力去追求真正的幸福。可是这个虚无缥缈的'真正的幸福'究竟是什么东西？当然，不会有答案！现在把我们关在铁窗内，长期幽禁，虐待，但这既美好又合理，因为这个病房和温暖舒适的书房并无什么不同。多么便于利用的哲学！

既不用做什么事，又问心无愧，还觉得自己是个智者……不，先生，这不是哲学，不是思维，不是眼界开阔，而是懒惰，是走江湖人的杂耍，是麻醉……正是这样！"伊万·德米特里奇又生气了，"您蔑视痛苦，可是如果用门挤一下您的手指，那您就会拼命叫喊！"

"也许，我倒不会叫呢?"安德烈·叶菲梅奇温和地微笑着说。

"怎么会不叫！要是您一下子瘫痪了，或者有个傻瓜和无耻之徒倚仗权势当众凌辱您，而且您知道他不会因此受罚，到了那个时候您可能会明白：怎么可以叫别人去参透生活，去追求真正的幸福。"

"这见解很独到。"安德烈·叶菲梅奇满意地笑着搓着双手说，"您倾向于做概括，这令我钦佩。而您刚才给我做的鉴定可真是出色。说实话，同您交谈使我得到极大的乐趣。好吧，先生，我听完了您的高论，现在请您听我说……"

十一

这次交谈还继续了将近一个钟头。显然，它给安德烈·叶菲梅奇留下了深刻印象。他开始每天到这座小屋来，每天早晨和午饭之后来，在傍晚天黑之前常常可以看到他同伊万·德米特里奇在交谈。起初伊万·德米特里奇躲避他，怀疑他用心不良，坦率表露了不欢迎的态度。后来他习惯了，把严厉的态度换成了宽容、奚落的态度。

不久医院里就传开了：安德烈·叶菲梅奇开始探访第

六病室。医助也好，尼基塔也好，助理护士也好，他们中没有一个人明白：他为什么去那里？为什么一坐就几个小时？他们谈些什么？为什么他不开药方？他的行为令人觉得奇怪。米哈伊尔·阿韦里亚内奇常常在家里找不到他，而以前从未有过这种情况。厨娘达里娅也感到很困惑，因为医生已不在固定的时间喝啤酒，有时连吃午饭也会迟到。

有一次，那已经是六月的末梢，霍博托夫有事来找安德烈·叶菲梅奇，在家里未找到，他就上医院院子里找，在这里人们告诉他：老医生去看精神病病人了。霍博托夫走进侧屋，在入口处停下，听到了一席谈话：

"我们永远也谈不到一起，您别想让我接受您的信仰。"伊万·德米特里奇气恼地说，"您根本不了解现实，您从未受过苦，您不过是在他人的痛苦旁边糊口，像一条蚂蟥，而我呢，我是一生下来直到今天不断地受苦，因此我坦率地说：我认为自己比您高明，在各方面都比您在行，您没有资格教训我。"

"我根本就不强求您接受我的信仰。"安德烈·叶菲梅奇轻声说。他感到遗憾：人家不愿理解他。"而且问题不在这里，我的朋友。问题不在于您吃过苦，而我没有。痛苦和欢乐都是无常的，不谈它们吧。问题在于：我同您都在思考，互认为是善于思索和议论的人，而这却使我们心意一致，不管我们的观点差别有多大。我的朋友，如果您能知道就好了：我十分厌恶普遍的愚蠢、庸碌和迟钝，而每次同您交谈又使我感到非常高兴。您是有理智的人，您使我感到欣慰。"

霍博托夫把门打开少许，朝病房里瞧了一眼：戴睡帽的伊万·德米特里奇和安德烈·叶菲梅奇医生并排坐在床上。疯子做着怪相，哆嗦着，不安地用睡袍紧裹身体；医生一动不动低头坐着，脸红红的，一副无可奈何和忧郁的样子。霍博托夫耸耸肩膀，冷笑了一下，同尼基塔交换了一下眼色。尼基塔也耸了耸肩膀。

第二天霍博托夫同医助一起来到侧屋，两人站在入口处偷听。

"我们的老爷爷好像偏离航线了。"走出侧屋时霍博托夫说。

"主啊，请垂怜我们这些罪人吧。"笃信上帝的谢尔盖·谢尔盖伊奇说。他小心地绕过小水洼，不让擦得锃亮的皮靴给弄脏，"老实说，尊敬的叶甫盖尼·费奥多雷奇，我早已料到这一点了。"

十二

从此以后，安德烈·叶菲梅奇开始发现：在他周围有一种神秘的气氛。勤杂工、助理护士、病人们在同他相遇时都会疑惑地打量他一下，接着就低声私语。小女孩小玛莎是监督人的女儿，以前医生喜欢同她在医院花园里相遇，但如今在他面露笑容走近她并想抚摸她的小脑瓜时，她却会不知为什么跑开了。邮局局长听他讲话时已经不说"完全正确"，而是怀着某种莫名其妙的困惑低声咕哝："嗯，嗯，嗯……"，眼睛里充满忧虑，他不知何故开始劝医生戒酒，不再喝伏特加和啤酒，不过，作为一个彬彬有礼的人，他不直说，只作暗示：一次讲有个营长，为人极好，一次讲一个团里的神甫，也是好人，讲这两个好人因喝酒犯病，戒酒后两人都已康复。同事霍博托夫也看望过安德烈·叶菲梅奇两三次，也劝他戒酒，而且没有明显的理由就劝他服用溴化钾。

八月间，安德烈·叶菲梅奇收到市长一封信，说有一件重大事情需要他光临。他按时来到市政厅，在那里看到了驻军首长、县立学校督学、市政厅一名成员、霍博托夫，还有一个美发胖绅士，向他做介绍时说，这是个医生。这位医生的姓是一个很绕嘴的波兰姓，住在离市区三十俄里的种马场，他这是路过此地。

"这是一份关于贵院的报告，"大家寒暄完毕围桌坐下后市政厅的成员对安德烈·叶菲梅奇说，"霍博托夫先生说，药房坐落在主楼里嫌挤，需要把它挪到一座平房里去，挪动是可以的，当然，这件事是可以做的，没有什么问题，主要原因是平房得修一修。"

"不错，少不了要修理一下，"安德烈·叶菲梅奇想了想说，"比如，要是把拐角上的那座平房调整做药房，我认为至少需要五百卢布，这是一笔无谓的开支。"

大家都不作声。

"我有幸在十年前打过报告，"安德烈·叶菲梅奇继续说，声音很低，"这座医院以其现在的样子对本市来说是一种入不敷出的奢侈。它建造于四十年代，要知道当初的经费不像现在这样。现在市里在修建无用建筑和设置过多职位方面耗费太多的钱财。我认为，在别的体制下，用这些钱可以维持两个示范医院。”

“那么我们就来建立别的体制吧！”市政厅成员说，他很活跃。

“我有幸已经打了报告：把医疗这一块交给地方自治局管。”

“把钱交给自治局，自治局会偷盗。”美发医生大笑说。

“历来如此。”市政厅成员表示赞同，说完他也笑了。

安德烈·叶菲梅奇无精打采地看了一下美发医生说：

“讲话要有根据嘛。”

大家又沉默了。上了茶。驻军首长不知何故一副尴尬样子，隔着桌子碰了碰安德烈·叶菲梅奇的手说：

“您可把我们全都忘记了，医生。不过，您是个苦行僧：不玩牌，不喜欢女人。同我们这帮人在一起您感到枯燥乏味。”

大家谈开了，说一个正派人生活在这个城市里会感到无聊。没有剧院，没有音乐。在俱乐部最近举行的舞会上女士有将近二十位，男舞伴却只有两个。青年人不跳舞，总聚在小吃部或者在一起打牌。安德烈·叶菲梅奇谁也不看，慢慢地低声说：真遗憾，真正深感遗憾，市民把精力、心血和才智都浪费在玩牌和传布流言蜚语上，他们不会也不愿进行有意思的交谈或读书，不愿享受智慧给予人的乐趣。其实只有智慧才是有意思的，值得注意的，其他一切都是渺小的低级的。对同事的这番讲话霍博托夫听得很仔细。他突然发问：

“安德烈·叶菲梅奇，今天几号？”

得到答复后，他和美发医生一起用一种感到自己笨拙的考官的腔调问安德烈·叶菲梅奇：今天星期几？一年有多少天？听说在第六病室里住着一个卓越的先知，这是否是真的？

安德烈·叶菲梅奇在回答最后一个问题时脸一红，说道：

"不错，这是一个患病但有意思的年轻人。"

没有向他再提任何问题。

在前厅穿大衣时，驻军首长把手搭在他肩上叹说：

"咱们，老头子们，该休养啦！"

走出市政厅，安德烈·叶菲梅奇明白了：这是一个小组，是来鉴定他的心智能力的。他回想向他提出的一些问题，他脸红了，不知为什么他惋惜起医学来了，这在他是生平第一次。

"天哪，"他回想刚才两个医生考究他的情形，"他们就在不久前听过精神病学的课，还通过了考试，怎么会如此无知！他们根本不懂精神病学！"

他生平第一次感到自己受了侮辱，他生气了。

就在这天晚上，邮政局局长来了，不做寒暄，径直向他走近，抓住他的双手，激动地说：

"亲爱的，我的朋友，请您向我证明：您相信我对您的友谊是真诚的，您认定我是您的朋友……"他不让安德烈·叶菲梅奇说话，继续激动地说，"我的朋友，我喜欢您，因为您有教养，人品高尚。亲爱的，您听我说下去，科学的规矩要求医生隐瞒您的实情，但是我要像军人那样对您直言不讳：您病了！请原谅我，亲爱的，这是真的，周围的人早已看出来了。刚才霍博托夫医生对我说，为了您的健康，您必须休息，散散心。完全正确！太好了！这几天我休假，去闻闻别的地方的空气。您向我证明：您是我的朋友，我们一块儿去吧！像年轻时那样过上几天！"

"我觉得自己完全健康。"安德烈·叶菲梅奇想了想说，"我不能去。让我改日用别的方法证明我对您的友谊吧。"

到外地去，不知道去干啥，离开书，离开达里娅，离开啤酒，完全打破二十年来形成的生活条理——这个想法起初使他觉得奇怪荒唐，可是他想起了在市政厅的那席谈话，想起了他在回家途中感受到的沉重心情，他倒喜欢上了短时离开这个城市的念头，更何况这儿的一些蠢人还认为他是疯子。

"您正想去哪儿呢？"他问道。

"去莫斯科，去彼得堡，去华沙……我在华沙度过了一生中最幸福的五年。一个多么美妙的城市啊！一块儿去吧，亲爱的！"

十三

一周后，市里建议安德烈·叶菲梅奇休息，就是说建议他呈请辞职。对此他的态度很冷淡。又过了一周，他已经坐在邮车里同邮政局局长一起上最近的火车站去了。天气凉爽晴朗，蔚蓝的天空，清澈的远景。到火车站两百俄里，走了两天两夜，在途中宿了两夜。要是在邮站上喝茶时给的茶杯不干净，要是套马的时间拖得太长，邮政局局长就会满脸通红浑身哆嗦地叫喊："住口！别犟嘴！"坐在马车上，他不停地讲他在高加索和波兰王国的旅行。多少惊险！遇见过一些什么样的人物啊！说话时他瞪着惊奇的眼睛，声音很大，使人会以为他在瞎编。另外他讲话时会朝着安德烈·叶菲梅奇的脸吐气，对着他的耳朵哈哈笑，这使医生感到不好意思，也使他不能集中精神思考。

为了省钱，乘火车他们坐三等车，在一个不吸烟的人坐的车厢。乘客中有一半是衣着整洁的。邮政局局长很快就跟许多人陆续相识。他从一个座位转到另一个座位，大声说什么不该坐这种令人气愤的车沿着铁路走，周围尽是欺骗行为。骑马则是另一码儿事了：一天骑上马儿走一百俄里，你就会感到自己强壮有力，精神饱满。我国之所以歉收，是因为平斯克沼泽地给排干了。总之到处是可怕的混乱。他很兴奋，大声说话，不让别人插嘴。这种没完没了的空谈，掺杂着高声大笑和生动手势的空谈使安德烈·叶菲梅奇感到厌倦。他气恼地想：我们两人中究竟谁是疯子？是我，我尽量不以任何举动打搅旅客，还是这个自以为比这儿所有的人都聪明有趣而不让任何人安宁的利己主义者？

到了莫斯科，邮政局局长穿上不带肩章的军便服和缝着红绦的军裤。走在街上时，他戴着大盖的军官帽，穿着军大衣，士兵们都向他敬礼。安德烈·叶菲梅奇觉得，这个人把他当年曾经有过的贵族气派中的好东西全都消耗殆尽，剩下的只是一些坏习气了。他喜欢人家侍候他，甚至是在毫无必要这么做的时候。火柴就在他面前的桌子上放着，他也看见了，可是他仍然大声叫喊下人递火柴；在使女面前他竟会好意思只穿一身内衣；他对仆人，即使对老人，一律称呼"你"，生气时则戏称他们为笨伯和傻瓜。安德烈·叶菲梅奇觉得这是卑劣的老爷架子。

邮局局长首先把朋友领到伊维教堂。他热烈地祈祷，沉沉鞠躬，噙着眼泪，结束祈祷后深深叹了口气说：

"哪怕并不信教，但祈祷一下就不知何故会宁静一些。您，亲爱的，您恭敬地亲吻一下圣像吧！"

安德烈·叶菲梅奇局促不安，他吻了一下圣像，邮政局局长噘起嘴唇，摇着头低声祈祷起来，眼眶里又出现了泪水。然后他们去克里姆林宫看了炮王和钟王，甚至还用手指摸了摸，欣赏了莫斯科河南岸的风光，游了救世主教堂和鲁缅采夫博物馆。

他们在捷斯托夫饭店进午餐，邮政局局长捋着络腮胡子久久地看着菜谱，用惯于视餐厅为家、喜好美食的人的口吻说："让我们来瞧瞧，您今天给我们吃什么，亲爱的。"

十四

医生走走，看看，吃吃，喝喝，可是他只有一种感受，那就是对邮局局长的恼恨。他想离开他这位朋友，躲起来，休息一下，但他的朋友却认为自己有义务叫他寸步不离，并尽量多地使他消遣散心。如果没有什么可看的，朋友就用言谈给他消愁解闷。安德烈·叶菲梅奇忍了两天，到第三天他对朋友说自己身子不适，想整天留在家中休息。朋友说，既然如此，他自己也留下来。其实也真是需要休息一下，不然这么走两条腿都会不够使。安德烈·叶菲梅奇脸朝里在沙发上躺下，咬紧牙关听着朋友讲话。朋友正在热烈地要使他相信：法国迟早一定会粉碎德国；莫斯科骗子很多；不能凭外表判断马匹的优点……医生开始感到耳鸣心跳，可是他出于礼貌，下不了决心请朋友走开或闭嘴。幸好邮政局局长在房里坐着觉得厌烦，午饭后就外出闲逛去了。

安德烈·叶菲梅奇一个人留下，就静心休息起来。他一动不动地躺在沙发上，想到房间里只有他一个人，心中感到十分惬意！没有独居就不可能有真正的幸福。堕落的天使背叛了上帝，大概是因为他想孤独，而天使们是没有孤单生活的。安德烈·叶菲梅奇想思考一下最近几天的所见所闻。可是邮政局局长却一直在他脑海中回旋。安德烈·叶菲梅奇懊恼地想："他可正是出于好心和友谊才休假同我一起外出的。不过没有什么东西会比这种友好的监护更糟糕了。可不是么，你的朋友好心、慷慨、快乐，而你却觉得他枯燥无味，枯燥无味得叫人受不了。就是有这样一些人，他们讲的尽是聪明的好话，可你却觉得他们是一些愚蠢的人。"

之后几天安德烈·叶菲梅奇托辞生病，足不出户，他朝沙发背躺着。如果朋友用交谈给他解闷，他觉得困倦；如果朋友外出，他就休息。他恼恨自己出门旅行，也恼恨朋友一天比一天啰嗦，一天比一天散漫。他怎么也不能把自己的思想集中到严肃崇高的规范上来。

"这是伊万·德米特里奇所说的那个现实在惩治我，"他对自己生气，恨自己过于拘泥细节，"不过，无所谓……回到家里，一切都会照旧……"

后来他们到了彼得堡，也是这种情况：他成天足不出户；在沙发上躺着，站起来也只是为了喝啤酒。

邮政局局长一直催着他去华沙。

"亲爱的，我去那里干什么？"安德烈·叶菲梅奇祈求说，"您一个人去吧，让我回家吧！我求您啦！"

"不管用什么托辞，不行！"邮政局局长抗议说，"那是一个了不起的城市！我在那儿度过了一生中最幸福的五年！"

安德烈·叶菲梅奇缺乏坚持自己意见的毅力，硬着头皮去了华沙。在华沙他仍是足不出户，躺在沙发上生自己的气，生朋友的气，也生仆役们的气——这些仆役都顽固地不愿听懂俄国话。邮政局局长还同往常一样健壮、精神、快乐。他从早到晚在市里逛，寻找他的故交。好几次他不在旅馆过夜。有一天他大清早回来，不清楚他在哪儿过的夜，只见他脸通红，头发蓬松，神情激动。他嘟哝着在房间里来回走动了一阵后说：

"名誉先于一切。"

接着他又走了一会儿，抱住头用悲壮的语调说：

"是的，名誉先于一切！让最初叫我想来这个鬼地方的那一瞬间受到诅咒吧！亲爱的，"他对医生说，"您鄙视我吧：我输了个精光！请您借五百卢布给我！"

安德烈·叶菲梅奇数出五百卢布，默默地把它们交给了自己的朋友，而他依然羞怒交加，满脸通红，不连贯地发出一阵不必要的誓言，戴上大盖帽就走出去了。过了约摸两个小时他回来了，倒在圈椅中大声喘口气说：

"名誉得救了！我们走吧，我的朋友！我不愿在这该死的地方再待上一分钟。全都是骗子！奥地利间谍！"

已经是十一月份，两个朋友回到了家乡。街道上盖着厚厚的雪。霍博托夫医生已经占据了安德烈·叶菲梅奇的位置。霍博托夫医生仍住在老地方，他在等着安德烈·叶菲梅奇回来，把医院的寓所腾出来给他住。那个难看的女人，被他叫作"厨娘"的女人，已经住在一间平房里了。

市里流行着新的有关医院的传闻。传说那个难看的女人同监管人吵嘴，监管人跪着爬着向她求饶。

安德烈·叶菲梅奇回来后的第一天就只好为自己寻找住所。

"我的朋友，"邮政局局长小心翼翼地问他，"请原谅我提一个不礼貌的问题：您有多少资财？"

安德烈·叶菲梅奇默默地数了数自己的钱说：

"八十六个卢布。"

"我问的不是这个。"邮政局局长没听明白医生的话，惶惑地说：

"我问您一共有多少资财？"

"我这不是已经告诉您了：八十六个卢布……别的我什么也没有。"

邮政局局长一向认为医生是个诚实高尚的人，但他仍然怀疑他至少有两万资产。现在他知道了，安德烈·叶菲梅奇一贫如洗，无以为生。不知何故他突然抱住自己的朋友哭了。

十五

安德烈·叶菲梅奇住在小市民彼洛娃的有三个窗户的小屋里了。只有三个房间，不算厨房。医生自己住在窗户临街的两个房间，达里娅和带着三个小孩的女房东住在第三个房间和厨房里。有时女房东的情夫，一个醉醺醺的粗野汉子，会来过夜。他在夜间大吼大闹，使孩子们和达里娅都感到害怕。他一来，就在厨房里坐下要酒喝，使大家都觉得太拥挤，医生出于怜悯把哭泣的小孩领过来，安排在他自己房间的地板上睡觉，这么做使他感到极大的快慰。

像从前一样，他八点钟起身，喝茶，阅读旧书和旧杂志，买新的——他已经没有钱了。也许是因为书是旧的，也许是因为环境变了，总之，阅读已经不能深深吸引他了，他感到厌倦。为了不虚度光阴，他给他的那些书编制了一份详细目录，把一些小标签贴到书脊上。他觉得，这种机械仔细的工作倒比阅读更有趣些。这单调仔细的工作不知何故却陶醉着他的思想，使他什么也不想，时间过得很快。就连坐在厨房里同达里娅一起刮土豆皮或从荞麦米中挑出秕子，他也觉得有趣。每逢星期六和星期天他上教堂，就在墙边，眯着眼睛听唱诗，心里想着父母双亲、大学和宗教信仰，他感到心情恬静而忧伤。离开教堂的时候他会抱憾：祈祷仪式结束得太快。

他两次去医院找过伊万·德米特里奇，想同他谈谈。但伊万·德米特里奇两次都挺激动和凶狠。他要医生别纠缠他，说什么他早已讨厌空谈，说他为了自己所蒙受的一切苦难只求卑贱和万恶的人们给他一个奖赏：单人监禁。难道连这一点请求也会遭到拒绝？安德烈·叶菲梅奇两次都向他辞行并祝他晚安，他却两次都恶言顶撞，说：

"见鬼去吧！"

安德烈·叶菲梅奇不知道：现在他是否该去第三次？而去倒是非常想去的。

从前安德烈·叶菲梅奇午饭后总要在几个房间里踱步，边走边想。如今呢，在午饭后到喝晚茶这段时间里，他躺在沙发上，脸朝沙发背，陷入许多琐碎的想法，怎么也遏止不住。他感到委屈：工作了二十多年，竟不给他发养老金，也没有给一次性补助。不错，他工作不认真，可是养老金是所有工作人员无区别地都领取的，并不管工作是否认真。当代的公平恰恰是：官衔、勋章和养老金所奖励的并非品德和才干，而是工作，不管这是什么样的工作。为什么他一个人就该是例外呢？钱——他压根儿就没有，他连从小铺子门口走过并看一眼女店主都感到害臊。啤酒钱——他已经欠了三十二卢布，还欠着女房东的钱。达里娅在悄悄地变卖旧衣服和旧书，她对女房东撒谎说医生不久就将得到许多钱。

安德烈·叶菲梅奇在生他自己的气：把积攒起来的一千卢布花在旅游上了。这一千卢布现在该会多中用啊！还使他感到气恼的是：人们仍然不让他安宁。霍博托夫认为自己有义务偶尔前来探望病中的同事，而安德烈·叶菲梅奇却厌恶这个人身上的一切：他那张肥胖的脸，不求全责备但令人不快的腔调，他口中说出的"同事"这个词，还有他那双高靿皮靴。最令人讨厌的是他认为自己有义务给安德烈·叶菲梅奇治病，而且认为他真的是在治病，每次来时总带上一瓶溴化钾和一些大黄药丸。

邮政局局长也认为自己有义务前来探望朋友，帮他消遣散心。他每次进屋都装出一副满不在乎的样子，勉强地哈哈大笑，说医生的气色极好，还说，谢天谢地，病情正在好转。从这里可以得出结论：他已经认为朋友的病不可救药了。他尚未还清在华沙借的钱，羞愧使他痛苦、紧张、不安，所以他努力笑得声音大一些，讲话也讲得更可笑一些。现在他的笑话和故事好像是没完没了的，而这对安德烈·叶菲梅奇和他自己都是一种折磨。

他在场的时候，安德烈·叶菲梅奇总是躺在沙发上，脸对着墙咬紧牙齿听他讲，而心里却落下一层又一层的水锈。朋友每来一次，医生就觉得这水锈越积越高，好像要到嗓子眼了。

为了抵制这些琐碎的感觉，他就赶紧想：他本人，霍博托夫和邮政局局长迟早都会死去。就连一点痕迹也不会在大自然中留下。假如设想一百万年之后有个什么精灵从地球旁的空间飞过，那他将看到的只是黏土和光秃秃的悬崖。什么文化，什么道德准则—— 一切都会消失，连牛蒡也长不出来。见到小铺老板时的羞愧之心，渺小的霍博托夫，邮政局局长令人难受的友谊——这一切都算得了什么呢？都不过是荒诞微末之物罢了。

但这许多想法已经毫无用处。他刚想象到一百万年后的地球，霍博托夫就穿着高勒皮靴出现在那光秃秃的悬崖后面，要不就是勉强哈哈大笑着的邮政局局长，甚至还会听到他的愧疚的低声细语："在华沙借的债，亲爱的，在这几天里我一定还清……一定。"

十六

有一天，邮政局局长在饭后来访，恰好霍博托夫拿着一瓶溴化钾也在这时来了。安德烈·叶菲梅奇吃力地从沙发上坐起，双手支撑着沙发。

邮政局局长开始说话：

"亲爱的，今天您的气色比昨天的好多了。简直就是个小伙子！真的，小伙子！"

"身体是该好啦，同事，该好啦。"霍博托夫边说边打呵欠，"大概您自己也给拖得够厌烦的了。"

"我们都一定会好！"邮政局局长快活地说，"我们还将活上它百把年！正是这样！"

"一百年倒不一定是一百年，再活上二十年是足够的。"霍博托夫安慰说，"没关系，没关系，同事，别灰心……别再让人担心了。"

"我们还要显一显身手呢！"邮政局局长哈哈大笑起来，拍拍朋友的膝盖。"要显一显身手！明年夏天，上帝保佑，我们上高加索，骑着马把它跑一个遍：驾，驾，驾！从高加索回来，说不定我们还要喝喜酒呢！"邮政局局长挤一下眼睛说，"可爱的朋友，我们要叫你成亲……成亲……"

安德烈·叶菲梅奇突然觉得，那块水锈快到嗓子眼了，心跳得很厉害。

"庸俗！"他说着急剧地站起来走向窗口。"难道你们不知道你们讲的话粗陋无味？"

他本想温和客气地再说下去，可是却不由自主地攥紧拳头，并把它们高高举起，脸涨得通红，浑身哆嗦，声嘶力竭地喊道：

"别纠缠我！滚，两个人都滚，两个人！"

邮政局局长和霍博托夫都站起来，凝视着他，先是感到惶惑，后来则恐惧起来。

"两个人都滚！"安德烈·叶菲梅奇继续大声喊叫，"笨蛋！蠢人！我不需要什么友谊，也不需要你的药，笨蛋！下流！可恶！"

霍博托夫和邮政局局长惊慌失措，面面相觑，退向门口，走进了入口处的门厅。安德烈·叶菲梅奇抓起溴化钾药瓶子，朝他们身后扔去。药瓶子在门槛上打碎了，发出清脆的响声。

"给我滚开！"他向入口处的门厅跑去，像哭似的喊道，"见鬼去！"

客人走了。安德烈·叶菲梅奇躺在沙发上，全身哆嗦，像得了寒热病似的，并且说了很长时间：

"笨蛋！蠢人！"

他心情平静下来后，首先想到的是邮政局局长，现在他大概是十分羞愧，非常难受。这真是太糟糕了。以前从未发生过类似的情形。智慧和分寸感哪儿去了！对事物的参透和哲学家的冷静哪儿去了？

医生感到愧疚和懊恼，他彻夜未能入眠。第二天早上十点钟他到邮政局向局长道歉。邮政局局长深受感动，紧紧握住他的手叹气说：

"过去的事别提啦。记仇的人没有出息。柳巴夫金！"他突然大声叫喊，声音大得使全体邮工和顾客都哆嗦。"拿把椅子过来，你先等一等！"一个婆娘正从窗户口向他递来一封挂号信，他对她说，"你难道没看见我正忙着？我们别提旧事啦，"他温和地对安德烈·叶菲梅奇说，"请坐，亲爱的，谨请您坐下。"

他默默地抚摸一阵膝盖后说：

"生您的气我可真是连想也没有想过。疾病是无情的，我明白。昨天您发作，把我和霍博托夫医生吓坏了。后来我同他谈到了您，谈了很长时间。亲爱的，为什么您不愿意认真地治一治您的病？难道可以这么做吗？请原谅我这友好的坦率。"他低声说，"您生活在不利的环境中：拥挤，龌龊，没有人护理，没有钱治病……亲爱的朋友，我和霍博托夫医生一起衷心乞求您听从我们的劝告：住院！那儿有健康的饮食，有护理，有治疗。霍博托夫医生虽说是一个低级趣味的人——这话只能在咱俩之间说——可是他懂行，是完全可以依赖的。他向我保证过：给您治病。"

安德烈·叶菲梅奇被邮政局局长的真诚关怀以及突然闪现在面颊上的泪水感动了。

"敬爱的朋友，您别信！"他把一只手贴在心口，低声说，"别信他们！这是一个骗局！我的病只是在于：二十年来在全市我只发现了一个有智慧的人，而这人却是个疯子。我没有病，什么病也没有。我不过是陷入了迷津出不来。我一切都无所谓，我对一切都做好了准备。"

"您住院吧，亲爱的。"

"我无所谓，哪怕是进牢狱。"

"亲爱的，您保证：您一切都听从霍博托夫医生。"

"好，我保证。可是，敬爱的朋友，我是陷入了迷津。如今，一切，就连我的朋友们对我的真诚关怀在内，全都倾向于让我死。我要完蛋了，我有认识这一点的勇气。"

"亲爱的，您一定会恢复健康的。"

"说这话有啥用？"安德烈·叶菲梅奇恼怒地说，"人在生命的晚期很少会不体验到我现在体验着的东西。当人们说您的肾脏不好和心脏肥大的时候，您就着手治疗；或者，当人们说您是疯子或罪犯时，一句话，就是说当人们突然注意到您的时候，您就该明白：您已经陷入了迷津，再也出不来了。您越想出来，您就越迷惘。您就投降吧，任何人的努力也救不了您。我觉得是这样的。"

这时窗栏前已经集聚了不少顾客。为了不妨碍人家工作，安德烈·叶菲梅奇起身告辞。邮政局局长要他再作一次保证，接着就把他送到了大门口。

就在那天傍晚，霍博托夫穿着短皮袄和高靿皮靴突然来找安德烈·叶菲梅奇，他说话的语气是：似乎昨天什么事也没有发生过。

"我有事找您，同事，我是来邀请您：您愿意同我一起去会诊吗？"

安德烈·叶菲梅奇以为，霍博托夫是约他外出散心或者真是想给他一个赚钱的机会，便穿好衣服同他一起上街了。他感到高兴：有机会消除昨天的过失而重修旧好；他从心底里感激霍博托夫，因为后者对昨天的事情只字不提，看来是饶恕他了。像这么一个没有修养的人难得会如此彬彬有礼。

"您的病人在哪儿？"安德烈·叶菲梅奇问。

"在医院里。我早就想让您看一看了……是一个十分有意思的病例。"

他们走进医院的院子，绕过主楼，朝关着精神病人的小侧屋走去。不知何故一直没有说话，一句话也没有说。他们走进了小屋，尼基塔像平日一样跳了起来，毕恭毕敬地站好。

"这儿有个病人得了肺并发症。"霍博托夫在同安德烈·叶菲梅奇一起进病房时说，"请您在这儿稍等，我马上回来，我去取一个听诊器。"

说完他就走了。

十七

天色已晚。格罗莫夫脸偎枕头躺在床上，瘫痪病人一动不动地坐着，他在低声哭泣，翕动着嘴唇。胖子农夫和以前的拣信员已经睡了。屋子里静静的。

安德烈·叶菲梅奇坐在格罗莫夫床上等，等霍博托夫。过了半个小时，走进来的是尼基塔，而不是霍博托夫。尼基塔手中抱着睡袍、一套有人穿过的内衣和一双拖鞋。

"请换上吧，先生。"他轻声说，"这是您的床铺，请到这儿来。"他指着一张显然是搬来不久的没人用的空床补充说，"没什么，上帝保佑，您会康复的。"

安德烈·叶菲梅奇什么都明白了。他一句话也不说，走到尼基塔指给他的床前坐下，看到尼基塔在一旁站着，他便脱光衣服，他感到害臊，然后就换上了医院的衣服：内裤很短，衬衫太长，睡袍上有一股子熏鱼味儿。

尼基塔捧起安德烈·叶菲梅奇的衣服，抱着出去，随手关上了门。安德烈·叶菲梅奇羞怯地掩上睡袍的衣襟，觉得自己穿上新衣像是一个囚犯，心想："反正一样……反正一样……什么礼服，什么制服，还有这件什么睡袍，都一样……"

可是表呢？侧面衣袋里的记事本呢？香烟呢？尼基塔把衣服拿到哪里去了？如今不必再穿制服裤子、西装坎肩和皮靴了，大概到死也不必穿了。这一切起初显得有些奇怪甚至不可理解。现在呢，现在安德烈·叶菲梅奇还是深信：小市民彼洛娃的房子和第六病室并无任何差别，在这个世界上一切皆空，全是荒诞，可是他的手却在哆嗦，他的双脚在发冷，而格罗莫夫一会儿起来看到他穿着睡袍——一想到这点他感到恐怖。他站起来，走动了一会儿，又坐下了。

他已经坐了半个小时，一个小时，他已经忧伤得难受。难道在这个地方能够过上一天，一星期，乃至许多许多年，就像这些人一样？瞧，他在这儿坐一会儿，走动一会儿，然后又坐下；也可以到窗前去看看，然后再来回走动。可是，以后呢？以后做什么？就这么坐着，像个木头人似的坐着，沉思默想？不，这恐怕难以受得了。

安德烈·叶菲梅奇躺下了，但是他马上又站起来，用衣袖擦去额头上的冷汗，他立即觉得整张脸上都有了熏鱼味儿。他又走动起来。

"这是一种误会……"他疑惑地摊开双手说,"得弄清楚,这儿有误会……"

这时格罗莫夫醒了。他坐起来,用两个拳头支撑着双颊,吐了一口唾沫,接着懒洋洋地看了医生一眼。显然,起初他什么都不明白,可是过不久他那张睡意朦胧的脸就变了,变成凶狠的带有讥诮味儿的了。他眯起一只眼睛,用半睡半醒的嘶哑声音说:

"啊,把您也关进来啦,亲爱的!我很高兴,以前是您喝人家的血,现在有人可要喝您的血啰!太好啦!"

"这是一种什么误会。"安德烈·叶菲梅奇听了格罗莫夫的话感到害怕,他耸耸肩膀又重复了一句:"一种什么误会……"

格罗莫夫又吐了一口唾沫,躺下后嘟哝道:

"可恶的生活!令人感到痛苦和抱屈的是:这生活的结局不是因为你受苦而奖赏你,也不是像在歌剧里那样来颂扬你受了苦,而是要你死。会来上几个勤杂工,他们拽着死者的手脚把他拖进地窖。呸!不过,这也没有什么……我们将在彼岸世界扬眉吐气……我要以彼岸世界来到此地,以我的阴魂来吓唬这些恶棍。我要叫他们头发变白。"

莫伊谢卡回来了,他看到了医生,就伸出手来说:

"给一个小戈比吧!"

十八

安德烈·叶菲梅奇走到窗前眺望旷野。天已经黑下来了,地平线上一轮冰冷血红的月亮自右方升起。离医院的栅栏不远的地方，至多百把俄丈①，不会更远一些，有一座高大的由石墙围起来的白色房子。这是监狱。

"瞧，这就是它，现实世界！"安德烈·叶菲梅奇心里这么想，他害怕了。

月亮，监狱，竖在栅栏上的钉尖，远处炼骨厂②冒出的火焰——这一切都令人害怕。安德烈·叶菲梅奇听到身后传来深长的呼吸声，他环顾一下，看到一个人，胸前挂着闪闪发亮的星星和勋章，在微笑，在狡黠地以一只眼睛使眼色。这也使他感到害怕。

安德烈·叶菲梅奇要使自己确信：月亮和监狱并没有什么特别的地方，而心理健康的人都佩戴勋章，一切都会随着时间的推移而腐烂并化为泥土；可是，一种绝望感突然向他袭来，他用双手抓住栅栏拼命摇动，坚实的栅栏一动也不动。

后来，为了不再让自己感到非常害怕，他走近格罗莫夫的床，并在床上坐下。

"我丧失信心了，亲爱的。"他哆嗦着擦着冷汗嘟哝说，"我丧失信心了。"

"您可以再发表您的哲学议论么！"格罗莫夫讥讽道。

"我的上帝，我的上帝……是的，是的……您有一次说过：在俄国没有哲学，但所有的人，就连一些小人物也都在发表哲学议论。不过，您要知道，小人物的哲学议论对谁都

---

① 1 俄丈相当于 2.154 米。
② 在当年的俄国，这种工厂把骨头烧焦后磨成粉末做肥料。

没有害处呀！"安德烈·叶菲梅奇说话的声调像是要哭泣要求人怜悯似的，"亲爱的，您这么幸灾乐祸地笑又是为了什么？假如这个小人物心有不满，他怎能不发哲学议论？他，一个有智慧、有教养、自豪又爱自由的人，一个按上帝的面貌创造出来的人，居然会没有别的出路，只好到这个肮脏愚昧的小城来当医生！一辈子同药罐、水蛭、芥末膏打交道！欺骗，狭隘，庸俗！啊，我的上帝啊！"

"您这是在说蠢话。如果讨厌当医生，蛮可以去做部长么！"

"什么地方，什么地方都去不成。亲爱的，我们软弱无力……我曾经是个冷淡的人，也曾精神振作、妥切合理地议论过，可是只消生活粗暴地碰我一下，我就会丧失信心……就会虚脱……我们软弱无力，我们一无所长……您也是如此，亲爱的。您聪明，高尚，同吮吸母乳一起吮吸了崇高的激情，可是一踏进生活，您就厌倦了，生病了……我们软弱无力，软弱无力！"

除了恐惧和抱屈之外，还有一种缠绕人的东西在天色入晚后总使他焦躁不安。到最后他总算是明白了：这是他想喝啤酒和想吸烟。

"亲爱的，我出去一趟，"他说，"我要他们拿过灯来……不能这样……受不了……"

安德烈·叶菲梅奇走到门口，他把门打开，可是尼基塔马上跳起来，把他的去路挡住说：

"您上哪儿去？不行，不行，该睡觉了！"

"我只去一会儿，在院子里走动走动！"安德烈·叶菲梅奇茫无所措了。

"不行，不行！没有吩咐过。您自己清楚。"

尼基塔砰的一声把门关上，并用背部顶住。

"即使我离开这里，谁又会因此出什么事呢？"安德烈·叶菲梅奇耸耸肩膀问道，"莫名其妙！尼基塔，我得出去！"他说，声音发颤了，"我需要出去！"

"不好！别制造混乱！"尼基塔用教训的口气说。

"鬼知道是怎么一回事！"格罗莫夫突然喊了一声，他跳起来了。"他有什么权利不放？他们怎么敢把我们关在这里？法律好像是明文规定说：非经审判不该剥夺任何人的自由！这是暴力！是专横！"

"当然啰，是专横！"安德烈·叶菲梅奇说，他受到了格罗莫夫喊叫声的鼓舞。"我需要出去，我得出去！他没有权利！你放我出去，听见了没有？"

"你听见没有？愚蠢的畜生！"格罗莫夫用拳头敲着门说，"你开门，要不，我就把门砸开！吸血鬼！"

"开门！"安德烈·叶菲梅奇喊道：他全身在哆嗦。"我要求！"

"你再说！"尼基塔在门外回答道，"你再说！"

"至少你得去叫霍博托夫医生！你就说是我请他光临……只一会儿。"

"明天他自己会来。"

"他们绝不会放我们出去，永远不会！"格罗莫夫这时接着说。"他们要把我们瘐死在此地。主啊，难道在彼岸世界果真没有地狱？这帮恶棍会受到宽恕？正义何在？你开门，恶棍，我要憋死啦！"他声音嘶哑，喊了一声便向门猛扑过去。"我要撞碎我的脑袋！杀人犯！"

尼基塔迅速把门打开，粗暴地用双手和膝头把安德烈·叶菲梅奇推开，接着就挥拳打他的脸。安德烈·叶菲梅奇只觉得，一个咸味的大浪向他劈头盖脸地扑来并把他拖到了床上。他嘴里果真有一股咸味：该是牙床出血了。他挥舞双手，好像他想从浪中游出那样，他紧抓住一张什么人的床，就在这时他觉得：尼基塔在他的背部击打了两下子。

格罗莫夫大声喊叫，该是他也挨了打。

之后一切都平静下来了。暗淡的月光穿过栅栏照进屋来，地上有了一个像网一样的阴影。真可怕。安德烈·叶菲梅奇躺下了，他屏住呼吸；他在恐惧地等待：还会打他。好像是有个人拿着一把镰刀，捅进了他的身子，并在胸膛和肠子里转动几下，痛得他直咬枕头，咬牙。他的脑海里，一片混乱，突然闪现出一个可怕的无法忍受的念头：病房中的这些人一定遭受过这种同样的痛苦，许多年来天天遭受，而此刻在月光下他们像一些黑色的影子。怎么可能会是这样：二十多年来他竟然不知道而且未尝想知道这种情形？他是不了解，不了解疼痛，就是说，他并无过错，不过良心，它却像尼基塔一样固执和粗鲁，它使他从头到脚寒战起来。他一跃而起，想拼命呐喊，想快些跑出去杀死尼基塔，然后去杀霍博托夫、监管人和医助，然后再杀死自己；可是，从他胸膛里并未发出任何声音，他的腿脚也不听使唤；他呻吟，他撕扯并撕破了身上的睡袍和衬衣，他人事不省地倒在了床上。

十九

第二天早晨，他头疼耳鸣，全身不舒服。回想起自己昨天的软弱，他并不觉得害臊。昨天他胆怯得甚至害怕起月亮来；昨天他真诚吐露了一些从前自己绝没有猜度到的情感和想法，比如，他关于那个爱发哲学议论的小人物对生活不满的想法。不过现在他什么都已经不在乎了。

他不吃，不喝，躺着一动不动，一声不吱。如果有人问他，他会想："我对一切都无所谓，我不作回答……我对一切都无所谓。"

午饭后，邮政局局长来了，带来四分之一磅茶叶和一磅水果软糖。达里娅也来过，在床前站了整整一个钟头，脸上显露出无言的悲伤。霍博托夫医生也来探望过，他拿来一瓶溴化钾，还吩咐尼基塔把病房用一种什么东西熏一熏。

傍晚时分安德烈·叶菲梅奇患中风病死了。起初他感到一阵强烈的寒战和恶心，觉得有一种可憎的东西从胃中涌向头部，浸满了眼睛和耳朵，潜入全身，甚至到达了手指头。眼中出现绿雾。他明白：他不行了。他想起了格罗莫夫、邮政局局长和千百万人都相信永生。万一当真有永生呢？但他并不想要永生，他这不过是在一瞬间想到了它。一群异常漂亮优美的鹿从他身旁跑过去了，昨天他在书中读到过这些鹿；接着是一个村妇伸手递给他一封挂号信……邮政局局长说了一些什么话。之后一切都消失了。安德烈·叶菲梅奇永远昏迷入睡了。

来了几个勤杂工，他们执着他的手和脚，把他送到了一个小教堂。睁着双眼的他被放置在一张桌子上，在夜里月亮照着他。早晨医助来了，对着基督被处磔刑的图画虔诚地做了祷告，把老上司睁着的眼睛合上。

一天之后安葬了安德烈·叶菲梅奇。参加安葬的人只有邮政局局长和达里娅。

套中人

　　在米罗诺西茨克村的边沿，在村长普罗科菲的板棚里，两个误了时间的猎人安身下来过夜，他们是兽医伊万·伊万内奇和中学教师布尔金。伊万·伊万内奇的姓相当古怪，是一个双姓：契木沙-吉马拉伊斯基，这个姓跟他很不般配，因此在省里人们干脆以他的本名和父名来称呼他：伊万·伊万内奇。他住在城郊的一个种马场上，现在是为了呼吸新鲜空气来打猎的。中学教师布尔金则是每年夏天在彼得罗夫伯爵家做客，因此在这一带他早就是自己人了。

　　他们俩没有睡。伊万·伊万内奇，一个瘦高个儿，留着长唇髭的老头，坐在门口，脸朝外，吸着烟斗，月光照着他。布尔金躺在板棚里的干草上，他在暗处，谁也看不见他。

他们讲着各式各样的事情。顺便也谈到了村长的妻子玛芙拉。她是一个健康而不愚蠢的女人，这一辈子除了她土生土长的村子外，任何地方也没有去过，从未见过城市和铁路。而近十年来她一直守着炉灶，只是在夜间才出屋走走。

"这有什么可奇怪的！"布尔金说，"性情孤僻、像寄生虾或蜗牛那样极力把自己闭塞在小圈子里的人在这个世界上并不少。也许这是一种返祖现象，返回到人类祖先还不是社会动物并单独生活在洞穴里的那个时代，不过，也有可能，这仅仅是人的性格的一种变态，谁弄得清楚！我不是自然科学家，类似的问题与我无关。我只想说，像玛芙拉这样的人并不是稀有的现象。是啊，不说远的，两个月前我们城里死了一个姓别利科夫的人，他是一个希腊语教师，是我的同事。无疑，您听说过这个人。他引人注目，乃是因为他一向（即便是天气好的时候）出门总要穿套鞋、带雨伞，而且一定要穿棉大衣。他的伞装在套子里，表也装在灰色的麂皮套子里，如果他取出小折刀来削铅笔，那么他的刀也装在一个小小的套子里，就连他的脸好像也装在套子里，因为他总是把脸藏在竖起的衣领里。他戴黑眼镜，穿绒衣，用棉花塞住耳朵眼，他雇用马车时，总要车夫把车篷支起。总之，在这个人身上可以看到一种经常不变的意向：力图给自己围上一层外壳，给自己制造一个可以使他同人世隔绝、免受外界种种影响的套子。现实生活惹他生气，使他惊骇和心神不安。所以也许是为了替自己的胆怯和憎恶现实的特性辩护，他总是夸奖过去，称赞那从未有过的事物。对他来说，就连他所教的古代语言，实质上也是那种套鞋和雨伞，他藏进去躲避现实生活。

"'啊，希腊语多么动听，多么美好！'他露出甜滋滋的表情说，而且仿佛是为了证明他的说法似的，他眯缝双眼，举起一个指头念道：'Антропос'①。

"别利科夫还极力把他的思想也装进套子。在他的心目中，只有明文禁止某种事情的政府通告和报纸文章才是一清二楚的。如果通告中禁止中学生在晚上九点钟以后外出，或者在一篇文章里谈到不准性爱，那他就觉得清楚明确：已经禁止，不许多说。而在批准和许可的事情中，他总觉得有可疑的成分，有某种模糊而没有说透的东西。如果城里批准成立一个戏剧小组，或者批准开一个阅览室或茶馆，那他就会摇着头轻声说：

"'当然，是这样。这一切都挺好，不过，可别出什么事啊。'

"各种破坏、规避或偏离规章的行为都使他垂头丧气，尽管这一切似乎同他并没有什么关系。如果有个同事做祈祷时迟到，或是传来又有什么中学生恶作剧的消息，或者是有人在晚间看见班级女训导员同一个军官在一起，他就会激动不安，老是说，可别出什么事啊。在教务会议上，他的谨慎、多疑和一些套子式的想法简直使我们难受，他说男子中

———————
① 希腊语中"人"字的俄语拼音。

学和女子中学里的青年人都行为不端，说教室里十分吵闹，
'哎呀，可别传到上司的耳朵里去！哎呀，可别出什么事
啊！'他还说，如果把二年级的彼得罗夫和四年级的叶果罗
夫开除，那就太好了。结果呢？他凭着长吁短叹和一副架在
苍白的小脸上的黑眼镜（您要知道，那张脸小得像黄鼠狼的
脸）使我们大家受到压抑，结果是我们让步了，降低了彼得
罗夫和叶果罗夫的操行等级，把他们禁闭起来，直到把他们
开除。他有一种古怪的习惯：时常到我们的住处来。他一
到教师家就坐下，一言不发，仿佛在用心观察着什么似的。
他这么默默地坐上一两个钟头后就走了。他把这叫做'和同
事们保持良好关系'。显然，上我们家来坐，这在他并不是
一件好受的事情，他之所以上我们家来，只是因为他把这看
作是他尽同事的义务。我们这些当教师的人都怕他，甚至校
长也怕他。您瞧，我们的教师都是些有思想的极其正派的
人，受过屠格涅夫和谢德林的精神熏陶，然而，这个一直穿
着套鞋和打着雨伞的人却拘束了整个中学，足足达十五年之
久！一个中学受拘束又算得了什么？整个城市都受到拘束！
星期六我们的太太们不举行业余演出，因为她们担心，可别
让他知道了。他在场时神职人员不好意思吃荤和玩牌。在像
别利科夫一样的这种人的影响下，近十年到十五年以来，我
们城里的人开始害怕一切：害怕大声说话，害怕写信和交
友，害怕读书，害怕周济穷人和教人学文化……"

伊万·伊万内奇打算说些什么，他咳了一声，但他先吸
了一口烟，看了一眼月亮，然后才一板一眼地说：

"是啊，一些有思想和正派的人，读的是谢德林和屠格

涅夫，还读巴克尔①等等，可他们就是屈服了，忍受了。……问题就在这里。"

"别利科夫就住在我所住的那幢房子里，"布尔金继续说，"而且同住在一层楼上，房门对着房门。我们常常见面，所以我知道他在家里的生活。他在家里也还是那一套：睡衣、睡帽、百叶窗、门闩，一系列各种各样的清规戒律，还有'哎呀，可别出什么事啊！'，吃素不利于健康，荤的又不能吃，因为人家会说他别利科夫不遵守斋戒，于是他就吃油煎鲈鱼，这食物不是素的，但也不能说它是荤的。他不用女仆，因为他怕别人会对他有不好的想法。他雇的是一个六十岁上下的厨师阿法纳西，这是一个傻头傻脑、成日里醉醺醺的老头，从前当过勤务兵，好歹会做点菜。这个阿法纳西通常总站在门旁，把双手交叉在胸前，老是深深地叹着气嘟哝那么一句话：

"'他们②如今可繁殖了许许多多啰！'

"别利科夫的卧室小小的，活像一口箱子，床顶上挂着帐子，他睡觉时盖被子总要连头部都盖上。房间里又热又闷，外面的风叩着紧关的房门，火炉里嗡嗡作响，从厨房里传来一阵阵不祥的叹息声。……

"他睡在被窝里感到害怕。他担心：可别出什么事，阿法纳西可别把他宰了，小偷可别潜了进来，接着他就通宵做梦，令人不安的梦，到了第二天早晨，我同他一块儿去中

---

① 巴克尔（1821—1862），英国历史学家，社会学家，哲学家。
② 着重点是契诃夫自己加的。

学，他闷闷不乐，面色苍白。可见，他前去的那个人数众多的学校使他整个身心感到害怕和厌恶，而与我同行则使他这个性情孤僻的人感到难受。

"'我们的许多教室里吵闹得很厉害，真是岂有此理。'他说，好像是在极力为他的沉重心情寻找解释似的。

"后来，您猜怎么着，这个希腊语教师，这个套中人，居然差一点儿娶老婆。"

伊万·伊万内奇朝板棚里迅速瞥了一眼，说：

"您是在开玩笑吧！"

"真的，不管这有多么奇怪，他差一点儿结婚。一名新的史地教师被派到我们学校来，他名叫米哈伊尔·萨维奇·科瓦连科，是一个小俄罗斯人。他不是单独一个人来的，还带上了姐姐瓦莲卡。他年轻，高个儿，皮肤黝黑，有一双大手。从他的脸相可以看得出他说话的声音是男低音，果然，他的嗓音好像是一只大桶里发出来的：'卜，卜，卜'……她呢，年纪已经不轻，大约三十岁上下，身材颀长匀称，黑眉毛，红脸蛋，一句话，她不是一般的女郎，而是像水果软糖一般甜美，她活泼机敏，爱热闹，总是唱着小俄罗斯的抒情歌曲，总是哈哈笑。她动不动就高声大笑：哈哈哈！我记得，我们第一次真正认识科瓦连科姐弟是在校长家里，在命名日宴会上。在一些严肃的、十分枯燥无味的教师中间，在这些把参加命名日宴会也看作是尽职责的人中间，我们突然看见：一个崭新的阿佛洛狄忒①从浪花中复活了：她双手叉

———————————
① 希腊神话中爱和美的女神，她是从大海浪花里出生的。

腰走来走去，哈哈大笑，唱歌跳舞。……她感情充沛地唱了
一首《风在吹》，接着又唱了一支抒情歌曲，随后又唱了一
曲，她把我们大家都迷住了，——正是大家，甚至把别利科
夫也迷住了。他在她身旁坐下，甜滋滋地微笑着说：

"'小俄罗斯语言柔和、动听，这使人联想到了古希
腊语。'

"这话使她感到心满意足，她亲切而又令人信服地告诉
他，在加佳奇县她有一个田庄，妈妈就住在田庄上，那儿有
真好吃的梨，真好吃的甜瓜，真好吃的卡巴克①！小俄罗斯
人把南瓜叫做卡巴克，而把酒馆叫做希诺克，那儿熬汤加红
甜菜和紫茄子，'可好吃啦，可好吃啦，好吃得要命！'

"我们听啊听，忽然大家生出了一个同样的想法。

"'要是能撮合他们结婚倒是一件好事。'校长夫人轻
声对我说。

"不知为什么我们大家都想到了我们的别利科夫尚未结
婚。现在我们感到奇怪：我们竟一直没有注意并完全忽略
了他生活中这么重要的细节。他对女人究竟抱什么态度？他
怎样为自己解决这个紧要问题？对此我们从前完全没有关
心，也许，我们甚至未曾想过，一个不管天气好坏总是穿着
套鞋和睡在帐子里的人会恋爱。

"'他早已四十开外，而她呢，也三十了……'校长夫
人解释她的想法说，'我觉得她会嫁给他的。'

"在我们外省，出于无聊什么事都做得出来，其中有多

---

① 在俄语中，卡巴克（кабак）这个词有两个意思："南瓜"和"酒馆"。

少毫无益处的荒诞事啊！而这又都是因为必要做的事根本不做。不是吗，我们为什么突然要使这个别利科夫娶妻呢？甚至不能想象，他会成家。但是校长夫人、学监夫人和我们中学里所有的女士们都活跃起来了，她们甚至变得比原来好了，像是忽然发现了生活目标。校长夫人在剧院里定了一个包厢，我们一看，在她的包厢里坐着瓦莲卡，她手中拿着一把扇子，容光焕发，讨人喜爱。她身旁坐着别利科夫，他矮小佝偻，倒像是被人用钳子从家中拉来的。而当我在家里举办晚会时，太太们就提出要求，要我一定把别利科夫和瓦莲卡请来。一句话，机器运转起来了。后来发现：瓦莲卡倒是同意出嫁的。她住在弟弟家里并不很愉快，他们成天价争吵和相骂。比方说，有过这样一次吵架：科瓦连科在街上走，健壮的傻大个，身穿一件绣花衬衫，一绺头发从帽中钻出垂在他的额头上。他一只手拿着一捆书，另一只手拿着一根多疖疤的粗手杖。姐姐走在他后面，她也拿着书。

"'这本书你一定没看过，米哈伊尔里克①！'她大声争辩道，'我跟你说，我赌咒，你根本没有看过这本书！'

"'我告诉你，我看过！'科瓦连科嚷道，用手杖敲打着人行道，敲得咚咚响。

"'哎呀，我的上帝，米哈伊尔里克！你发什么脾气，我们谈的可是一个原则问题。'

"'可我要对你说，我看过！'科瓦连科嚷嚷的声音更高了。

---

① 米哈伊尔的小名。

"在家里，要是有外人在座，他们就互相争吵。这种生活她大概过厌了，她巴望有自己的栖身之所，再说年纪也是该注意的，到这种年纪已经顾不上选择对象了，嫁给谁都行，哪怕是嫁给希腊语教师。何况我们的大多数小姐都不问嫁给谁，只求嫁出去。总之，瓦莲卡开始对我们的别利科夫表示明显的好意了。

"别利科夫呢？他到科瓦连科家去就像到我们家来一样：一到他家就闷坐着，一言不发。他默不作声，而瓦莲卡却唱《风在吹》给他听，要不就用她沉思的黑眼睛瞧着他，或者是她突然间大笑起来：

"'哈哈哈！'

"在恋爱这种事情上，特别是在婚姻上，怂恿有着很大的作用。大伙儿，同事们和太太们，都要使别利科夫确信：他该结婚了，他在生活中除了娶个妻子以外什么都不缺了。我们大家向他祝贺，一本正经地讲一些俗套话，说什么婚姻是终身大事，瓦莲卡长相不错，招人喜欢，又是五品文官的女儿，还有一个庄园，而主要的是，她是第一个待他亲热诚恳的女人。他开始晕头转向了，认为他真的该结婚了。"

"这时该拿掉他的套鞋和雨伞了。"伊万·伊万内奇说。

"可是您瞧，这居然是一件不可能做到的事情。他把瓦莲卡的照片放在屋里的桌子上；他常常到我这里来谈瓦莲卡，谈家庭生活，谈婚姻是终身大事；他也常到科瓦连科姐弟家去——但是他丝毫没有改变他的生活方式。甚至恰恰相反，成家的决定不知何故对他起了一种病态作用：他瘦了，脸色苍白了，似乎更深地钻进了他的套子里。

　　"'我是喜欢瓦尔瓦拉·萨维希娜①的，'他淡淡地苦笑一下对我说，'我知道，每个人都得结婚，然而……现在这一切，您要知道，来得有点儿突然。……该想一想才是。'

　　"'这有什么可想的？'我对他说，'您结您的婚就是啦。'

　　"'不，婚姻是终身大事，事先该权衡一下面临的义务和责任，……免得以后闹出什么事情。这件事使我心神不宁，夜不能寐。说老实话，我害怕：他们姐弟俩的思想方式有点古怪，他们议论起事情来，您知道，有些古怪，他们的性情也太活泼。你结了婚，以后恐怕会卷进什么不幸的事故。'

　　"他因此没有求婚，一味拖延，惹得校长夫人和我们学校所有的太太们十分烦恼。他一直在衡量面临的义务和责任，可同时他又几乎每天都同瓦莲卡一起散步，也许，他认为，处在他的地位他该这么做。他也常来找我谈家庭生活。如果不是突然发生了一件大丑事②，最终十之八九他会求婚，而一桩不必要的愚蠢的婚事也就会办成了，这类婚事在我们这儿成千上万，全都出于烦恼和无所事事。该说明的是，瓦莲卡的弟弟科瓦连科打从认识别利科夫的头一天起就憎恶他，不能容忍他。

　　"'我不明白，'他耸耸肩膀对我们说，'我不明白，你

　　————————

　　① 瓦尔瓦拉是瓦莲卡的正名，萨维希娜是瓦莲卡的父名。
　　② 原文为德语。

们怎么能忍受这个告密的家伙，这个卑劣的东西。哎，诸位先生，你们怎么能在这种地方生活！你们这儿的气氛坏极了，令人窒息。你们难道算是教育工作者？算是老师？你们是些官僚。你们这儿不是科学殿堂，而是城市警察局，有一股子酸气，像在警察亭子里一样。不行，诸位老兄，我同你们在一起稍微再生活一段时间，就回到我的田庄上去，捉捉虾，教教小俄罗斯的孩子。我是要走的，你们就同你们的犹大留在这儿吧，他这该死的！'

"有时候他哈哈大笑，笑得流出眼泪，声音时而低沉，时而尖细。他两手一摊问我：

"'他到我家来坐在那里干啥？他想要啥？坐在那儿看着。'

"他甚至给了别利科夫一个外号：'土豪，或蜘蛛'①。因此，很自然，我们回避同他谈他姐姐瓦莲卡准备嫁给'паук'②的事。有一天校长夫人暗示他说，安排他的姐姐嫁给像别利科夫这么一个德高望重的人倒会是一桩好事，他一听就皱起眉头嘟哝说：

"'这事不归我管，随它去，哪怕她是嫁给一条毒蛇，我不喜欢干预别人的事情。'

"现在请您听下去。有个恶作剧的人，他画了一幅漫画：别利科夫穿着套鞋，卷起裤腿，打着雨伞在走，瓦莲卡

---

① 契诃夫借用了乌克兰作家马·卢·克罗皮夫尼茨基（1840—1910）的一部剧本的名称。（参见：俄语版《文学百科词典》，莫斯科，《苏联百科全书》出版社，1987年，第627页。）
② 俄语中的"蜘蛛"一词。

挽着他的手走在一起，漫画下端的题词是：'热恋中的 антропос'，那神态，您可知道，画得极妙。那画家大概画了不止一夜，因为男子中学和女子中学的全部教师、宗教学校的一些教师和一些文官都收到了这张漫画，人手一张。这张漫画使他非常沉痛和难过。

"恰好是五月一日那天，星期日，我们全体师生约好在学校里集合，然后一同步行去郊外的小树林。我同他一起走出房子，他脸色铁青，满面愁容。

"'有的人多不好，多恶毒！'他说，他的嘴唇在发抖。

"我甚至开始可怜他了，我们走着，突然，您猜怎么着，科瓦连科骑着自行车来了，瓦莲卡跟在他后面，也骑着自行车，她满脸通红，疲惫不堪，但兴高采烈，欢天喜地。

"'我们先走！'她大声嚷道，'天气多好啊！多么好！好得要命！'

"他们两个人消失了。别利科夫的脸色由青变白，他确实呆住了。他停下步来瞧着我。……

"'对不起，这是怎么回事？'他问，'莫非是我的眼睛骗了我？中学教师和女人骑自行车，这难道体面吗？'

"'这有什么不体面的？'我说，'让他们随便骑吧！'

"'可是这怎么行？'他叫了一声，我的安然态度使他惊讶，'您在说什么呀？！'

"他感到十分惊讶，以致不愿再走下去。他回家了。

"第二天他老是烦恼地搓手，不住地哆嗦，从他的脸色可以看出他身体不舒服。下课后他就走了，这是他生平第一次。他午饭也不吃。将近傍晚时分，他穿得暖暖的（虽然户外已是夏天），拖着沉重的脚步向科瓦连科家走去。瓦莲卡不在家，他只见到了她的弟弟。

"'谨请坐下。'科瓦连科眉头一皱冷冰冰地说。他饭后刚打了一个盹儿，睡眼惺忪，心绪十分不佳。

"别利科夫默默坐了十来分钟光景，然后开口说：

"'我来找您，是为了缓和一下心情。我觉得非常难过。有个诬蔑人的家伙把我和一位女子画成可笑的样子，而这女子对您和我是亲近的人。……我认为我有责任使您确信，这事跟我无关。……我没为这种嘲笑提供任何口实，恰恰相反，我的言行一向是正正派派的。'

"科瓦连科绷起脸坐着，一言不发。别利科夫稍稍等了一下继续轻轻说，声调悲伤：

"'我还有些话要对您讲。我已经任职多年，而您才开始工作，所以，我作为年长的同事，我认为有责任预先提醒您。您骑自行车，而这种娱乐对青少年的培育者来说是十分不体面的。'

"'为什么呢？'科瓦连科声音低沉地问。

"'米哈伊尔·萨维奇，难道这还需要解释？难道这还不明白？如果教师骑自行车，那么学生们还可以做什么呢？他们就只好脚底朝天用头走路了！既然政府没有通告说准许做这种事，那就不能做。昨天我大吃一惊！我一看到您的姐姐，我的眼睛就花了。一个女人或者说一个姑娘骑自行车——这太可怕了！'

"'您究竟要怎么样？'

"'我要做的只是提醒您，米哈伊尔·萨维奇。您年轻，有前途，一言一行都得十分谨慎小心，可是您呢，您随随便便，啊，太随便了！您穿着绣花衬衫，手里总拿着些书在街上走，现在又来了一部什么自行车。关于您和您姐姐骑自行车的事，校长一定会知道，然后又一定会传到督学的耳朵里。……这样做有什么好处呢？'

"'我和我姐姐骑自行车，这不关别人的事！'科瓦连科满脸通红地说，'谁要来管我家的事，我就叫他见鬼去。'

"别利科夫脸色煞白，站起身来。

"'如果您用这种口气跟我讲话，那我就谈不下去了，'他说，'我请求您，当着我的面提到上司时千万别这么说话，对当局您应当尊敬。'

"'难道我说了当局什么坏话？'科瓦连科恶狠狠地瞅着他问，'劳驾，请您让我安静一下。我是个正直的人，不愿意同您这样的先生谈话。我不喜欢告密的家伙。'

"别利科夫急剧地忙乱起来，动作迅速地穿上衣服，脸上显露出恐惧的神情。可不，他这还是平生第一次听到这种粗暴的话。

"'您想说什么随您说，'在从穿堂走到楼梯口时他说，'只不过我有责任提醒您：我们的谈话也许已经有人听见，我应该把我们谈话的主要内容……报告校长先生，以免有人曲解我们的谈话，以免出什么事情。我有责任这么做。'

"'报告？去吧，去报告吧！'

"科瓦连科从背后抓住他的衣领，猛推一下，别利科夫就滚下楼去，他的套鞋发出咯噔咯噔的响声。楼梯既高又陡，但他滚到楼下却安然无恙，站起来摸摸鼻子：眼镜是否完好无损？可是，偏巧在他滚下楼的时候，瓦莲卡走了进来，和她一起进来的还有两位太太。她们站在楼下看，而对别利科夫来说这是最最可怕的。他似乎宁可折了脖子断了腿，也不愿成为笑柄；可不是么，现在全城都会知道，一定会传到校长和督学的耳朵里。'哎呀，千万别出什么事啊！'人家会画出一张漫画，到那时这一切就将以命令他辞职而告终。……

　　"他站起来时，瓦莲卡认出是他。她瞧着他那张可笑的脸、揉皱了的大衣、套鞋，弄不明白出了什么事，还以为他是自己不小心摔倒的，她忍不住放声大笑，笑得全屋子的人都听见了：

　　"'哈哈哈！'

　　"这一阵爽朗的'哈哈哈'结束了一切：说媒以及别利科夫在人间的生存——一切全都到此结束。他已经听不见瓦莲卡说了什么，而且什么也看不见。一回到家他首先从桌上收走瓦莲卡的照片，然后就躺下，这一躺他就再也没有起来。

　　"过了三天光景，阿法纳西来找我，问我是否该去请医生，据他说，他的主人有点儿不对头。我就到别利科夫屋里去。他躺在帐子里，盖着被子一声不响。你问他，他只回答你一声'是'或者'不'，听不到什么别的话。他躺在那儿，阿法纳西在一旁走动，脸色阴沉，皱着眉头深深叹气，而从他身上散发出一股白酒气味，像从酒馆里发出来的一样。

"一个月后别利科夫死了。我们大家，也就是两个中学和一个宗教学校的人全都为他送葬。如今，当他躺在棺材里的时候，他神情温和、愉快，甚至欢乐，仿佛他在庆幸：终于将他装进了一个他永远不再从其中出来的套子。是啊，经过努力他达到了他的理想！在他下葬的时候，天色阴沉，下着雨，似乎是向他表示敬意，我们大家都穿着套鞋打着雨伞。瓦莲卡也去为他送葬，在把棺材放进墓穴里的时候，她哭了几声。我发现，小俄罗斯女人要么哭，要么笑，对她们来说寻常的心情是没有的。

"老实说，埋葬别利科夫这样的人，是一件令人十分高兴的事。从墓地回去的路上，我们的脸却一张张都是端庄持重、快快不乐的。谁也不愿意显露高兴的心情，这心情像是很久很久以前我们在童年时体验过的心情，当初每逢大人出门，我们就在花园里跑上一两个钟头，享受充分自由的欢乐。啊，自由呀，自由！哪怕有一点儿类似自由的东西，哪怕有可能自由的一线希望，就会使人的心灵生出翅膀来。难道不是这样吗？

"我们从墓园回来后心绪畅快，但是一个星期还没有完，生活又像老样子了：严酷，令人厌倦，不合情理。这是一种未经政府通告禁止、但也未获得充分许可的生活，情况未有好转。确实，别利科夫已被埋葬。但是这类套中人还有多少啊！将来也还会有许多！"

"问题就在这里。"伊万·伊万内奇说着吸了一口烟。

"这样的人将来还会有许多啊！"布尔金重复了一句。

中学教师走出板棚。这是一个身材不高的胖子，头顶完全光秃，长长的黑胡子几乎齐腰。跟着他一起出来的还有两条狗。

"月色多好啊！多好！"他看着天空说。

已经是午夜时分。往右边瞧，整个村子可以看得清清楚楚。一条长长的路伸向远方，大约有五俄里光景。一切都沉浸在安静而深沉的梦乡之中，没有动静，没有声响，甚至令人难以置信，自然界竟能如此安静。在月夜见到宽阔的村路和村里的小木屋、干草垛、熟睡中的杨柳，人心里就会宁静。在这宁静之中，在朦胧的夜色之中，人的心灵避开了困难、忧虑和哀痛，它显得温和、凄凉和美好，觉得好像星星也在亲切而动情地瞧着它，好像世上已经没有邪恶，一切都平安圆满。朝左边看，村旁便是田野，它一望无际，直到地平线，在辽阔的沉浸在月光里的田野上同样没有动静，没有声响。

"问题就在这里，"伊万·伊万内奇重复了一句，"我们生活在闷气拥挤的城里，写写无用的公文，玩玩'文特'①，难道这不也是套子吗？还有，我们在无所事事的二流子、图谋私利而爱打官司的家伙和愚蠢闲散的女人圈子中间消磨我们的一生，我们自己说、也听别人说各式各样的废话——难道这不也是套子？好，如果您愿意听，我就讲一个很有教益的故事给您听。"

"不，该睡了，"布尔金说，"明天再讲吧。"

---

① 一种四人玩的纸牌。

他们俩走进板棚，在干草上躺下。两个人都已盖好被子，正微微入睡的时候，忽然间响起了轻轻的脚步声：笃笃，笃笃。……有个什么人在离板棚不远的地方走动，走了不多几步就停下，可是过一会儿后又走动了：笃笃，笃笃。……狗吠叫起来了。

"这是玛芙拉在走。"布尔金说。

脚步声渐渐停息了。

"看着别人作假，听着别人说谎，"伊万·伊万内奇翻了一个身说，"别人呢，因为你容忍这种虚伪而骂你傻瓜；忍受委屈和侮辱，不敢公开声明你是站在正直和自由的人们一边，反而自己也撒谎造谣，面带微笑，而且这么做又都是为了有一口饭吃，为了有一个温暖的住处，为了有一个一无价值的官衔——不行，不能再这样生活下去啦！"

"哦，您这是扯到不相干的事上去了，伊万·伊万内奇，"教师说，"我们睡吧！"

过了十分钟左右，布尔金睡着了，而伊万·伊万内奇却不住地翻身和叹气，后来站起身来，重又走出板棚，坐在门口吸起烟来。

醋　栗

从一大清早起雨云就布满了天空，没有风，不热，气闷。每逢天气阴暗，乌云早就低垂在田野上空，要下雨了，可它就是下不来，每逢这种天气往往就有这种情况。兽医伊万·伊万内奇和中学教师布尔金已经走累了，他们只觉得这田野好像走不完似的。前面远处，米罗诺西茨克村的风车隐约可见，右边伸展着一排土冈，以后就消失在离村子远远的地方。他们两人都知道这是河岸，那儿有草场，有绿色的柳树，有庄园。如果登上一个土冈眺望，就可以看见同样辽阔的田野、电报线和火车，这火车从远处看活像是一条在爬动着的毛虫。在天气晴朗的日子里，连城市也可以从土冈上看见。现在天气平静，整个自然界显得温和而沉寂。伊万·伊万内奇和布尔金充满了对这片田野的热爱，他们俩都在想：这地方多么辽阔，多么美丽！

"上一次，我们住在村长普罗科菲的板棚里时，"布尔金说，"您曾打算讲一个什么故事。"

"对，当时我是想讲一讲我的弟弟。"

伊万·伊万内奇深深地叹一口气，吸了一口烟，打算开口讲故事，可是正好在这个时候下起雨来了。过了大约五分钟雨下大了。是霆雨，很难说它什么时候才会停。伊万·伊万内奇停住脚步，考虑起来。他们的猎狗已经淋得湿透，夹着尾巴站在那儿，含情脉脉地瞧着他们。

"我们得找个地方避避雨，"布尔金说，"上阿廖兴家去吧，就在附近。"

"好，去吧。"

他们就向一旁转弯，沿着已经收割过的田地一直走。一会儿笔直走，一会儿往右拐，最后走上了一条大路。很快出现了杨树，花园，接下来是红屋顶的谷仓；河流闪闪发光，顿时眼前出现一个广阔的水域，一个磨坊和一个白色的浴棚。这就是索菲诺村，阿廖兴就住在这儿。

磨坊正在开工，响声压过了喧哗的雨声，水坝在震颤。这儿，在大车旁有几匹湿淋淋的马，它们都低垂着头。人们披着麻袋在走来走去。这个地方潮湿、泥泞、不舒适。这河区的样子是凉冰冰的，凶险的。伊万·伊万内奇和布尔金已经感到周身潮乎乎、脏兮兮的，很不适意，他们沾满烂泥的脚变得沉甸甸的。他们走过水坝朝地主家的谷仓走去的时候都不说话，好像是在互相怄气。

在一个谷仓里，簸扬车轰轰地响着。仓门敞开着，从门里冒出一股股尘土。阿廖兴本人站在门槛上，这是个四十岁左右的男子，身材高大丰满，长长的头发，他不像地主，更像教授或画家。他身穿一件长期未洗的白衬衫，腰间系着一根绳子以代替腰带，一条长衬裤代替了西装裤，靴子上沾满了泥浆和麦秸。尘土使他的鼻子和眼睛都变得黑黑的。他认出了来人是伊万·伊万内奇和布尔金，显然十分高兴。

"请到屋里去吧，两位先生，"他笑着说，"我马上就来，马上就来。"

这是一所二层楼的大房子。阿廖兴住在楼下的两个有拱顶的房间里，窗户很小，从前管家们就住在这里。屋里陈设简单，散发着黑面包、廉价白酒和马具的气味。他很少到楼上的正房里去，只是在有客人的时候才去。在房内迎接伊万·伊万内奇和布尔金的是一个使女，一个年轻的女人，长得十分美，使他们两人立刻停下脚步，互相看了一眼。

"你们不能想象，两位先生，我看见你们有多高兴，"阿廖兴说，他随着他们走进前厅，"真没想到啊！佩拉吉娅，"他对使女说，"让客人们换换衣服吧。我顺便也换一下。只是我该先去洗一个澡，好像是入春以来我都没洗过澡。两位先生，你们想去沐浴吗？用人们趁这个工夫也可以收拾收拾。"

美丽的佩拉吉娅十分客气，样儿十分温柔。她送来了毛巾和肥皂，阿廖兴和客人们一起到浴棚去了。

"是啊，我已经好久不洗澡了，"他边脱衣服边说话，"你们看得出来，这浴棚挺好，还是我父亲建的，可是不知为什么我总没有工夫洗澡。"

他在台阶上坐下，给他的长头发和脖子擦上肥皂，他四周的水变成棕色的了。

"是啊，老实说，……"伊万·伊万内奇瞧着他的头，意味深长地说。

"我已经很长时间没有洗澡了，……"阿廖兴害臊地又说了一遍，再一次给自己擦上肥皂，他身旁的水变成蓝黑色的，像墨水。

伊万·伊万内奇走出浴棚，扑通一声跳进水里，抡开胳膊冒着雨游了起来。他身旁掀起了波浪，白莲在水波上摇晃。他游到了水面广阔的河中央，扎了一个猛子，一分钟后他在另一个地方出现，朝远处游去。他老是扎猛子，想触到河底。"哎呀，我的上帝啊，……"他反复说着，"哎呀，我的上帝啊……"他游得很痛快。他游近磨坊，在那里同几个农民谈了一阵，接着又往回游，游到了河的中部，他就平躺在水面上，听凭雨水浇淋他的脸。布尔金和阿廖兴已经穿好衣服，打算离开，可是他还在一个劲儿地游，一个劲儿地扎猛子。

"哎呀，我的上帝啊，……"他说，"哎呀，上帝饶恕我吧。"

"您游够啦！"布尔金向他喊道。

他们回到了屋里。楼上大厅里点上了灯，穿着绸长袍暖和便鞋的布尔金和伊万·伊万内奇坐在圈椅上；洗过脸梳好头的阿廖兴本人穿着新的常礼服在厅里来回走动，显然，他惬意地感受着温暖、洁净、干燥的衣服和轻便的鞋子；美丽的佩拉吉娅悄悄地在地毯上走着，温柔地微笑着，用托盘送来了茶和果酱。只是在这时，伊万·伊万内奇才开始讲故事，而且仿佛不只是布尔金和阿廖兴在听他讲，连那些挂在墙上的金边画框里平静而又严肃地看着他们的年老和年轻的太太及军人们也在听。

"我们哥儿两个，"他开始讲故事，"我，伊万·伊万内奇，另一个叫尼古拉·伊万内奇，他比我小两岁。我上学，成了一名兽医，尼古拉呢，他从十九岁起就在税务局干事。我们的父亲，契木沙-吉马拉伊斯基本是一个世袭兵①，但他后来当上了军官，留给我们一个世袭贵族的身份和一小份领地。他死后，这份领地判给了人家抵债，可是，我们是在乡下自由自在地度过了童年。我们就同农家孩子一样，白天晚上都待在田野上或树林里，我们看守马匹，剥树皮，捕鱼，还有诸如此类的其他活动。……你们都知道，谁一生中哪怕只抓到过一次鲈鱼或者在秋天见过一次鸫鸟南飞，看着它们怎样在晴朗凉爽的秋日成群飞过乡村，谁就不再是城里人，而且一直到死他都会向往那种自由和自在。我弟弟在税务局总是痛苦烦恼，岁月一年又一年地逝去，他老是待在一个地方，写千篇一律的公文，老是想着一件事情：假如能到农村去生活就好了。他的这种苦恼心情渐渐变成一种明确的愿望，一种梦想：在河畔或湖边的一个什么地方购置一个小庄园。

"他是个善良温和的人，我喜欢他，但我从未赞成过他要一辈子幽居在自家庄园里的愿望。通常说，人只需要三个阿尔申②土地。可是要知道，需要三个阿尔申土地的是死尸，可不是活人。现在还有人在说什么，如果我们的知识分子向往土地，渴望过庄园生活，那会是一件好事。可是，要知道，这些庄园同那三个阿尔申土地是一样的。离开城市，

---

① 在十九世纪初，俄国士兵的儿子出生后即被指定将来入军校受训者叫世袭兵。

② 旧俄的长度单位，一个阿尔申相当于 0.711 米。这里说的是安放一口棺材所需的土地。

离开斗争，离开尘世的纷扰喧闹，躲进自己的庄园，这不是生活，这是利己主义，是懒惰，是一种特殊的修道生活，一种没有献身精神的修道生活。人需要的不是三个阿尔申土地，不是一个庄园，而是整个地球，整个自然界，在那里人可以充分舒展其自由精神的全部本性和特点。

"我的弟弟尼古拉坐在他的办公室里幻想，幻想他吃自家的白菜汤的情景，那香味充满整个院子；幻想他坐在绿草地上吃饭，在阳光下睡觉，坐在大门外的长凳上眺望田野和树木，一坐就是好几个钟头。读农艺书以及了解日历上提出的有关农艺的各种忠告是他的生活乐趣，是他心爱的精神食粮。他喜欢看报，但他看的只是报纸上的一些广告：什么地方有多少俄亩耕地出售，随同出售的还有草场、庄园、小河、花园、磨坊和活水池塘。他的头脑里呈现出园中的小径、花卉、水果、椋鸟和游着鲫鱼的池塘，还有一些类似的东西。这些想象中的画面随着他所见到的广告不同而各式各样，但是，不知为什么，在每一幅想象的画面上都一定有醋栗。他不能想象一个庄园、一个饶有诗意的住处是可以没有醋栗的。

"'乡村生活自有它舒适的地方，'他常常说，'你坐在露台上，喝喝茶，你养的小鸭子在池塘里游动，空中弥漫着令人感到舒服的气味，还有……还有醋栗在成长。'

"他常常画他的田庄的草图，每一张草图上总有以下几样东西：（一）主人的正房；（二）仆人的下房；（三）菜园；（四）醋栗。他过日子很吝啬，不吃饱，不喝足，天知道他穿的是什么，活像一个乞丐；他一味攒钱存银行。他贪得无厌。看着他我感到痛心，因此我常常给他一些东西，在节日里也总给他寄些什么去，可是他就连这些东西也藏起来。也真是，如果一个人打定了主意，那你对他就毫无办法了。

"时光一年又一年过去，他被调到了另一个省里，他已经四十开外了，可是仍旧在读报纸上的广告，仍旧在攒钱。我听说，后来他结婚了，但他结婚也是为了同一目的：买一个有醋栗的庄园。他娶的是一个年老难看的寡妇，他对她毫无感情，只因为她有一些臭钱。他同她在一起生活仍然非常吝啬，叫她过半饥半饱的生活，把她的钱以他的名义存入银行。她的前夫是个邮政局长，在他那儿她吃惯了馅饼，喝惯了果子酒，可是在第二个丈夫家里她连黑面包也吃不饱。过着这种生活她变得憔悴了，过了三年光景她干脆把灵魂交给了上帝。我的弟弟当然压根儿没有想过，她的死归咎于他。金钱同白酒一样，它把人变成怪物。我们城里有过一个病危的商人，他临终前叫人给他一盘蜂蜜，把他的全部钞票和彩票拌同蜂蜜都吃进肚里，不让任何人得到。有一次我在火车站检查畜群，就在这时一个牲口贩子跌倒在火车头底下，他的一条腿被轧断了。我们抬他到急诊室，血不停地流着，真可怕。可是他却一味要求把那条断腿找到，老是放心不下，原来是在那条断腿上的靴子里放着二十个卢布，千万别丢失才好。"

"您扯到不相干的事上去了。"布尔金说。

"妻子死后，"伊万·伊万内奇想了半分钟后继续说，"我弟弟就着手为自己物色一个庄园。很自然，哪怕你物色上五年，到头来还是会出错，你会买下不是你所向望的东西。我弟弟尼古拉通过经纪人买下了一个抵押过的占地一百十二俄亩的庄园,有主人的正房,有仆人的下房,有花园,可就是没有果园和醋栗,也没有池塘和小鸭。河,倒是有一条,但河里的水是咖啡色的,因为庄园的一边是造砖厂,另一边是烧骨场。可是我们的尼古拉·伊万内奇并不太伤心,他订购了二十墩醋栗,把它们栽下后就过起地主生活来了。

"去年我去探望他。我想去一下看看那儿的情况。我弟弟在信中把他的庄园叫做'琼巴罗克洛夫荒野',又名'吉马拉伊斯科耶'。我到达那个又名'吉马拉伊斯科耶'的地方的时候是午后,天气热烘烘的。处处是沟渠、围墙、篱笆,杉树栽成一行又一行,使你弄不清楚,怎样才能走进院子,而马又应该拴在哪里。我正向着正房走去,迎着我走过来一条棕红毛色的狗,它肥胖得像一头猪。它想吠叫,可是又懒得张嘴。从厨房里走出一个厨娘,光着脚,胖胖的,也像一头猪。她说主人正在午睡。我走进弟弟的房间,见他坐在床上,被子盖着双膝。他老了,胖了,皮肤松弛了,他的脸颊、鼻子和嘴唇都向前伸,眼看他立刻就会像猪那样呼噜呼噜叫起来钻进被子。

"我们相互拥抱,流了泪。流泪既是出于高兴,同时也是由于一种忧郁的想法:我们从前年纪轻轻,现在都已白发苍苍,行将就木。他穿好衣服,领我去看他的庄园。

"'你在这儿日子过得怎样?'我问。

"'还不错,感谢上帝,我过得挺好。'

"这已经不是以前那个可怜的小文官,而是一个地地道道的地主老爷。他已经习惯于这儿的生活,而且感到津津有味。他吃得很多，在澡堂洗澡，身子发胖，已经同村社以及两家工厂打过官司，而每当农民不尊称他为'老爷'时，他就会深感受屈。他庄重地关心着自己的灵魂得救，像个老爷的样子，但他并不朴朴实实地行善，却要装腔作势。那么，他行些什么善呢？他用苏打和蓖麻子油给农民治各种疾病；在他的命名日里，他在村子中央举行感恩祈祷仪式，随后摆出半维德罗①白酒请农民喝，他认为这么做是应该的。哎，这些可怕的半维德罗、半维德罗白酒！今天胖地主拖着几个农民去见地方行政长官，因为他们的牲畜踩坏了他的庄稼，明天遇上一个什么隆重的节日，胖地主又摆出半维德罗白酒，农民们就一面喝酒，一面叫喊'乌拉'②，喝醉了的人就向他叩头。生活好转、餍足、闲散——这一切都会使一个俄国人变得自命不凡，而且是最厚颜无耻的自命不凡。尼古拉·伊万内奇以前在税务局里甚至对他本人都不敢有自己的看法，可是现今他所讲的却全是至理名言了，而且他说话的口气同大臣一样：'教育是必要的，然而对老百姓来说为时尚早'，'一般说，体罚是有害的，不过在某些场合体罚却是有益的，是不可替代的'。

"'我了解老百姓，我有本事对付他们，'他说，'老百姓都喜欢我，我只消动一动手指头，他们就会为我做好我所要办的一切事情。'

"请你们二位注意，他说这话时面带聪明而善良的笑

---

① 俄国的重量单位，1维德罗相当于12.3升。
② 俄语中"乌拉"意为"万岁"。

容。他把'我们，贵族们'，'我，作为一名贵族'这类话反复说了二十多遍，显然，他已经不记得我们的祖父是个庄稼汉，而父亲是个大兵。甚至连我们的姓，契木沙‑吉马拉伊斯基，实际上是一个荒诞不经的姓，甚至连这样的一个姓，现在他也觉得是响亮、高贵和十分可爱的了。

"但问题不在于他，而在于我自己。我想对你们讲的是，我自己在他的庄园里待了不多的几个小时后起了什么样的变化。傍晚我们坐在一起喝茶，厨娘端上满满一盘醋栗。这醋栗不是买来的，而是他自己家里种的，是自从那些灌木栽下后头一回采摘下来的。尼古拉·伊万内奇笑了，他默默地瞧了一会儿醋栗，眼泪汪汪，激动得连话也说不出来，接着他放了一个果子到口中，洋洋得意（只有小孩子在终于得到了心爱的玩具后才会有这种得意劲儿）地看了我一眼说：

"'多好吃！'

"他贪婪地吃着，不住地重复道：

"'嘿，多好吃！你尝尝！'

"这醋栗是既硬又酸，可是，正如普希金所说的，'我们珍爱一句提升我们地位的谎言，胜过珍爱无数真情'。我眼前是一个幸福的人，这个人的夙愿显然已经得偿，他的生活目标已经达到，他想要的东西已经到手，他对他的命运和他本人感到心满意足。不知为什么，在我关于人生幸福的想法中总掺混着某种忧郁的东西，如今我眼看着一个幸福的人。一种沉重的近似绝望的心情困扰着我。夜间我心头特别难过。在我弟弟卧室隔壁的房间里给我安排了床铺，所以我听得见，他并没有睡着，他不时地起床，走到那盘醋栗前取食果子，一个又一个。我心想：确实有许许多多满足而又幸福的人！而这是一种巨大的压抑人的力量！请你们看一看我们周围的生活：强者骄横和游手好闲，弱者愚昧得像牲畜一般，周围是令人难受的贫困、拥挤、堕落、酗酒、伪善、撒谎。……然而，在所有的房子里在所有的街道上却是一片祥和宁静的情景，在城里的五万居民中竟没有一个人大叫一声，没有一个人高声表示愤慨。我们看见的是一些上市场买食品的人，他们白天吃喝，夜间睡觉；他们胡言乱语，他们结婚、衰老；他们平静地把亡故的亲人拉上墓地，可是，我们却看不见那些受苦受难的人，听不到他们的声音，生活中的骇人听闻的事情暗中在什么地方进行着。一切都太太平平，在提出抗议的只有无声的数字：多少人发疯了，多少维德罗白酒被喝掉了，多少儿童由于吃不饱而死了……显然，这种社会秩序是必要的：幸福的人感到舒坦，只是因为不幸的人默默地忍受着压迫，所以，没有这种沉默的话，一些人想要幸福就会是不可能的事。这是普遍的麻木状态。应该这样：在每一个满足而又幸福的人的房门背后有一个手拿小锤子的人，他经常敲门提醒幸福的人说：天下还有许多不幸的人，不管你现在多么幸福，生活迟早一定会向你伸出魔爪，灾难一定会降临，如疾病、贫穷、损失等等，到那时谁也不会看见你，谁也不会听见你的声音，就如同你现在对别人视而不见听而不闻一样。但是，手拿小锤子的人却不存在，幸福的人生活得十分自在，尘世的烦恼不过稍微使他有所不安，像风儿轻拂白杨一样，因此是万事大吉。

　　"这一夜我才明白，我自己也是满足和幸福的，"伊万·伊万内奇站起身来继续说，"我也在吃饭和打猎的时候教训别人该怎样生活，该怎样信仰，该怎样管理百姓。我也说，学问是光明，教育是必需的，但是对普通人而言，眼下能识上几个字就足够了。我说，自由是幸福，缺了它不行，就像没有了空气一样，但是，暂且别忙，得等待一段时间。是的，从前我常这么说，可是现在我要问：为了什么等？"伊万·伊万内奇气恼地瞧着布尔金问道，"我问你们：为了什么等？为了何种意图？有人对我说，万事并非一下子就办成的，任何理想在生活中都是逐步地实现的，要等候时机。然而这话是谁说的？证明此话正确性的证据在哪里？你们借口说，事物有其合乎情理的秩序，你们说各种现象有其合理性，可是我，一个有思想的活人，站在一道沟前等着，等它自动封口，或者等淤泥把它填满，而本来我也许可以跳过这条沟，或者可以架个桥走过去，难道在这种等待里也有什么合乎情理的秩序和合理性？再说，又是为了什么等？难道在没有力量活下去的时候还要等？其实呢，人不可不活，而且他渴望活！

"第二天清早我离开了弟弟家。从那时候起，进城对我来说成了一种难以忍受的事情。平静而又安宁的气氛使我感到压抑。我害怕朝窗户里看，因为现在我心目中没有什么比幸福的一家坐在桌子周围喝茶的情景更令人难受。我老了，要进行斗争已经不中用了，我甚至不会憎恨。我只是在内心悲痛，我生气，我恼恨，每到夜里，由于各种思想涌现我非常兴奋，不能入睡。……唉，如果我年轻，那多好！"

伊万·伊万内奇很激动，他在室内来回走动，他又说了

一句:

"如果我年轻，那多好！"

突然他走到阿廖兴跟前，握他的手，先握这一只，后来又握另一只手。

"帕维尔·康斯坦丁内奇！"他用恳求的声调说，"您别自安自慰，别让人使您麻痹！趁您还年轻、强壮、朝气蓬勃，别厌倦做好事！幸福是没有的，也不应当有。如果说生活中还有意义和目标，那么这意义和目标绝不是我们的幸福，而是某种更合理更伟大的东西。做好事吧！"

伊万·伊万内奇说这些话时面带一种可怜的恳求的笑容，好像他是为了他自己在求人。

之后这三个人分别坐在三把圈椅上，在客厅里各据一方，而且都不说话。伊万·伊万内奇讲的故事未能使布尔金和阿廖兴满意。在黄昏时分，金边画框里的将军们和太太们都像活人一般，看着坐在那里的人，在这种时候听一个关于可怜的吃醋栗的官员的故事会使人感到枯燥乏味，不知为什么，很想谈一谈或者听一听关于优雅的人和关于女人的故事。他们坐在客厅里，这里的一切东西，不论是蒙着套子的枝形吊灯架，是圈椅，还是脚下的地毯——这一切东西都在说，从前在这个地方走过、坐过、喝过茶的人正是此刻从镜框里往外看的那些人，再加上美丽的佩拉吉娅眼下在这儿悄悄地走来走去——这一切比任何故事都美好。

阿廖兴非常想睡觉。为了料理家业他清早两点多钟就起床了，现在他眼睛快睁不开了。但他没有离开，因为他生怕他不在时两位客人会讲一些什么有趣的事。刚才伊万·伊万内奇讲的那一切是否合理，是否正确，对此他并未细想。两位客人谈的不是麦子，不是干草，不是焦油，而是一些同他的生活没有直接关系的事情，他很高兴，还希望他们继续谈下去。……

"不过该睡觉了，"布尔金站起来说，"请允许我祝你们夜安。"

阿廖兴告辞后回到楼下他自己的房间去了。两位客人留在楼上。把他们安排在一个大房间里过夜，房里摆着两张旧式的雕花木床，房角上挂着用象牙刻的耶稣蒙难像。美丽的佩拉吉娅已经给他们那两张凉快的大床铺好了被褥，新洗过的床单散发出令人愉快的气味。

伊万·伊万内奇不声不响地脱衣睡下。

"主啊，饶恕我们这些罪人吧！"他说。他盖上被子，把头也蒙了起来。

他那只放在桌上的烟斗冒出浓重的烟油子味，以致布尔金好久不能入睡。他怎么也弄不明白，这股冲鼻难闻的气味是从哪儿来的。

雨彻夜敲打着窗子。

心肝儿

奥莲卡①是八品退休文官普列勉尼科夫的女儿。她坐在院里的台阶上想心事。天气炎热，讨厌的苍蝇缠人不休。想到黄昏将临，心中就感到愉快。黑沉沉的雨云从东方迫近过来，湿气间或从那儿袭来。

院子中心站着剧团经理人、"季沃里"游乐场场主库金，他借这个院里的一个厢房住。他看着天空。

"又要下雨了！"他悲观失望地说，"又要下了！天天下，天天下，好像是故意的！简直是要我命！要我破产！天天赔大本！"

他两手一拍，转向奥莲卡继续说：

"瞧！奥尔加·谢苗诺芙娜，这就是我们过的日子。简直想哭！你在尽心竭力地干，煞费苦心，夜里不睡觉，老在想怎么干得好一些，可是结果呢？首先，观众是粗鲁和野蛮的。我给他们看最好的小歌剧、梦幻剧，请顶好的讽刺小曲演唱家，可是他们要看的是这些吗？他们能欣赏得了吗？他们要看的是粗俗的噱头！给他们看低级趣味的东西就行！其次，您瞧这天气。几乎每天晚上下雨。这雨从 5 月 10 日下开了头，接着是整个五月和整个六月都下雨。简直不得了！没有人来看戏，可是租金我得付，演员的工钱我得付！"

第二天傍晚，阴云又迫近过来，库金歇斯底里般地狂笑着说：

"有什么了不起呢？下吧！把花园淹了吧，把我淹了吧！叫我永生永世倒霉吧！让演员上法院告我吧！法院算什么？可以打发到西伯利亚去做苦工吗！可以送上断头台吗！哈哈哈！"

到第三天又是老样子……

奥莲卡听着库金讲，默默地、认真地听，有时候眼泪还涌上了她的眼眶。临了，库金的不幸打动了她的心，她爱上了他。他个子瘦小，脸色黄黄的，头发朝两边梳，说话声音尖细，他说话时总轻蔑地撇嘴，脸上老带着绝望的神情，可是他终究在她心中唤起了一种真挚的深情。她总得爱一个什么人，不能不这样。以前她爱她的好爸爸，现在他有病在

---

① 奥尔加的爱称。

身，坐在一个黑暗的房间里的一把圈椅上，气喘吁吁；她还爱过她的姑妈，往常她姑妈每隔两年总要从布良斯克来一回；再早一些时候，在她上初级中学的时候，她爱过她的法语教师。她是一个文静、善良、富有怜悯心的姑娘，她目光温存、柔和，身体十分健康。看到她丰满、红润的脸颊，看到她柔软白净长着一颗黑痣的脖子，看到她在听到什么愉快的事时脸上出现的善良天真的笑容，男人们就会暗想："是啊，挺不错……"女人们呢，在谈话中间往往会忍不住突然抓住她的手满心喜爱地说：

"心肝儿！"

这所房子坐落在城郊的茨冈居民区，离"季沃里"游乐场不远。她一生下来就住在其中的这所房子里。她父亲在遗嘱里已经写明这所房子归她继承。在傍晚和夜间她听得见游乐场里的音乐，听得见鞭炮劈劈啪啪的爆响，她觉得这是库金在同他的命运斗争，在猛攻他的大敌——淡漠的观众。她的心甜蜜地缩紧，没有丝毫睡意。待到拂晓他回家时，她就轻轻地敲打自己卧室的小窗子，隔着窗帘向他单单露出一张脸和一个肩膀，温存地微笑……

他向她求婚，他们就举行了婚礼。在好好地看清了她的脖子和丰满结实的肩膀时他两手一拍说：

"心肝儿！"

他是幸福的，可是因为结婚的那一天昼夜下雨，绝望的神情没有从他脸上消失。

婚后他们日子过得很好。她掌管他的票房，照料游乐场的内务，记账，发工钱。她红润的脸颊，可爱、天真、光彩一般的笑容到处闪现，一会在票房的小窗口，一会儿在饮食部，一会儿在后台。她已经常常对她的熟人们说，世界上最美妙、最重要、最必需的东西是戏剧，只有在剧院中人方才能获得真正的享受，方才会变得有教养和通达人情。

"可是观众难道懂得这层道理？"她说，"他们只要看粗俗的噱头！昨天我们演出《颠倒了的浮士德》，但场里的包厢几乎全都空着；但如果万尼奇卡①和我演出一部低级趣味的戏剧，那请您相信，剧院准会爆满。明天万尼奇卡和我准备上演《俄耳甫斯在地狱》。请您光临。"

库金关于戏剧和演员讲了些什么，她就重复说什么。她同库金一样，因观众对艺术的冷漠和无知而瞧不起他们。她干预彩排，纠正演员们的动作，监视乐师们的行为。如果当地报纸上发表了不赞成剧团的评论，她就流泪，接着就跑到报馆编辑部去解释清楚。

演员们都喜欢她，管她叫"万尼奇卡和我"和"心肝儿"。她怜惜他们，借给他们少量的钱。有过这种事：他们骗了她，她只不过偷偷哭泣，不向丈夫诉苦。

冬天他们的日子也过得挺好。他们把本城的剧院承租了整个冬天，将它短期出租给小俄罗斯剧团、魔术师或者本地的业余演员。奥莲卡胖起来了，她心满意足，容光焕发。库金却瘦下去，脸色发黄，老抱怨亏损太大，虽说那年冬天生意不错。他夜里常常咳嗽，她给他喝覆盆子花汁和椴树花汁，用花露水擦他的身体，给他包上软和的披巾。

---

① 库金的名字是伊万，万尼奇卡是这名字的爱称。

"你真可爱！"她抚平着他的头发，十分诚恳地说，"你真好！"

在大斋①期间他去莫斯科招募剧团。他不在家她就睡不着觉，一直坐在窗前看星星。这时候她就把自己比做母鸡。公鸡不在窠里，母鸡就通宵不睡，心不定。库金在莫斯科耽搁了，他写信回来说，要在复活节周才能回来，他还在信中交代了几件有关"季沃里"游乐场的事。可是在受难周②前的星期一的深夜突然响起一阵不祥的敲门声：有人在敲便门，像是在捶大桶似的——嘭嘭嘭！半睡不醒的厨娘赤脚踩着水洼跑去开门。

"劳驾，请开门！"门外有人用沉闷的男低音说，"你们家有电报！"

以前奥莲卡也接到过丈夫发来的电报，可是这一次不知为什么她吓呆了。两只颤抖的手拆开电报，她读到了如下电文：

伊万·彼得罗维奇今日猝死我们此克等候吩咐星期二出并

电报上写的可真是："出并"③，还有那个令人费解的字眼儿"此克"④。电报上是小歌剧剧团导演署的名。

---

① 复活节前 40 天的斋戒。
② 基督教节日，在复活节前的一周，纪念耶稣受难。
③ 该是"出殡"。
④ 该是"此刻"。

"我的亲人！"奥莲卡嚎啕大哭起来，"我可爱的万尼奇卡呀，我的亲人！为什么我同你相遇？为什么我认识你，爱上你？你把你可怜的奥莲卡，可怜的、不幸的人儿丢给谁哟？……"

星期二把库金安葬了，在莫斯科的瓦冈科沃墓地；星期三奥莲卡回到家里，她一走进房间就倒在床上放声大哭，哭声非常响，左右邻里和街上全都听得见。

"心肝儿！"女邻人们在自己胸前画着十字说，"奥尔加·谢苗诺芙娜，心肝儿，大娘，多伤心！"

三个月后的一天，奥莲卡做完弥撒回家，她悲悲切切，十分哀伤。正赶上她的邻居瓦西里·安德烈伊奇·普斯托瓦洛夫也从教堂回家，走在她的一旁。他是商人巴巴卡耶夫木材场的经理。他戴着草帽，穿着白坎肩，系着金表链，与其说他像生意人，不如说他像地主。

"万事都由天定，奥尔加·谢苗诺芙娜，"他庄重地说，声音里包含着同情，"如果我们亲人中有人死了，那准是上帝的旨意，在这种情况下我们应当控制住自己，顺从地忍受。"

他把奥莲卡送到便门口，与她告辞后朝前走去。从此之后她整天都听到他庄重的声音，她刚一闭眼就仿佛看到他的黑胡子。她非常喜欢他。她显然也给他留下一个好印象，因为过了不多久就有一位她并不熟悉的岁数不小的太太来她家喝咖啡，来人刚在桌旁坐定，就立刻谈起普斯托瓦洛夫，说他是一个殷实可靠的好人，说任何一个妙龄女郎都会乐于嫁给他。三天后，普斯托瓦洛夫本人也来拜访了。他坐的时间不长，大约十分钟左右，说话也不多，可是奥莲卡已经爱上了他，而且爱得很深，她一夜没有合眼，浑身热辣辣的，像是害了热病，第二天早晨她就差人去请那位岁数不小的太太。婚事很快讲定，接着就举行了婚礼。

普斯托瓦洛夫和奥莲卡结婚后日子过得挺好。午饭前他总是在木材场里工作，饭后他外出接洽生意，这时奥莲卡就代他坐办公室，记账，卖货，一直忙到黄昏时分才离开。

"现在在木材价格每年涨两成，"她对买主和熟人们说，"求主怜恤我们吧，从前我们是买卖本地木材，现在瓦西奇卡①得每年到莫吉廖夫省去采购木材。运费好大呀！"她现出害怕的神情、双手捂住脸说，"运费真大呀！"

她觉得，木材生意她已经做了很长很长时间，而生活中最重要和最必要的东西就是木材。什么"梁木"啦，"原木"啦，"薄板"啦，"护墙板"啦，"箱子板"啦，"板条"啦，"木块"啦，"板皮"啦等等，在这些词儿中她仿佛听到某种亲切动人的意思……夜里睡觉的时候，她梦见堆积如山的木板和薄板，长得看不到尽头的载着木材的车队开出城去，驶向远方。她还梦见，许许多多十二俄尺长、五俄寸②粗的原木直立着冲向木材场，于是原木、梁木、毛板互相碰撞，发出干木头的轰隆声，忽而倒下，忽而又竖立起来，重叠在一起。奥莲卡常常在睡梦中叫出声来，普斯托瓦洛夫就温柔地对她说：

---

① 瓦西里的爱称。
② 1 俄寸等于 4.4 厘米。

"奥莲卡，你怎么啦，亲爱的？画个十字①吧。"

丈夫有什么想法，她也就有什么想法。如果他认为房间里热，或者他认为现在生意清淡，她也就这么想。她丈夫不喜欢任何娱乐，在节日里他总是呆在家里，她也就照样做。

"你们总是在家里或办公室里，"熟人们说，"你们可以去看看戏嘛，心肝儿，不然，去看看杂技也好。"

"瓦西奇卡和我没有时间上剧院，"她庄重地回答说，"我们是干活的人，我们顾不上这些无谓的小事。看这些戏有什么好处？"

每星期六普斯托瓦洛夫和她总去参加彻夜祈祷，在节日里他们总去做晨祷。他们从教堂回家时并排走在一起，脸上现出深受感动的神情。他们俩散发出一股好闻的香气，她的绸衣裙发出好听的沙沙声。在家里，他们喝茶，吃奶油面包和各种果酱，然后又吃馅饼。每天中午，在他们院子里和大门外的街道上总散发着红甜菜汤、煎羊肉或者烤鸭子的可口香味，遇到斋戒日就有鱼的味道，所以谁走过他们家的大门口，谁就犯馋。办公室里的茶炊总是烧开的，他们请顾客们喝茶，吃面包圈。夫妇俩每星期上一次澡堂，回家时并肩走在一起，脸红通通的。

"不错，我们日子过得挺好，谢谢上帝，"奥莲卡常常对熟人说，"但愿上帝让人人都能过上像瓦西奇卡和我这样的日子。"

每逢普斯托瓦洛夫去莫吉廖夫省采购木材，她就非常思

---

① 旧教徒画十字以护身。

念他，夜间睡不着觉，流泪。有时军团兽医斯米尔宁在傍晚来看她，这是一个租住她家厢房的年轻人。他来谈天，打牌，这就使她散心和解闷。特别有趣的是听他谈他自己的家庭生活。他结过婚，有一个儿子，可是他已同妻子离婚，因为她对他变了心，现在他还在恨她，他每月汇给她四十卢布抚养儿子。听着这一切，奥莲卡叹气，摇头，她同情他。

"唉，求上帝保佑您，"分手时她举着蜡烛送他到楼梯口说，"谢谢您给我解了闷，求上帝保佑您健康，圣母……"

她学丈夫的样，说话总是十分端庄，慎重。兽医的身影已经消失在楼下的门外，她把他叫住说：

"弗拉基米尔·普拉托内奇，您同您的妻子和好吧。为了儿子您就原谅她吧！……小家伙大概什么都明白。"

普斯托瓦洛夫回来后，她低声地把兽医和他的不幸家庭生活讲给他听，两个人都叹息摇头，他们谈到那个男孩，说那个男孩多半在想念父亲，接着由于想法上的某种奇特联系，他们俩双双在圣像前跪下叩头，向上帝求子。

普斯托瓦洛夫夫妇就这样平静安分地在一起生活了六年，他们相亲相爱，和睦融洽。可是，有一年冬天，瓦西里·安德烈伊奇在场里喝足了热茶后不戴帽子就走出门去发售木材，着了凉，生病了。给他治病的是一些最好的医生，可是他病入膏肓，四个月后他就死了。奥莲卡又守寡了。

"你把我丢给谁啊，我的亲人？"安葬了丈夫后她痛哭道，"没有你，现在我这个苦命人怎么生活？善良的人们，可怜可怜我吧，可怜可怜我这个无依无靠的人吧……"

她穿上缝了白丧章的黑色衣裙，从此不戴帽子和手套。

她很少出门，只是上上教堂或者丈夫的坟地，在家里的生活跟修女一样。只是在过了六个月后她才取下丧章，打开百叶窗，偶尔已经可以看见她早晨同她的厨娘一起上市场上去买食品，至于现在她在家里怎么生活，她家里的情况又怎样，关于这些就只能猜测猜测了。大家也真是在根据一些情况猜测，比如，看见她在自家的小花园里同兽医一块儿喝茶，由他出声对她读报，又如，她在邮政局遇到了一个熟识的女人后说：

"我们城里缺乏兽医的正确监督，因而有许多疾病。常常听说有些人喝牛奶得了病或者从牛马身上染上了疾病。实际上，应该像关心人的健康一样关心家畜的健康。"

她重复着兽医的讲法，现在她对一切事情的看法都同他一样。很清楚，要是没有一个依恋不舍的人，她一年也活不下去。她在她家的厢房里找到了新的幸福。别人这么做的话会受到指摘，不过关于奥莲卡却没有一个人会往坏处想，她生活中的一切都是可以理解的。她和兽医没有向任何人讲起他们俩的关系中发生的变化，他们极力隐瞒着，可是这是办不到的，因为奥莲卡不会有秘密。每逢有客人（他团里的同行）来看他，她就给他们斟茶，或者给他们张罗晚饭，她谈牛瘟，谈家畜结核病，谈本市的屠宰场，而他非常局促不安，因而在客人们走后他就抓住她的手生气地轻声说：

"我要你不谈你不懂的事情！在我们兽医谈话的时候你别插嘴。这简直无聊！"

她惊讶而惶恐地瞧着他问：

"瓦洛杰奇卡①，那我该谈什么呢？"

她泪汪汪地搂住他，求他别生气，于是他们俩又都幸福了。

不过，这幸福持续的时间不长。兽医随军团一起离开了，一去不复返了，因为军团被调到一个很远的地方，几乎是到了西伯利亚。奥莲卡一个人孤单单地留了下来。

现在她是只身一人。父亲早已去世，他的那把圈椅弃置在阁楼上，布满灰尘，缺了一条腿。她瘦了，丑了，在街上遇到她的人已经不像往常那样看她了，也不对她微笑了。显然，美好的岁月已经一去不复返了。现在一种新的、不熟悉的生活开始了，关于这种生活最好还是不要去想。傍晚，奥莲卡坐在台阶上，她听得见"季沃里"的奏乐声，鞭炮的炸裂声，可是这一切已经不能引起任何回忆。她冷漠地瞧着她的空荡荡的院子，什么都不想，什么都不盼望，过后黑夜降临，她就去睡觉，在梦中见到她的空荡荡的院子。现在她就连吃和喝也好像是迫不得已才吃和喝的。

主要的是，她已经没有任何见解了，而这是最糟糕的。她看见她周围的事物，也明白周围发生的一切，可是对那些事她却没有一个主见，而且她不知道该说什么。没有任何主见——这多么可怕呀！比方说，看见一个瓶子，或者看见天在下雨，或者看见一个农民坐在大车上，可是说不出那瓶子、那雨、那农民为什么存在，他们有什么意义，甚至给上一千卢布也说不出什么东西来。当初，在库金或普斯托瓦洛

---

① 弗拉基米尔的爱称。

夫在世时，后来跟兽医在一块儿的时候，奥莲卡样样事情都能解释，而且说得出自己的见解，可是现在呢，她脑子里和她心里空荡荡的，就跟那个院子一样。真感到可怕，又觉得苦涩，仿佛多吃了艾蒿一样。

城市渐渐地向四周扩展。茨冈居民区已经叫做大街，在"季沃里"游乐场和木材场的原址，已经造起了一座座新房子，出现了一条条小巷。时光跑得真快！奥莲卡的房子的颜色变暗了，屋顶生锈了，板棚歪斜了，院子里长满了杂草和荆棘。奥莲卡本人也老了，丑了。夏天，她坐在台阶上，她仍然感到空虚和无聊，有苦艾的味道。冬天，她坐在窗前看雪。在春意荡漾的日子，在清风送来叮当的教堂钟声的时候，会突然涌现对往事的回忆，她的心会甜蜜地收紧，滚滚泪水会夺眶而出，可是这不过是一瞬间的事情，接着心里仍然是空荡荡的，不知道活着是为了什么。黑猫布雷斯卡向她表示亲热，柔声地咪咪叫，可是这种猫儿的温存并不能感动奥莲卡。她需要的难道是这个？她需要的是一种能够迷恋住她整个人、整个灵魂、整个理性的爱，一种会给她思想、给她生活方向，会温暖她衰老中的心灵的爱。她把黑猫从裙子上抖掉，懊恼地对它说：

"走开，走开！……不必呆在这儿！"

日子就这样过去了，日复一日，年复一年，没有丝毫欢乐，也没有任何见解。厨娘玛芙拉说什么，什么就是好。

七月里炎热的一天，黄昏时分，街上赶着城里的牲口，院里灰尘飞扬，像云雾一样，突然间有人敲门。奥莲卡亲自去开门，她一看惊呆了：门外站着的是兽医斯米尔宁，头发已经斑白，身穿一身便服。她忽然回想起了一切，忍不住嚎啕大哭起来，把头偎在他的胸口，一句话没说。激动中她竟没有注意到他们俩后来是怎样走进房子、怎样坐下来喝茶的。

"我的亲人！"快活得发抖的她嘟哝着说，"弗拉基米尔·普拉托内奇！上帝从哪儿把你送来的？"

"我想在此地定居，"他说，"我已经退伍，上这儿来试试不在职的运气，过过安居的生活。再说，也该让儿子上中学了。他长大了。您可知道，我已经同妻子和好啦。"

"她在哪儿呢？"奥莲卡问。

"她和儿子在旅馆里，我这是出来找房子的。"

"主啊，老爷子，就住我的房子吧！不是好好的住宅吗？啊，主啊，我不会收你们一个房钱，"奥莲卡着急地说，她又哭了，"你们住在这儿，我住一个厢房就足够了。主啊，我真高兴！"

第二天，屋顶就上漆，墙壁刷白粉，奥莲卡双手叉腰在院子里走来走去，发号施令。她脸上显露出昔日的笑容，她充满生气，容光焕发，好像是从久梦中清醒过来了。兽医的妻子来到了，这是一个又瘦又丑的女人，头发剪得短短的，现出任性的神情。同她一起来的是小男孩萨沙，他已经十岁了，但身材矮得同他的年龄不相称，他胖乎乎的，生着亮晶晶的蓝眼睛，两个脸颊上都有酒窝。孩子刚刚走进院子就去追猫，立刻传来了他快活而欢畅的笑声。

"大妈，这是您的猫吗？"他问奥莲卡，"等它生了小猫，请您送给我们一只。妈妈特别怕耗子。"

奥莲卡同他谈了一阵，给他喝茶。她胸膛里忽然暖和起来，心甜蜜地收紧，仿佛这男孩是她的亲生儿子。晚上他在饭厅里温习功课时，她怀着温情和怜悯看着他，低声说：

"我的宝贝儿，漂亮的孩子。……我的小乖乖，长得多么聪明，多么白净。"

"'四面被水围着的一部分陆地称为岛'。"他念道。

"四面被水围着的一部分陆地……"她重复着说，在经历了多年的沉默和思想空虚之后，这还是她信心十足地说出的第一个意见。

现在她已经有自己的意见了。晚饭时候，她跟萨沙的爹娘谈天，说现在孩子们在中学里功课难，不过古典教育比实科教育强，因为中学毕业后到处有出路，想当医生可以，想做工程师也可以。

萨沙开始上中学。他母亲去哈尔科夫看望她妹妹，从此没有回来。他父亲每天外出给畜群看病，往往一连三天不住在家里。奥莲卡觉得，萨沙完全被撇下不管了，他在家里成了多余的人，他会饿死的，于是她就让他住进自己的厢房，把他安排在小房间里。

萨沙住在她厢房里已经半年了。每天早晨奥莲卡走进他房间，他睡得正香，手放在脸颊底下，一点儿声息也没有。她不得不把他叫醒。

"萨宪卡①，"她难过地说，"起来吧，好孩子！该上学

---

① 萨沙和萨宪卡都是亚历山大的爱称。

去啦。"

他起床，穿衣服，祷告上帝，接着就坐下喝早茶。他喝下三杯茶，吃完两个大面包圈和半个法国奶油面包。他没有睡醒，因此心绪不好。

"萨宪卡，那个寓言你还没有背熟，"奥莲卡说，她瞧着他，仿佛送他出远门似的，"我可真为你操心。你要用功读书，好孩子。……要听老师的话。"

"嗨，请您别啰唆！"萨沙说。

接着他就顺着大街上学去了。他身材矮小，却戴着一顶大制帽，背着一个书包。奥莲卡静悄悄地跟在他后面。

"萨宪卡！"她叫道。

他回过头看，她把一个海枣或者一块糖塞进他手中。他们弯进学校所在的那条胡同，他感到害臊，因为身后面跟随着一个高高的胖女人。他回过头来说：

"您回去吧，大妈。现在我自己走得到学校。"

她停住脚步，不眨眼地瞧着他的背影，直到他的身影消失在学校入口处。啊，她多么爱他！她昔日的爱恋从来没有这么深，她的心从来没有这么忘我、无私和愉快地接受过支配，现在她的母性的感情越燃越旺了。为这个别人家的男孩，为他脸颊上的酒窝，为他的制帽，她甘愿献出她的整个生命，而且是愿意含着温柔的眼泪愉快地献出来。这是为什么？又有谁知道这是为什么？

把萨沙送到学校后，她慢慢地走回家去，那么满足、安静和富有爱心。她那张在近半年来变得年轻了的脸在微笑，在发光，遇见她的人瞧着她都感到愉快，对她说：

"您好，亲爱的奥尔加·谢苗诺芙娜！您生活得怎么样，心肝儿？"

"现在读中学可真难啊，"她在市场上说，"可不是闹着玩的，昨天一年级的老师布置的作业是：背熟一则寓言，翻译一篇拉丁文，还有习题……唉，小孩子哪儿来得及？"

她开始讲到老师，讲到功课，讲到课本，她讲的正是萨沙讲过的那些话。

两点多钟他们在一起吃午饭，晚上在一起做功课和一起哭泣。她安顿他睡觉时，久久地为他祝福，小声祷告，接着她自己上床睡觉，她幻想遥远而朦胧的未来，到那时候萨沙大学毕业，当上医生或者工程师，有了自己的大房子，买了马和马车，结了婚，生了孩子……她昏昏入睡时还在想着这些，眼泪从她紧闭的眼睛里流到她的脸颊上。那只黑猫躺在她身旁叫着：

"喵——喵——喵。"

突然，一阵挺响的敲打便门的声音。奥莲卡醒了，她害怕得透不过气来，心跳得十分厉害。半分钟后敲门声又响了。

"这是哈尔科夫的电报来了，"她想，她全身发抖，"母亲要萨沙到哈尔科夫她自己身边去……哎，主啊！"

她绝望了，她的头、手、脚都发冷；似乎全世界再没有比她更不幸的人了。可是又过了一分钟，听得见说话的声音，原来是兽医从俱乐部回家来了。

"唉，谢天谢地。"她想。

她心头的郁闷慢慢地消除了，她又觉得轻松自在了。她躺下睡觉，心中想着萨沙，而萨沙呢，他在隔壁房间里睡得正香，有时他说梦话：

　　"你等着瞧！滚开！别打人！"

牵小狗的女人

一

　　大家都在讲，海滨街上出现了一张新面孔：一个牵小狗的女人。在雅尔塔已经生活了两个礼拜、已习惯了这个地方的德米特里·德米特里奇·古罗夫也对一些新面孔感兴趣了。他坐在韦尔奈的售货亭里，看见一个年轻女人在海滨街上走过，这是一个金发女郎，身材不高，戴着一顶无檐软帽。一条毛茸茸的小白狗跟在她身后跑。

　　后来他又在城市公园里和街心小花园里遇见过她，一天内遇上好几次。她独自一人散步，总戴着那顶无檐软帽，牵着那条毛茸茸的小白狗。没有人知道她是谁，于是就随便称

第六病室 ｜ 197

她为："牵小狗的女人"。

"如果她在这里没有丈夫和熟人，"古罗夫暗斟酌着，"倒不妨同她认识一下。"

古罗夫还不到四十岁，却已经有一个十二岁的女儿和两个上中学的儿子。家里很早就给他娶了妻子，那时他还只是一个大学二年级学生，所以，现在他妻子看起来比他的年纪要大上一倍半。这个女人身材高高的，长着两道黑眉毛。她直率、尊严、庄重，而且，按她自己的说法，有思想，她读过许多书，书写时不写硬音符号"ъ"，叫丈夫时不叫德米特里而叫吉米德里；可是他呢，他私下里却认为她浅薄、狭隘、不优雅。他怕她，不喜待在家里。他对她早已变心，而且不止一次，也许正是因为这个缘故，他对女人的评论几乎总是不好的，每逢他在场时谈及女人，他总把女人叫做：

"下等人种！"

他觉得，吃足苦头的他可以任意称呼她们，可是话虽如此，如果没有了"下等人种"，他就会连两天也活不下去。同男人在一起，他觉得枯燥无味不自在；同男人在一起他少言寡语冷冷淡淡。可是，一到了女人中间，他就觉得自由自在，知道该同她们谈些什么，该有什么样的举止与态度；同她们在一起，即使不讲话也觉得轻松自在。在他的性格、相貌和资质中，有一种迷人的不可捉摸的东西，它使女人对他产生好感，它吸引她们；这一点他是清楚的，同时也有一种力量在引诱着他自己到她们那儿去。

多次沉痛的经验确实早已使他懂得：对一些规矩人来说，尤其是对一些行动缓慢犹豫不决的莫斯科人来说，同女人相好这种事情起初可以愉快地使生活多彩，显得是一种轻松可爱的猎奇，但到头来它必然会变为一个十分复杂的大问题，而处境会令人焦虑和痛心。尽管这样，每逢他新遇到一个引人心目的女人，这种经验教训不知何故就会从他的记忆中消失。他会想要私通，于是一切又都显得十分简单和趣味盎然。

一天傍晚，他在公园里吃饭，那个戴无檐软帽的女人不慌不忙地走过来，要在他的邻桌坐下。她的神情、步姿、衣着和发型都告诉他：她来自上流社会，是有夫之妇，是初次来雅尔塔，独自一人，在这儿感到寂寞……关于本地的风气败坏有许多并不实在的闲话，古罗夫不理会这些闲话，他知道，大部分闲话是一些人编造的，而这些人只要有办法也都会乐于作孽。可是，当那个戴无檐帽的女人在离他仅三步远的邻桌坐下时，他不由得想起了那些关于轻易得手和登山旅游的传闻，于是一个诱人的念头突然控制了他：跟一个陌生的连姓甚名谁也不知道的女人来上一次快速的昙花一现般的同居，浪漫一番。

他亲热地招呼小白狗到身边来，但当它走近时，他又用手指吓唬它。毛茸茸的小白狗吠叫起来，古罗夫又摇动手指吓唬它。

女人瞟了他一眼，但马上就垂下眼帘。

"它不咬人。"说着她脸红了。

"可以给它吃骨头吗？"待她点头肯定后，他和颜悦色地问道，"您来雅尔塔有多久了？"

"将近五天了。"

"我在这儿已经是第二个礼拜了。"

他们沉默了一会儿。

"时间过得真快，而这儿又非常无聊沉闷！"她并不看着他说。

"这儿无聊沉闷——这不过是通常说说罢了。一个市侩住在他那个什么别廖夫①或者什么日兹德拉②，他倒不觉得无聊沉闷，可是一到这儿他就说：'唉，无聊！唉，尘土！'你还真会以为他来自格林纳达③呢！"

她笑了。接着他们又继续吃饭，不说话，像两个互不相识的人一样。可是，饭后他们却并排走在一起了，开始了一场有说有笑轻轻松松的谈话，这是在一些感到自由满足、对于去哪儿和谈什么都无所谓的人之间进行的谈话。他们散着步，谈到了海面上的奇异光照、海水显出紫藤般的颜色，柔和、温暖，由于月光的照射，水面上有一条金黄色的长带。他们也谈到，在炎炎的白昼过去后，天气非常闷热。古罗夫说，他是莫斯科人，在学校里学的是语文学，然而却在一家银行里工作；他一度打算在私人歌剧团里演唱，但后来没有去；还说他在莫斯科有两幢房子……而从她口中他了解到，她在彼得堡长大，但嫁到了 C 城，已经在那里生活了两年，在雅尔塔她还将住上个把月，有可能她丈夫会来接她，他也想休养休养。但她怎么也说不清楚她丈夫在哪里工作，是在省政府呢，还是在省地方自治局，这使她自己也觉得好笑。

---

① 图拉州的一个小城市。
② 卡卢加州的一个小城市。
③ 西印度群岛国家，位于格林纳达岛和格林纳丁斯群岛。

古罗夫还了解到，她的名字叫安娜·谢尔盖耶芙娜。

分手后他在旅馆的房间里想她。他想，明天她一定会同他见面，一定会。躺下睡觉时，他想到她不久前还是一个寄宿女子中学的学生，还在读书，就同他女儿现在在读书一样；他想到，在她的笑声和在她同陌生人的交谈中还有不少胆怯和生硬的东西，大概这还是她生平初次孤身一人处在这种环境中：有些人心怀一种她不会猜到的秘密目的在跟踪她、在注意她并同她谈话；他还想到她的细长脖子和美丽的灰色眼睛。

二

他们相识已经有一个礼拜了。这一天是节日。房间里闷热，街道上旋风似的飞舞着尘土，行人的帽子不时被风吹落。人整天想喝水，古罗夫不时去售货亭，有时请安娜·谢尔盖耶芙娜喝果子露冲的水，有时请她吃冰淇淋。没有什么地方可去。

到傍晚，风稍稍静息，他们去防波堤观看轮船抵达的情景。码头上有许多人在散步，有些人聚集在这里，手中拿着花束，是在迎接什么人。在这个地方，讲究穿着的雅尔塔人有两个特点分外惹人注目：一个特点是上了岁数的太太们穿得同年轻妇女一样，另一个特点是有许多将军。

轮船在海上遇到了风浪，到达时太阳已经下山，而在向防波堤靠拢之前，轮船为了掉头又花了很长时间。安娜·谢尔盖耶芙娜手执长柄眼镜瞧着轮船和乘客，好像是在寻找熟人似的；在她向古罗夫转过身来时，她的眼睛闪闪发光。她话儿很多，提出许多不连贯的问题，以致她本人也一转眼就忘了自己问的是什么。后来她的一副长柄眼镜丢失在人群中了。

装束讲究的人群散了，已经看不见什么人了，风已经完全停息，而古罗夫和安娜·谢尔盖耶芙娜仍站在那里，好像在等着还有没有人从轮船上下来。安娜·谢尔盖耶芙娜闻着鲜花，她已经不再说话，也不看着古罗夫。

"傍晚天气有所好转，"他说，"我们现在上哪儿去？要不要坐车去兜兜风？"

她不作回答。

他凝视了她一下，突然间他将她搂住，吻了吻她的嘴唇，一阵鲜花的香味和水汽向他袭来，他立刻胆怯地环顾四周：是不是有人已经看见？

"我们上您那儿去吧……"他轻声说。

两人迅速走了。

她住的旅馆房间里既闷又热，弥漫着一股香水味，这香水是她在一家日本商店里买的。瞧着她，古罗夫不禁想道："在生活中你真是什么人都会碰到！"从以往的岁月里留下了他对一些善良的乐天的女人的回忆，爱情使她们高兴，她们感激他带来了幸福，虽说这不过是一种十分短暂的幸福；保留着的还有对另一些女人的回忆，举例说像他妻子那样的女人，她们爱得不真诚，她们说许多不必要的话，不自然，狂热，她们的神情表明，好像她们并非在爱，并非在表露情欲，而是在做着某种重要的事情似的；另外他还记着两三个女人，她们美丽、冷淡，她们的脸上会突然掠过一种凶狠的神情和固执的愿望，想从生活中获得并夺取比生活所能给予的多得多的东西。她们都已经不年轻，她们任性，不善判断，不明达，好发号施令，因此在古罗夫对她们不再感兴趣的时候，她们的美貌在他心中唤起憎恶，而她们衬衣上的花边则使他觉得像鱼鳞。

可是眼前他接触到的是一个涉世不深的年轻妇女的胆怯、生硬和拘束。她还给人一种心情慌张的印象，好像是突然有人敲门似的。安娜·谢尔盖耶芙娜，这个"牵小狗的女人"，对待已经发生的事情的态度有些特别，她看得十分严重，好像这是她道德上的堕落——她给人的感觉就是这样，而这却是奇怪的、不合时宜的。她沮丧、萎靡，长长的头发忧伤地挂在她脸庞的两侧。她凄凉地沉浸在冥想之中，犹如古画上那个犯了教规的女人①。

"这样不好，"她说，"现在第一个会不尊重我的人就是你。"

房内的桌子上放着一个西瓜。古罗夫给自己切一块，不慌不忙地吃了起来。至少有半小时就这么在沉默中过去了。

安娜·谢尔盖耶芙娜神态动人，从她身上散发出一个正派纯朴涉世不深的女人的纯洁气息。桌上一支孤零零的蜡烛微微照亮着她的脸，但可以看出：她心绪不佳。

"为什么我会不尊重你呢？"古罗夫问，"你自己都不知道你在说些什么。"

---

① 指《圣经》中的"抹大拉的马利亚"，一个受耶稣感化而忏悔了的妓女。

"上帝饶恕我吧！"她泪水盈眶地说，"这多可怕。"

"你好像是在替自己开脱。"

"我怎能开脱得了？我是个糟糕下流的女人，我看不起、也不想开脱自己。我不是欺骗了丈夫，而是欺骗了我自己。不光是现在，我早就在欺骗了。也许，我丈夫是个诚实的好人，可是他是个奴仆。我不知道他是干什么的，干得怎么样，我只知道他是个奴仆。嫁给他时我才二十岁。一种好奇心使我焦躁不安，我想过得好一点，我对自己说：'不是有着另一种生活吗？'我很想过逍遥快乐的生活！过一过这种生活……好奇心刺激着我……这一点您是不懂的，可是我，我向上帝发誓，我已经控制不住自己，我变了，已经拦阻不住自己，我对丈夫说我病了，我就到这个地方来了……在这里我走来走去，像是着了魔发了疯……就这样我变成了一个庸俗下贱、谁都会瞧不起的女人。"

古罗夫听着觉得烦闷。这天真的口气、这意外的不合时宜的忏悔惹他生气。如果不是她热泪盈眶，那人家真会认为她是在开玩笑或者是在装腔作势。

"我不明白，"他轻声说，"你到底要什么？"

她把脸埋在他脸前，紧贴着他。

"请您相信我的话，请您相信，我求求您……"她说，"我喜欢正派纯洁的生活，我厌恶罪孽的生活，我自己都不知道我在干什么。老百姓常说：鬼迷心窍。现在我也可以这么说自己：鬼迷住了我的心窍。"

"够啦，别说了……"他嘟哝说。

他瞧着她两只呆板惊恐的眼睛，吻她，亲热地轻声说话。她的心情逐渐平静，重又兴致勃勃起来。两个人都笑了。

后来他们走出旅馆，海滨街上已经没有一个人影，这座城市连同那些柏树都寂静无声，但海水仍在喧闹并拍击着海岸。一条小汽艇在海浪上颠簸，一只小挂灯在船上懒洋洋地闪烁着。

他们雇了马车去奥列安达①。

"刚才我在楼下前厅里知道了你的姓，在一块牌子上写着：冯·季杰利茨，"古罗夫说，"你丈夫是德国人？"

"不，他祖父好像是德国人，然而他本人是一个东正教信徒。"

在奥列安达，他们坐在一条长凳上，离教堂不远。他们默默地看着下方的大海。透过晨雾可以隐隐约约地看到雅尔塔。白云一动不动地停留在山顶上。树上的叶子纹丝不动，知了在鸣叫，从下方传来的单调低沉的大海的喧哗象征着安谧，象征着那正在等候我们的长眠。想当初，在奥列安达和雅尔塔都还不存在的时候，海水就在下方这么喧哗了，如今它也在喧哗，待到将来我们去世后，它仍将如此冷漠地喧哗。也许，在这种永恒性中，在这种对我们每个人的生与死所持的绝对冷漠态度中，正包藏着一种保证：我们会永恒超度的保证，大地上的生命会不断运行、不断完善的保证。同一个在晨曦中显得十分美丽的年轻妇女坐在一起的古罗夫，面对着这童话般的环境、面对着海洋、山岳、云彩和辽阔天

①　一个在雅尔塔附近濒临黑海的城镇，是一个旅游胜地。

空而感到心旷神怡的古罗夫想道：实际上，如果想得深一点的话，世上的一切都是十分美好的，除了我们自己在忘却了生活的最高目标和人的尊严时所想所做的事情外，一切都是十分美好的。

有一个人，大概是个更夫，走近过来，看了他们一眼，走开了。就连这个细节也显得非常神秘和美好。可以看见，一条从费奥多西亚开来的轮船到了，船上的灯火已经熄灭，朝霞照亮着船身。

"草上有露水。"安娜·谢尔盖耶芙娜打破沉默说。

"是的，该回去啦。"

他们回到了城里。

这之后，他们晌午在海滨街见面，一起吃早饭、进午餐，一起散步，一起欣赏大海。她抱怨睡眠欠佳，心神不宁；她忽而因热衷而激动，忽而又怕他不十分尊重她，老是向他提出一些同样的问题。在街心花园里或者在大公园里，每逢附近没有人的时候，他常常突然把她拉向自己热烈地亲吻。十分闲逸的生活，左顾右盼生怕被人看见的光天化日之下的接吻，炎热，海水的气息，不时在眼前闪过的闲散、盛装、饱腹的人们——所有这一切都仿佛从根本上改造了他。他对安娜·谢尔盖耶芙娜说，她十分美丽，非常迷人。他的情欲强烈难忍，对她可说是寸步不离。而她却常常沉浸于冥想之中，总求他承认他并不尊重她，丝毫也不爱她，不过是把她看成一个下流的女人。几乎每天夜晚，他们都要驱车出城，或去奥列安达，或去瀑布所在地。这种闲游是成功的，每次的印象总是美好庄重的。

他们在等她丈夫来到。可是从他那儿来了一封信，他在信中说他害了眼疾，恳求妻子尽快回家。安娜·谢尔盖耶芙娜因此就着忙起来。

"我走了倒好，"她对古罗夫说，"这是命运的安排。"

她坐马车离开雅尔塔，他送她。他们赶了一整天路。当她坐进特别快车的车厢，响起第二遍铃声时，她说：

"好，让我再看一看您……再看一眼。好，就这样。"

她没有哭，但神情忧伤，像病了似的。她的脸在抽搐。

"我会想念您的……会回忆您的。"她说，"上帝保佑您，祝您永远幸福。别念我旧恶。我们永别了，应该是这样，因为我们本来就不该相遇。好，上帝保佑您。"

火车快速地开走了，车上的灯火很快消失，再过一会儿已经听不见轰隆轰隆的声音了。好像是一切都故意商量妥了似的，要尽快结束甜蜜诱人的忘乎所以的愚蠢行为。古罗夫只身一人留在月台上，他瞧着黑洞洞的远方，听着蟊斯的鸣叫和电报线的呜呜声，他觉得自己像是刚醒来似的。他想：在他一生中又多了一次猎奇或冒险，而且就连它也已经结束，只剩下回忆……他感动，忧伤，体验到一层淡淡的悔悟心意：可不是吗，这个他再也见不到的年轻女人同他在一起并不幸福；他对她温和亲切，但在他对她的态度里，在他的口气和爱抚里，毕竟隐隐露出一种轻微的讥诮，露出一种年龄比她几乎大上一倍的幸福男人的略略粗野的倨傲。她一直说他善良、非凡、高尚，显然，在她心目中的他不是实际上的他，就是说，他无意中骗了她……

在这里，在车站中，已经有了几分秋意，傍晚已经令人感到凉丝丝的了。

"我也该回北方了，"古罗夫离开站台时想，"是时候了！"

三

在莫斯科，家里的一切都已具有了冬天的样子：生上了火炉，早晨孩子们准备上学和喝早茶时天是黑黑的，保姆还要点上一会儿灯。严冬已经开始。下了头一场雪，第一天坐上雪橇，看着雪茫茫的地面和白皑皑的屋顶，觉得舒服，呼吸起来感到轻松和惬意。在此刻会回忆起青年时代。蒙上了重霜而变白的老菩提树和桦树有一种温和的样子，比起柏树和棕榈树来，它们更加贴心。有它们在近处，就没有心思去想山峦和海洋了。

古罗夫是莫斯科人，在一个晴朗寒冷的日子他回到了莫斯科。在他穿着毛皮大衣戴着暖和的手套沿着彼得罗夫卡大街散步的时候，在星期六傍晚他听到教堂钟声的时候，不久前的那次旅行以及他所到过的地方对他都失去了全部魅力。他渐渐沉浸于莫斯科的生活之中了，他已经每天贪婪地读三份报纸，可是他还说他原则上不读莫斯科的报纸。他已经倾心于饭馆、俱乐部，倾心于宴会、纪念会，常有著名律师和演员上他家做客，他常在医师俱乐部同教授一起玩牌，这使他挺自得。他已经能够一次就吃完一整份盛在小煎锅中的酸白菜炖肉和鱼了……

他觉得，再过上个把月，在他的记忆中安娜·谢尔盖耶芙娜就会模模糊糊，她只会偶尔含着动人的笑容出现在他的梦中，就像他梦见其他一些女人那样。可是，一个多月过去了，隆冬已经来临，而在他的记忆里一切都清清楚楚，仿佛他只是在昨天才同安娜·谢尔盖耶芙娜分手似的。而且这种回忆越来越强烈，无论是他在寂静的傍晚在书房里听到孩子们准备功课的声音，还是他在饭馆听着抒情歌曲或大风琴，或是他听到了风雪在壁炉里的哀叫——一切都会顿时在他的记忆中复苏：在防波堤上的情景，清晨山间的迷雾，从费奥多西亚开来的轮船，亲吻，等等……他久久地在房内走动，回忆着，面带微微笑容，而后回忆又转化为幻想，过去的事在想象中同将会发生的事混到了一起。安娜·谢尔盖耶芙娜并非出现在他的梦境之中，而是像影子似的处处跟随着他，观察着他的一举一动。他一闭上眼就看见她活生生地站在他面前，而且比过去更加美丽、年轻和温柔，就连他本人似乎也比在雅尔塔时更好一些。她每天晚上从书柜里、从壁炉里和墙角里瞅着他，他听见她的呼吸声，听见她的衣服发出亲切的沙沙声。走在街上，他常常目送来来往往的女人，寻找着有没有长相同她相像的……

他非常想同一个什么人述说所回忆到的一切。这个强烈愿望折磨着他。然而在家里他是不能谈他的爱情的，而在外面又没有人可以谈心。总不能同房客们谈吧，也不能在银行里谈，再说，又谈什么呢？难道当初他真爱她了吗？难道在他同安娜·谢尔盖耶芙娜的关系中有什么优美的富有诗意的东西？有什么富于教育意义的或者干脆是有趣的东西？他常常只好含含糊糊地谈谈爱情。谈谈女人，因此谁也觉察不出是怎么一回事，只有他的妻子扬扬黑眉毛说：

"你，吉米德里，花花公子这角色同你十分不相配。"

有一天夜间，他同一个游戏伙伴——一位文官——一起走出医师俱乐部，他忍不住说：

"您不会知道我在雅尔塔结识了一个多么迷人的女人！"

文官坐上雪橇走了，可是他突然又回头招呼一声：

"德米特里·德米特里奇！"

"什么事？"

"您刚才说得对，那鲟鱼肉啊……是臭烘烘的！"

平平常常普普通通的两句话，可是不知为什么却激怒了古罗夫，他觉得这话是侮辱性的，是龌龊的。粗野的习气，粗野的人！乱七八糟的夜晚，没有意思的平平庸庸的白天！狂赌、贪食、酗酒，一套套老生常谈！无用的事情和谈话占用了一个人最好的时光、最好的精力，到头来只有一种狭隘平庸的生活，一种荒唐无聊的东西，好像是待在疯人院或犯人劳动队里似的，想走走不开，想逃逃不脱！

古罗夫一夜没有合眼，他气愤，头痛了整整一天。以后几夜他也睡不好，老是坐在床上想心事，要不就在房内踱步。孩子使他生厌，银行使他心烦，什么地方都不想去，什么话也不想说。

在十二月的节日期间，他做好了出门的准备，对妻子说的是要去彼得堡为一个年轻人张罗一件事，实际上他是去了Ｃ城。去干什么？他本人也不太清楚。他想同安娜·谢尔盖耶芙娜见一面，谈一谈，如果可能的话约她相会。

他早晨到达Ｃ城，在旅馆租下一个最好的房间。这房间里的地板全都铺上了灰色军用呢子，桌上有一个墨水池，尘土使它成了灰灰的，池上有一个骑马的骑士，他举起一只手拿着帽子，可是他的头已被打掉。看门人向古罗夫提供了必要的信息：冯·季杰利茨住在老冈察纳亚街上的私人住宅里，离旅馆不远。他生活优裕阔绰，有私人马车。城里的人都认识他，看门人把他的姓读为"德雷迪利茨"。

古罗夫朝着老冈察纳亚街走去。他找到了那幢房屋。在房屋的正对面延伸着一道围墙：灰灰的，长长的，墙顶上竖着许多钉子。

"看到这种围墙准会逃。"古罗夫暗想，他一会儿看看窗户，一会儿看看围墙。

他斟酌着：今天是不上班的日子，她丈夫大概在家里。再说，他就这么进屋，会使人家难堪，是不懂礼节。如果塞一张便条进去，它也许会落到她丈夫手中，那就可能败坏全局。最好还是去碰碰巧吧。于是他就一直在街上和在围墙旁走来走去，期待着巧遇。他看见一个乞丐走进大门，几条狗扑向乞丐。后来，过了个把小时，他听见了弹钢琴的声音，传来一阵阵微弱含混的琴声。这该是安娜·谢尔盖耶芙娜在弹琴。突然间正门敞开了，走出来一个老婆子，她身后跟着一条狗：那条熟识的毛茸茸的小白狗。古罗夫想叫住那条狗，可是他的心突然剧跳，由于兴奋他竟然想不起小白狗的名字。

他走来走去，越来越恨那堵灰色的围墙。他甚至生气地想到：安娜·谢尔盖耶芙娜已经把他忘记，她也许已经在同别的男人相好，这种事在一个年轻妇女的处境中是十分自然的，她从早到晚迫不得已要看到这堵该死的围墙。古罗夫回到了他租住的房内，在沙发上坐了很长时间，不知道该做什么为好。后来他进了午餐，饭后睡了很久。

"这一切真愚蠢！"他醒来后想道，两眼瞧着黑黑的窗户，已经是黄昏时分。"真令人不快，不知怎么的我睡够了，现在在夜间我又该做什么呢？"

他坐在床上，床上铺着一条廉价的像是医院里用的灰色被子。他懊恼地嘲弄自己说：

"瞧你，你要找牵小狗儿的女人！瞧你，你要猎奇！……现在你就给我坐在这儿吧！"

这是早晨的事情：他在火车站上看到一张用很大很大的字写成的海报，首次公演《艺伎》。现在他想起了这张海报，就驱车上剧院去了。

"很可能，她会常看首次公演的戏。"他想。

剧院已经满座。同所有的内地剧院一样：枝形吊灯的上方烟雾腾腾，顶层楼座的观众喧喧嚷嚷；开演前，当地的一些花花公子站在第一排，双手抄在背后；在省长包厢里坐在首席的是省长的女儿，她围着一条毛皮项巾，省长本人谦虚地藏在门帘后面，能见到的只是他的双手；幕布在舞台上晃动着，乐队花很长时间在调音。观众们进入大厅纷纷坐下，古罗夫的两只眼睛在贪婪地搜索着。

安娜·谢尔盖耶芙娜进来了。她在第三排坐下。古罗夫瞧了她一眼，他的心收紧了。他清清楚楚地体会到：现在对他来说，在这个世界上她是最亲近、最宝贵、最重要的人。她，这个娇小的在成群的内地人中不受注意的女人，手里拿着一把俗气的长柄眼镜，她，现在竟占据了他的全副身心，成了他的悲哀和欢乐，成了他现在所指望的唯一幸福。听着糟糕的乐队和拙劣的小提琴声，古罗夫想："她多美啊！"他思忖着，幻想着。

同安娜·谢尔盖耶芙娜一起进来并排坐下的是一个年轻人，他留着不大的络腮胡子，身材很高，微微驼背；他每走一步路就摇一下头，好像一直在向人点头致意似的。这个人想必就是她的丈夫，就是当初在雅尔塔时她心情痛苦中骂之为奴才的那个人。果然，他的颀长身材、络腮胡子和一小片秃顶都确实反映出一种奴才般谦恭的习气，他笑起来像谄媚，他的衣襟襻儿上有一枚奥妙的徽章在发光，像是一块仆役号牌。

第一次幕间休息。她丈夫出去吸烟，她留在座位上。也坐在正厅里的古罗夫走到她跟前强颜欢笑声音颤抖地说：

"您好！"

她瞧了他一眼，脸色顿时发白，她不相信自己的眼睛，又惊恐地瞧了他一眼，双手紧紧握住扇子和长柄眼镜，显然，她这是在克制自己，以免昏厥过去。两个人都不说话，她坐着，他站着。她的困惑使他失措，不敢在她身旁坐下。几把小提琴和一管长笛开始调音。突然令人觉得可怕起来：似乎所有包厢里的人都在看着他们。这时她站起来，快步走向出口处，他跟在她后面。两个人瞎走着：一会儿在走廊里，一会儿在楼梯上，一会儿上楼，一会儿下楼。他们眼前闪过一些穿着法官制服、教师制服、皇室制服的人。这些人都佩戴着徽章。还闪过一些女人，一些挂在衣架上的皮大衣……穿堂风迎面吹来，传来一阵烟味。古罗夫的心跳得厉害，他想："主啊！干吗要这些人，干吗要这个乐队！"

就在这时他突然想起，那天晚上他在火车站上送走安娜·谢尔盖耶芙娜后对自己说：一切就此结束，他们永远不会再见面。可是，实际上离结束还远着呢！

在一条标有"通向梯形楼座"字样的狭窄阴暗的楼梯上她站住了。

"您真把我吓坏了！"她脸色苍白，神态惊愕，气喘吁吁地说，"哎，您真把我吓坏了！我差点儿死过去了。您来干什么？干什么？"

"可是，请您谅解，安娜，请您谅解……"他匆匆地低声说，"我求您谅解……"

她看着他，脸上现出恐惧、哀求和热爱的神情。她凝视着他，要把他的相貌更牢固地留在记忆中。

"我真苦啊！"她不听他的话继续说，"我一直在想您，只想您一个人，我会靠对您的思念过日子。我一心想把您忘记，忘记……可是，您干什么干什么要到这儿来？"

在他们的上方，在梯台上有两个中学生正在吸烟，在朝下面看，可是，古罗夫全不在意，他把安娜·谢尔盖耶芙娜拉到身边，开始吻她的面孔、脸颊和双手。

"您干什么呀！干什么呀！"她惊恐地说着把他从身边推开，"我们两个都疯了。您今天就离开，马上离开……我凭一切神圣的东西恳求您，央求您……有人来了！"

有个人走上楼来。

"您一定得离开……"安娜·谢尔盖耶芙娜接着小声

说，"您听见了吗？德米特里·德米特里奇？我会到莫斯科去找您。我从来没有幸福过，我现在悲伤，我永远不会幸福，永远不会！别让我更加痛苦了！我赌咒，我一定会去莫斯科。现在我们就分手吧，我的宝贝儿，我的好人，我的亲爱的！我们分手吧！"

她握了握他的手，开始快步下楼。她不住地回头看他。从她的眼神中可以看出，她确实不幸福……古罗夫站了一会儿，留神听了一会儿，后来，在一切都静息下来时，他找到了他挂的衣服，离开了剧院。

四

安娜·谢尔盖耶芙娜开始到莫斯科去看他。她两三个月离开 С 城一次，对丈夫说她这是为妇女病去请教一位教授，她丈夫是既相信又不相信。到了莫斯科，她下榻在斯拉维扬斯基商场大旅馆，而且派一个戴红帽子的人去找古罗夫。古罗夫去看她，在莫斯科任何人都不知道这件事。

有一次，他在一个冬天的早晨去看她，因为隔夜传信人来他家时没有找着他。女儿和他走在一起，他想送她上学，正好是顺路。大片大片的湿雪纷纷扬扬。

"现在是零上三度，却在下雪，"古罗夫对女儿说，"这，要知道，这只是在地面上暖和，在大气的上层就完全是另一种气温。"

"爸爸，为什么冬天不打雷？"

他对这个问题也做了解释。他边说边想：他现在去赴幽会，这件事没有一个活人知道，大概永远也不会有人知道。他有两种生活：一种生活是公开的，它是所有需要看见并知道这种生活的人都看见和知道的生活，它充满了虚假的真实和虚伪的欺骗，它同他的熟人和朋友们过着的生活一模一样；而另一种生活是在暗中进行的。由于许多情况奇怪的（也许是偶然的）凑合，所有在他心目中是重大的、有意思的、不可或缺的东西，所有他真诚地做了而又不欺骗自己的事情，所有构成他生活的核心的事情——所有这一切都是背着他人发生的；所有他的不诚实行为，还有他借以隐藏自己来掩蔽真相的外形，比如说，他在银行工作，他在俱乐部里争论，他说的"下等人种"，他同妻子一起参加庆祝会等等——所有这一切都是公开地进行的。他依据本人的情况判断别人，他不相信他看到的事情，而且他总认为，可能是在秘幕下，就像在衣幕的掩护下一样，每个人都过着他真正的最有意思的生活。每个人的私生活都得靠秘密来维持。所以，也许，多多少少是由于这个缘故，文明人才会十分焦急地谋求对个人隐私的尊重。

把女儿送到学校后，古罗夫就去斯拉维扬斯基商场。他在楼下脱去毛皮大衣，上了楼，轻轻敲门。安娜·谢尔盖耶芙娜从昨天傍晚起就在等候他了，她穿着一件他所喜爱的灰色连衣裙。旅途和期待使她感到疲惫，她脸色苍白，看着他，但不笑，他刚走进门她就扑倒在他的胸脯上。他们的亲吻很久很长，好像是他们两年未见面了。

"哦，你说说，在那儿日子过得怎么样？"他问，"有什么新闻？"

"你等一等，我这就说……我说不出来。"

她哭了，因此她说不出话来。她把脸扭向一旁，将手绢紧贴住眼睛。

"好，就让她哭哭吧，我先坐一会儿。"他想了想就在一张圈椅上坐下。

他按了一下铃，吩咐给他送茶。在他喝茶的时候，她一直站着，脸向着窗户……她哭，是由于激动，由于悲痛地意识到他们的生活十分凄惨，只能秘密地见面，背着人家，像窃贼似的。难道他们的生活不是给毁了吗？

"得啦，别哭了！"他说。

在他心目中事情是明显的：他们这场恋爱还不会很快结束，也不知道何时才会结束。安娜·谢尔盖耶芙娜对他的依恋越来越深。她崇拜他，所以，如果要告诉她说这一切迟早都该结束，那简直会是不可思议的事，更何况说了她也不会相信。

他走近她，抚爱她的肩膀，想表示一下对她的亲热，说几句笑话，就在此时他在镜子里看到了自己。

他的头发已经开始发白。他甚至感到奇怪：近几年来会老得这么厉害，会变得这么难看。而他双手正抚摸着的双肩却是暖暖的，它们正在颤动。面对这个生命，这个非常温柔和美好的、但想必也将像他的生命一样开始凋谢和枯萎的生命，他感到同情。为什么他如此爱她？在女人的心目中，他一直不是本来的他，在他身上她们爱的并不是他本人，而是一个由她们的想象所创造出来的人，是一个她们在自己的生活中所热切寻求的人，所以她们在发现了自己的错误时仍然爱他。同他在一起，她们中没有一个人是幸福的。时光在流逝，他同一些女人认识、相好，而后又分手，然而他从来没有爱过一次；什么都曾有过，唯独不是爱情。

只是到了现在，到了他的头发开始发白的时候，他才爱上了；认真地爱，真正地爱，有生以来第一次爱。

安娜·谢尔盖耶芙娜和他相亲相爱，像两个十分贴近的人，像亲人，像夫妻，像情投意合的朋友。他们觉得，是命运本身预先安排了他们相遇，令人费解的倒是为什么他已经娶了妻子，而她已嫁了丈夫；仿佛这是两只候鸟，一雌一雄，人们把它们捉住后硬让它们生活在两只单独的笼子里似的。他们互相原谅了他们过去各自感到惭愧的事情，原谅了目前做着的一切，而且感到他们的相爱使他们两人都变了。

从前古罗夫在忧伤的时候，他总用他所想出的各种各样的推理来安慰自己，现在他已顾不上进行什么推理，他感到的是深切的同情，他一心想使自己不矫饰，使自己有柔情……

"别哭了，我亲爱的，"他说，"哭过也就够了……现在我们还是来谈谈，想想办法。"

他们商量了很久，讲到了怎样使自己摆脱目前的处境，这种不得不躲避、欺骗、分居在不同城市和久久不能见面的处境。怎样才能摆脱这些不堪忍受的桎梏？

"怎样？怎样？"他抱住自己的头问，"怎样？"

似乎再过上一会儿就能找到问题的答案，而且一种崭新的美好生活就会开始；不过，他们两人都清楚：离结局还很远很远，而最复杂和最困难的事情才刚刚开始。

在峡谷里

一

乌克列耶沃村①坐落在一个峡谷里，因此从公路上和火车站上看，只看得见一座钟楼和几家棉布印花厂的烟囱。如果过路人询问：这是什么村？就有人会对他们说：

"就是那个在一次葬礼上教堂执事把全部鱼子酱吃个精光的村。"

那天工厂老板科斯秋科夫家追悼亡人，在丧宴上，老教堂执事在许多凉菜中一眼看到了大颗粒的上等鱼子酱，就狼吞虎咽地吃起来。有人轻轻推他，拉他的衣袖，可是吃得乐滋滋的他竟好像是麻木了，什么都没觉察到，只是一个劲儿地吃，把酒席上的鱼子酱全部吃光，而那一罐鱼子酱约有四磅。许多年过去了，老教堂执事早已谢世，可是关于鱼子酱的事大家都还记得。是这儿的生活太贫乏了呢，还是人们除了这件并不重要的发生在十年前的事情之外不善于发现什么别的东西？在谈及乌克列耶沃村时，他们就是不讲其他事情。

热病在这个村里并未绝迹。在夏天，到处是水洼泥泞，尤其是在围墙和栅栏下面，因为在它们上方的一些老柳树下垂时会形成大片树荫。这一带无论在什么时候总有一股子气味：工厂废弃物的气味，还有花布加工用的醋酸气味。四家工厂——三家棉布印花厂加上一家制革厂——并不坐落在村里头，而是在村子的边缘或离村稍远一些的地方。这是一些小厂，四家厂子合起来才有四百左右工人，不会更多一些。制革厂使小河里的水常常发出恶息，工厂废弃物污染了草地，农民的牲口害上了炭疽病，于是制革厂被勒令关闭。这家厂算是关闭了，但由于警察局局长和县医的默许，它仍在秘密开工。厂主给他们每人每月十个卢布。在全村像样的房子：屋顶铺铁皮的砖房——只有两幢，一幢是乡公所所在地；另一幢两层楼房正对着教堂，里面住着一个从叶皮凡迁来的小市民格里戈里·彼得罗维奇·齐布金。

　　格里戈里开一个杂货铺，但开铺子不过是做做样子，实际上他贩卖白酒、牲口、皮革、粮食和猪，而且是碰上什么他就贩卖什么，比方说，做出口女帽需要用喜鹊毛，他就买卖喜鹊，每一对喜鹊他赚三十戈比。他大量收购树林供砍伐，他还放款生息。总之，这是一个善于钻营的老头。他有两个儿子。大儿子阿尼西姆在警察局侦缉队干事，很少在家。小儿子斯捷潘帮助父亲做买卖，可是家里人并不期待他帮什么大忙，因为他体弱耳聋；小儿子的妻子阿克西尼娅是个相貌俊俏身材匀称的女人，她在节日里总要戴帽打伞。她起早贪黑，整天提着裙子跑来跑去，忽而上谷仓，忽而下地窖，忽而去小铺，带在她身上的钥匙叮当作响。老齐布金看

---

① 在旧俄有教堂的村叫做"село"，在乌克列耶沃村内就有教堂。

着她就高兴，两眼闪闪发光。在这种时候他会感到遗憾：娶她做妻子的不是大儿子，而是耳聋的小儿子，显然，这小儿子是领会不了女人的美色的。

老头子一向热爱家庭生活，他爱家庭胜过了世上的一切。他特别喜爱当暗探的大儿子和小儿媳妇。阿克西尼娅一嫁给聋子就显出她十分精明能干，就已经知道对谁可以赊账，对谁则不可。她把钥匙带在身上，连对丈夫也信不过。她会打算盘，会像庄稼汉那样观察马齿。她老是发笑或喊叫，不管她干什么说什么，老头子总是深深感动，喃喃说：

"嘿，好媳妇！嘿，美人儿，亲爱的……"

他本是鳏夫，但儿子结婚一年后他忍不住了，他自己也娶了个妻子。在离乌克列耶沃三十俄里开外的地方，他看到了一位姑娘，名叫瓦尔瓦拉·尼古拉耶芙娜，好人家出身，岁数不小了，但美丽大方。她一住进楼上的小房间，屋里的一切都明朗起来，仿佛是全部窗户都安上了新玻璃。圣像前的长明灯亮了，桌子铺上了雪白的台布；窗台上和庭园里出现了有红花苞的鲜花；吃饭时不使用公钵了，在每个人面前都放着一个盘子。瓦尔瓦拉·尼古拉耶芙娜笑得舒服而亲切，以至屋里的一切仿佛都在微笑。乞丐、男女香客开始进入院里来了，而这种情形在过去是从未有过的。窗下传来村妇们凄婉悦耳的说话声，还有瘠瘦羸弱的庄稼汉们的咳嗽声，他们是因为酗酒而被工厂解雇的，他们的咳嗽声中有负疚的味道。瓦尔瓦拉用金钱、面包和旧衣进行救济，后来她在新环境里住惯了，还开始从铺子里取东西救济穷苦人。有一次聋子看见她拿了两包茶叶，每包有八分之一磅，这惹得他惶惑不安。

"妈在这儿拿了两包八分之一磅的茶叶，"事后他告诉父亲说，"这笔账该怎么记？"

老头子一言不答，他站了一会儿，想了一想，微微动弹一下眉毛，就上楼去看妻子。

"瓦尔瓦鲁希卡①，亲爱的，如果你要铺子里的什么东西，"他亲切地说，"你就拿吧！别客气，别犹豫。"

第二天，聋子跑过院子时对她喊道：

"您，妈妈，如果您需要什么，您拿就是啦！"

她进行布施，这做法有点儿新鲜、轻松、愉快的意味，就同那圣像前的长明灯和红苞花儿一样。在斋戒期前的最后一个开荤日或在一连三天的守护神节里，齐布金的店铺总要把腐臭的腌肉卖给农民们，那浓重的臭气叫你在肉桶旁边都站不住，而店里人从醉汉们手中收下镰刀、帽子、老婆的头巾等物品作为抵押。这时候，被劣酒麻醉得神志昏迷的工人们在污泥中打滚、而罪恶凝结起来像雾一般停滞在空气中的时候，在这种时候一想到那边屋里有一个文静整洁同肉臭劣酒毫不沾边的女人，心头会感到说不出来的轻松。在这些难堪渺茫的日子里，她的布施活动起着作用，好像是机器中的安全阀。

齐布金家的日子一天又一天地在忙碌中过去。太阳尚未升起，阿克西尼娅已经在外屋洗脸，鼻子里发出嗤嗤的声音；茶炊在厨房里已经烧开，呜呜地响着，好像是在预报一

_____

① 瓦尔瓦拉的爱称。

件不吉利的事。格里戈里·彼得罗维奇老头身穿一件长长的黑上衣和一条印花布裤子，脚上是一双亮闪闪的高统皮靴，身材矮小的他干干净净。他在几个房间里不慌不忙地来回走动，皮靴后跟轻轻敲打着地板，像一首名歌中的老公爹。商店开门了。天色大亮的时候，一辆赛跑用的二轮马车停在台阶旁，老头子潇洒地坐上车，把一顶大便帽拉到耳边，瞧着他谁都不会说他已经五十六岁了。送他上车的有妻子和小儿媳妇。老头子身穿讲究的干净礼服，车上套着一匹价值三百卢布的铁青色大种马。在这种时刻，老头子不喜欢庄稼汉走近他向他请求或诉苦，他憎恨庄稼汉，嫌恶他们，如果他看见有个农民等候在大门口的话，他会愤怒地叫嚷：

"为什么站在那里？走远一点儿！"

如果那是一个乞丐，他就吆喝道：

"上帝会给的！"

他坐着车子办事去了。他妻子穿着一身深色衣服，系着一条黑围裙，她这是在打扫房间或者在帮厨。阿克西尼娅在店里做买卖，在院子里就可以听到酒瓶和钱币的叮当声，听到她的笑声和喊叫，听到受她欺侮的顾客在生气；同时还可以看到：店里已经在私下进行白酒的买卖。聋子也坐在店里，要不他就光着头，双手插进口袋，在街上走来走去，漫不经心地时而看看农家小木屋，时而张望天空。在他们家里，一天之内大约要喝六次茶，吃四顿饭。晚上他们计算一天的收入并记账，接着大家就酣畅地睡觉。

乌克列耶沃村的所有三家棉布印花厂与厂主们（老赫雷明一家、小赫雷明一家和科斯秋科夫家）的住宅之间都有电话联系。电话线还连接到了乡公所，可是那里的电话很快就不能使用了，因为电话里繁殖了许许多多臭虫和蟑螂。乡长是个识字不多的人。他写公文时每个字的第一个字母都要大写，然而在电话机坏了之后他说：

"是啊，如今我们没有了电话，可真有点儿为难啦！"

老赫雷明一家不断地同小赫雷明一家打官司；小赫雷明家有时还内讧：自己人之间打官司。这样他们的工厂就会停工一两个月，直到他们重新和解为止。这种事使乌克列耶沃村居民们很开心，因为关于每次争吵总有许多流言蜚语。在节日里，科斯秋科夫一家和小赫雷明一家常常坐车兜风，在乌克列耶沃村奔驰，轧死了不少牛犊子。阿克西尼娅一身盛装，在街上在店铺附近溜达，那上了浆的裙子沙沙作响，小赫雷明一家人就拉她上车，仿佛是把她绑架走似的。这时老齐布金也坐车外出，炫耀炫耀他的一匹新马。他总把瓦尔瓦拉也带上。

晚上，兜风回来，这已是人们上床睡觉的时候。有人在小赫雷明家的院子里演奏手风琴，这是一只贵重的手风琴。如果此时天上有月亮，听着这乐声，心里头就会觉得激动和喜悦，而乌克列耶沃村也就不像是一个坑洼了。

二

大儿子阿尼西姆很少回家，只是在一些重大节日他才回来。不过他常常托同乡捎回些点心、糖果和家书。信是托人代笔的，字迹优美，每次都是用呈文形式写在书写用纸上的，信文中充满一些词语，阿尼西姆在日常谈吐中从不使用的词语："亲爱的父亲和母亲，给你们捎上一磅花茶，以满足你们的生理需要。"

每封信的下端像是用坏笔草草率率写下："阿尼西姆·齐布金"，这后面又是那优美的字迹："侦缉队队员"。

他的信总要被读上好多遍，老头子深受感动，兴奋得红着脸说：

"瞧，他不愿待在家里，去干上了有学问的人干的事情。好，随他去干吧！各人有各人的行当！"

谢肉节①节前，有一天下了一场夹雪珠的大雨，老头子和瓦尔瓦拉走近窗户看雨。他们忽然看见阿尼西姆从车站那头坐着雪橇驶来。家里并未期待他回来。他走进房间时神情不安，好像有什么事使他惊恐担忧，后来他就老是这副样子，而且他的举止又有点儿随便。他不急于离家，好像是他被解除了职务。他回家使瓦尔瓦拉高兴，她时不时狡黠地瞅他，摇头叹气。

"这是怎么一回事？我的爹！"她说，"哎呀，小伙子，快二十八了，还打着光棍儿。哎呀呀……"

从隔壁房间听，她的轻柔平稳的话语就像是一连串的"哎呀呀"。她开始同老头子和阿克西尼娅低声私语，在后两人的脸上，好像一些搞阴谋的人的脸庞一样，也出现了狡黠和神秘的表情。

决定了：给阿尼西姆成亲。

"哎呀呀！早就给弟弟娶了妻子，"瓦尔瓦拉说，"而你

---

① 大斋前的一周，在此期间可吃荤食。

还没有配偶，就像是集市上的一头公鸡。这成什么体统？哎呀呀，求上帝保佑，结婚吧，以后的事随你便，你出去干事，让老婆留在家里做个帮手。小伙子，你生活得没有一点儿章法，我看你把一切章法都忘了。哎呀呀，同你们这些城里人在一起呀！真作孽！"

如果齐布金家的人结婚，就得给他们这些有钱人挑选最美的新娘。给阿尼西姆也找到了一个俊俏的姑娘。他本人相貌不扬，不招人喜欢，身体又单薄有病。他个子矮小，面颊却丰满松软，好像是他把腮帮子吹胀了似的。他不眨眼，而且目光锐利。他长着稀疏的棕黄色胡子，他一想什么心事，就会把胡子塞进嘴里嚼。他常常喝酒，这可以从他的脸容和步态看出来。当告诉他说已经为他找到了一个漂亮的新娘时，他说：

"哦，其实我也不是独眼龙。应当说，咱们齐布金家的人都长得漂亮。"

紧挨着市区有一个托尔古耶沃村。不久前这个村的一半并入了城区，另一半仍是乡村。在并出去的那一半里，有一个寡妇住在她自己的小屋里。寡妇有一个妹妹，这妹妹很穷，在外打零工。妹妹有个名叫莉帕的女儿。这姑娘也外出做短工。莉帕的美貌在托尔古耶沃村早已是人人称道，但她赤贫的家境却使人惶惑不安。有一种议论，说要是有个什么中年人或者鳏夫不顾她贫穷而娶了她就好啦；也有人说，"就这么"把她带回家去也行，跟着她，母亲也会有吃喝的了。瓦尔瓦拉从几个媒婆处了解到有关莉帕的情况，她就坐车去了托尔古耶沃村。

接下来就在姑娘的姨母家像像样样地举行了相亲仪式，有下酒菜，有葡萄酒。莉帕穿的是一件新的特地为相亲做的粉红色连衣裙。一条绯红的缎带像一团火焰似的在她的头发间闪烁。她瘦弱苍白，脸盘清秀优雅，由于在露天干活，她肤色黝黑，在她脸上一直挂着羞怯而忧郁的笑容，两只眼睛充满稚气地看着人：轻信、好奇。

她年少，还是个小姑娘，胸部几乎不显，不过结婚已经是可以的了，因为已达到了年龄。她长得确实美，她身上不招人喜欢的只有一样东西：两只大大的男人样的手。在相亲时这双手闲垂着，好似两把大钳子。

"没有嫁妆，我们并不在意，"老头子对姨母说，"我们给小儿子斯捷潘娶的也是一个穷人家的姑娘，可现在她真叫我们赞不绝口：不论是在家里，还是在店里，她都是能干的好手。"

莉帕站在门口，她好像在说："你们要怎么摆布我都可以，我相信你们。"她母亲普拉斯科维娅，一个打零工的女人，躲在厨房里，由于胆怯而屏息不动。有一天，那还是在她年轻的时候，他在一个商人家擦地板，商人发脾气，向她直跺脚，她十分害怕，吓呆了。这害怕的感觉就此一辈子留在她心底里了。她一害怕，她的胳膊和腿就会发抖，脸颊就会抽搐。眼下她坐在厨房里，竭力偷听着客人们的谈话。她把手指按着额头，瞧着圣像，不断地在胸前画十字。微有醉意的阿尼西姆推开厨房门，随随便便地说：

"您为什么坐在这儿？亲爱的妈妈，您不在，我们感到寂寞。"

普拉斯科维娅害怕了，双手按着干瘪的胸脯说：

"您说什么呀，哪能呢，老爷……对您都很满意，老爷。"

相亲后指定了举行婚礼的日子。这以后阿尼西姆老是在家中的房间里走来走去，吹着口哨，要不他会突然想起什么事情并沉思默想起来，一动不动地逼视着地板，仿佛是要目光深深钻透地面似的。他要娶妻子了，很快就要结婚，就在复活节后的第一周里，但他对此并不表示高兴，也不表示要同新娘见面，只是一个劲儿地吹口哨。显然，他之所以结婚，只因为是父亲和后母要他这么做，也因为村里有习俗：儿子结婚，家里就会多一个帮手。他离家时并不匆忙，他的一举一动都不同于前几次回家的情形：他似乎特别随便，说话不着边际。

三

在希卡洛沃村住着两个女裁缝，她们是姐妹俩，是鞭身派①教徒。婚礼上用的新衣交给她们制做，所以她们常来：量尺寸，也长时间地喝茶。给瓦尔瓦拉做的是一件棕色的连衣裙，镶黑色花边和玻璃珠；给阿克西尼娅做了一件淡绿色的连衣裙，配上黄色前胸和长后襟。裁缝干完活儿，齐布金不付给她们现金，而代之以他铺子里的货物。两个裁缝心情抑郁地离开他家，手中提着她们根本不需要的几包硬脂蜡烛

---

① 精神基督派的一支信徒认为：他能与"圣灵"直接交往，神能在他身上显现为"基督"和"圣母"。

和沙丁鱼。她们走出村子，来到野外，坐在一个土坡上哭了起来。

阿尼西姆在婚礼前三天回到家里。他一身簇新的衣着：锃亮的胶皮套鞋，一根挂着小珠子的红细带替代了领结，一件披在肩上的大衣也是新的，胳膊没有伸进衣袖。

他庄重地祈祷上帝之后向父亲请安，送给他十个银卢布和十个面值为半卢布的银币；给瓦尔瓦拉也送了这么多；送给阿克西尼娅的是二十枚面值为四分之一卢布的银币。这份礼物的主要魅力乃在于：全部钱币像是经过精选的，一个个全是簇新的，在阳光下闪闪发光。阿尼西姆极力要显出庄重严肃，他绷紧了脸，鼓起腮帮子。他身上有一股子酒味，大概是他每到一个火车站就上小吃部。他仍然有些随随便便，有一种虚浮的东西。后来阿尼西姆同老爷子一起喝茶吃点心，瓦尔瓦拉则在手上检看那些簇新的钱币，还打听着一些住在城里的老乡们的消息。

"不错，感谢上帝，他们都过得挺好，"阿尼西姆说，"只是伊万·叶戈罗夫的家庭生活中出了一点事：他的老婆子索菲娅·尼基福罗芙娜死了，是生痨病死的。为她安灵的丧宴是在包办婚丧酒席的地方预定的，每人两个半卢布。上席的是纯正葡萄酒。我们的一些老乡也去了，是几个庄稼汉。叶戈罗夫也为他们每人付了两个半卢布。他们什么也不吃，庄稼汉不识货！"

"一个人两个半卢布！"老头子摇摇头说。

"当然啦！那儿可不是农村。比方说，你进一家饭馆吃东西，点上几样菜，约上几个朋友，在一块儿喝几杯，一眨眼天色大亮，你就替每个人付三个或四个卢布吧！如果是同萨莫罗多夫在一起，那么他在饭后喜欢喝一杯咖啡加白兰地酒，可是，先生，一小杯白兰地酒要六十戈比银币。"

"他这全是在胡扯，"老头子惊叹说，"这全是胡扯！"

"现在我一直同萨莫罗多夫在一起，就是那个替我给你们写信的萨莫罗多夫。他字写得可真漂亮。妈，"阿尼西姆高兴地转向瓦尔瓦拉说，"如果我告诉您这个萨莫罗多夫是个什么人，你准会不相信。我们大家都叫他穆赫达尔，因为他长得像亚美尼亚人，整个人是黑黑的。我可看透他了，妈，他干的事我了如指掌，他知道这一点，所以他总跟着我，老纠缠着我。现在我同他真是亲热得棒打不散了。他好像有点儿怕我，可是离了我又活不下去。我上哪儿他也上哪儿。妈，我的眼光真准！在旧货市场上，我一眼看见一个庄稼汉在卖衬衫，我说，'且慢，这件衬衫是偷来的！'完全正确，就是那么一回事：衬衫是偷来的。"

"你怎么知道呢？"瓦尔瓦拉问。

"没什么可说的，我就是长着一双这样的眼睛。我并不知道那是一件什么样的衬衫，可是，不知为什么它却吸引我过去：偷来的，就是这么一回事。我们侦缉队里的人都这么说：'嘿，阿尼西姆打山鹬去了！'那就说去找贼赃了。是啊，偷东西，谁都会偷，可是还得把贼赃藏好！天地大得很，可就是贼赃没处可藏！"

"上星期从我们村的贡托雷夫家偷走了一只公羊和两只牝羊，"瓦尔瓦拉叹口气说，"可是没有人能把它们找回来……哎呀呀……"

"那有什么？可以找一找。这不算什么，可以找到。"

结婚的日子到了。这是四月里一个凉爽、晴朗、快乐的日子。一清早两套马或者三套马的马车就已经在乌克列耶沃村来来往往，铃子叮叮当当响，车轭和马鬃上挂着五颜六色的彩带。来来往往的马车声惊动了白嘴鸦，它们在柳树林里呱呱叫，白头翁也使劲不停地高声唱，好像它们都在为齐布金家办喜事而感到高兴。

屋里许多桌子上已经摆满了长条的鱼，整只的火腿，填馅的家禽，一盒盒的熏鲱鱼，各种各样的盐腌醋渍的食品，许多瓶伏特加和葡萄酒，空气里弥漫着熏腊肠和酸龙虾的气味。老齐布金在桌旁走来走去，皮靴后跟嘎吱嘎吱作响，手中是两把刀子，用刀磨着刀。大家动不动就叫瓦尔瓦拉，问她要这或要那，而她慌慌张张气喘吁吁地跑进厨房，在厨房里天一亮就忙开了，干活的是科斯秋科夫家的厨师和小赫雷明家专给老爷做饭的厨娘。烫了头发的阿克西尼娅未穿连衣裙，只穿着一件紧身胸衣，脚上是嘎吱作响的新皮鞋，她像阵风似的在院里奔忙，光裸的膝头和胸脯一闪而过，许多行人在敞开着的大门口驻足。一切都使人感觉到：一件不寻常的事情正在酝酿之中。

"接新娘子去啦！"

车铃子发出响亮的声音，这声音消失在村外很远的地方……到了两点多钟，人们又奔忙起来：车铃又响了，新娘接来了！教堂里挤满了人，圣像前的枝形烛台在发光，按老齐布金的要求，唱诗班在瞧着乐谱唱歌。辉煌的灯火和艳丽的服装使莉帕眼花缭乱。她觉得：歌手们在用响亮的声音敲打她的脑袋，就像是用许多把榔头似的。她有生以来第一次穿上的紧身胸衣和鞋挤压得她疼痛。脸上的表情像是她昏厥后刚醒过来：她看着，但什么也不明白。阿尼西姆穿着黑色大礼服，一条红色细带替代了领结。他心事重重，凝视着一方。每逢歌手们高唱的时候，他就在胸前迅速地画十字。他心里非常感动，真想哭。他从小就熟悉这座教堂，已故的母亲曾经常常带他来这里参加领圣餐仪式。他曾经在儿童唱诗班里唱歌，这里的每个角落和每张圣像他都记得清清楚楚。现在呢，现在要按教会仪式为他举行婚礼，为了规矩必须叫他娶妻。但他却不想这些，不知什么缘故他不记得而且完全忘记了婚事。泪水使他看不清圣像，他感到心口憋闷。他祈祷，他祈求上帝，帮助他躲过一场在劫难逃的、不在今天就在明天会在他身上爆发的灾难，就像雷雨之云在旱天绕过村子不降点滴雨水一样。然而，过去已经胡乱积下了那么多的罪孽，那么多，以致没法摆脱、无可挽回，就连祈求宽恕都有点不合情理，但他依然在恳求宽恕，甚至大声啜泣起来。不过，谁都对此不加理会，因为大家以为他这是喝醉了。

响起一声孩子的惊慌哭泣：

"好妈妈，把我抱走吧，亲妈妈！"

"安静！"牧师叫道。

在新婚夫妇从教堂回家的途中，人们追随在后面。小铺旁、大门边、院子里的窗户下也都是人。合唱队早已拿着乐谱站在前堂，新婚夫妇刚跨过门槛，他们就使劲齐声高唱起来。特意从城里聘请来的乐队也开始奏乐。已经在向客人们送上盛在高脚杯子中的顿河香槟酒。木匠包工头叶里扎罗夫是一个又高又瘦的老头儿，两道浓眉几乎盖没眼睛，他对新婚夫妇说：

"阿尼西姆，还有你，我的孩子，你们要相亲相爱，要照上帝的意思过日子。孩子们，圣母不会抛弃你们的。"他说着就伏在老齐布金肩膀上啜泣起来。"格里戈里·彼得罗维奇，咱们放声哭吧，高兴地放声哭吧！"他说话的声音尖细，接着他又突然哈哈大笑，用男低音大声说："哈哈哈，你这个儿媳妇也很好！她身上一切都合格，处处都光光滑滑，不会有什么杂音，整部机器正常良好，螺丝钉儿挺多。①"

他出生在叶戈里耶夫县，但从年轻时候起就在乌克列耶沃的几家工厂和县里干活，已经在这一带扎下了根。大家知道他，已有多年，他一直是这么老，这么又瘦又高，大家管他叫"拐杖"也已经有好久了。也许是因为他四十多年来在工厂里专做修理工作，他总是从"坚固性"角度出发来判断每个人和每样东西：需要不需要修理。在坐下吃饭前，先试试几把椅子，看它们是否坚固，就连鲑鱼他也要摸一摸。

喝过顿河香槟酒，大家开始入席。客人们边移动椅子边谈天。歌手们在前堂唱歌，乐队在奏乐，同时村妇们在院子里齐声唱喜歌，结果是形成了一种可怕的怪声，它令人头昏脑涨。

"拐杖"在椅子上转身，他的胳膊碰着了坐在他两旁的

---

① 叶里扎罗夫说话有其做木匠的职业特征。

人，妨碍人家聊天，而且他一会儿哭一会儿笑。

"孩子们，孩子们，孩子们……"他急促地嘟哝着，"阿克西尼娅宝贝儿，瓦尔瓦拉宝贝儿，让咱们大伙儿太太平平和和睦睦过日子吧，我亲爱的小斧头们①。……"

他很少喝酒，此刻他喝了一小杯英国白酒就醉了。这不知用什么原料做成的可憎的白酒使所有喝了它的人昏醉，仿佛把人打了一闷棍，大家都已经口齿不清了。

在座的有神职人员、有带着妻子一起来的工厂职员、有商人，有从几个邻村来的饭店老板。乡长和乡文书坐在一起。他们已经共事了十四年，在整个这段时间里他们没有签署过任何公文，而在把人从乡公所放走之前他们总要对之进行诈骗或侮辱。此刻这两个人并排坐着，脑满肠肥，全身好像是浸透了虚伪，就连脸皮都是一种特殊的骗人的皮肤。文书的老婆是一个斜眼的瘦女人，把她的全部孩子都带来了。她活像一只猛禽斜视着菜盘，抓取一切落到她手头的东西，藏进她自己的或孩子们的口袋。

莉帕呆板地坐着，脸上还是她在教堂里时的那副表情。阿尼西姆自从认识她以来未同她谈过一句话，因此直到现在他还不知道她的声音是什么样的。现在他虽然同她并排坐着，却始终一言不发，闷喝英国白酒，而在兴奋时他对坐在对面的姨妈说：

"我有个朋友，他姓萨莫罗多夫，是一个特别的人，一个非世袭的荣誉公民，能说会道，不过，我可把他看透了，

① 叶里扎罗夫说话有其做木匠的职业特征。

姨妈，他也知道这一点。请您同我一起为萨莫罗多夫的健康干杯，好姨妈！"

瓦尔瓦拉绕着桌子走来走去招待客人，她慌慌忙忙，已经筋疲力尽，但她大概是挺得意的：有那么多菜，一切都那么丰盛，现在谁也不会再非难了。太阳已经落山，酒宴还在继续，客人们已经不清楚他们自己在吃什么和喝什么了，也听不清楚谁在讲些什么话，只是间或在乐队停止演奏的时候可以清楚地听到，户外有个村妇在叫嚷：

"吸饱了我们的血，恶棍们，叫你们不得好死！"

晚上大家在音乐伴奏下跳舞。小赫雷明一家子带着葡萄酒光临了。他们中有一个人在大家跳卡德里尔舞时两只手各拿一个酒瓶，嘴上还衔着一只酒杯，逗得大家都笑了。卡德里尔舞跳到一半时，大家突然都蹲下身子跳了起来。穿一身绿色衣服的阿克西妮娅身子忽隐忽现，她的长后襟扇起一阵阵风来。有人踩坏了她衣服后襟下的绉边，"拐杖"叫嚷起来：

"喂，把下面的墙脚板①扯掉了！孩子们！"

阿克西尼娅有一双天真的灰眼睛，它们难得眨巴。她脸上一直挂着天真的微笑。在这难得眨巴的眼睛里，在长脖子上的小脑瓜里，在她苗条的身体里——都有着某种蛇的特性。她一身碧绿，加上黄色的前胸，还有她那微笑，她在瞧着，活像一条毒蛇在春天挺直身子昂头从鲜嫩的黑麦田中瞧着过路人。赫雷明一家对她的态度是不加检点的，十分明显

---

① 木匠"拐杖"说话有其职业特征。

的是，她同他们家的老大早已关系密切，而聋子什么也不明白，他也不看她。他跷起二郎腿坐着吃胡桃，咬胡桃的声音响得好像是在打枪。

看哪，老齐布金本人也走到了房间的中央。他挥一下手帕，表示他也要跳一个俄罗斯舞，于是一片嘈杂的赞许声迅速传遍了整个屋子及院子中的人群。

"他本人亲自登场了！本人，亲自！"

瓦尔瓦拉跳着，老头子只是挥动着手帕，用皮靴后跟跺地。站在院子里的人你推我搡地朝窗户里探视，他们全都兴高采烈。一时间他们宽恕了他的一切：宽恕了他的财富，宽恕了他对他们的欺凌。

"好样的，格里戈里·彼得罗维奇！"人群中叫喊道，"好，加油啊！你还行哪！哈哈！"

这一切直到深夜一点多钟才结束。阿尼西姆跟跟跄跄地同歌手和乐师们一一告别，还给了每人一个崭新的半卢布面值的银币。老头子身子并不摇晃，但他走路时一条腿有点儿踮。他送客时对每个人说：

"这场婚礼花了两千卢布！"

在客人们离开时，有人用一件旧外衣换走了希卡洛沃村的小饭铺老板的一件上好外衣。阿尼西姆突然怒吼：

"别忙！我马上就会找到。我知道是谁偷的。别忙！"

他跑上街去追一个人，可是许多人拦住了他，挽着手把他领回家，把醉醺醺的、气得脸红红的、满头大汗的他推进房间（在那里姨妈已在给莉帕脱衣服），把门上了锁。

四

　　五天过去了。已经准备好动身的阿尼西姆上楼向瓦尔瓦拉辞行。她房里所有圣像前的灯全都亮着，散发着一股香味。她在窗前用红毛线结着袜子。

　　"你和我们在一起生活的日子不多，"她说，"你大概感到寂寞了吧？哎呀呀……我们的日子过得挺好，样样东西有的是。你的婚事办得也挺像样，挺正规。老头子说过多次：为你的婚事花了两千卢布。总之，我们过的日子是生意人过的日子，不过在我们这里很枯燥。我们太欺侮百姓了，我的心都痛，亲爱的，欺侮得太厉害了，我的上帝！我们做马生意也好，收购什么东西也好，雇用工人也好，无论干什么都要骗人，骗了再骗。铺子里卖的素油是苦的，有臭味，人家的焦油都比它好。你倒说说，难道我们不能卖好油？"

　　"妈，各人有各人的行当。"

　　"可是人总得死的吧？哎呀呀，说真的，你同爸爸谈谈吧……"

　　"您自己可以同他谈谈么！"

　　"算了吧！我同他谈我的想法，而他谈他的，就像你说的，老一套：各人有各人的行当。什么各人有各人的行当！到了阴曹地府将会审理的！上帝的裁判是公正的。"

　　"当然，谁也不会来审理的，"阿尼西姆叹口气说，"上帝么，反正是没有的，妈妈！有什么好审理的！"

　　瓦尔瓦拉惊奇地看了他一眼，双手轻轻一拍，放声大笑起来。由于对他的说法她表现出真切的惊讶，也由于她像看怪人似的看着他——他困窘了。

"也许，上帝是有的，不过信仰却没有，"他说，"在教堂里给我举行结婚仪式时，我觉得不自在。就好像从母鸡身子底下拿到的、里面有只小鸡在叽叽叫的鸡蛋一样，我的良心也突然叽叽叽地叫将起来。在给我举行结婚仪式时，我一直在想：'上帝是有的！'可是我一走出教堂就什么都没有了。再说，我又从哪儿知道有没有上帝？我们从小受的就不是这种教育。娃娃还在吸娘奶的时候就只教他：各人有各人的行当。要知道，爸爸也不信上帝。有一次您说过，有人偷了贡托雷夫家的羊……我已经找到了，是希卡洛沃村的一个农民偷的。羊是他偷的，可是羊皮却在爸爸那儿……您看，这就是信仰！"

阿尼西姆眨了眨眼，摇了摇头。

"乡长也不信上帝。"他接着说，"文书也不信，就连教堂执事也不信。至于说他们上教堂，吃素食，那只是为了别人不说他们坏话，也是为了以防万一，也许，真会有'最后的审判'。如今都在说，似乎世界末日来临了，因为人变得差劲了，连双亲都不尊敬了，等等。这都算不了什么。妈妈，依我看，真正糟糕的是因为人昧了良心。我看透了，妈妈，我清楚。如果一个人的衬衫是偷来的，我看得出。又如，有个人坐在小饭铺里，您以为他这是在喝茶，没有什么别的。但我呢，他喝茶尽管喝茶，我却还看到：他没有良心。就这样，你可以走上一整天，碰不到一个有良心的人。全部原因就在于人们不知道：上帝是有呢还是没有……好啦，再见，妈妈。愿您平平安安，身体健康。请您别念我的

第六病室 ｜ 239

旧恶。"

阿尼西姆向瓦尔瓦拉深深鞠了一躬。

"我们感激您为我们做的一切，妈妈，"他说，"有了您我们家得益巨大，您是一个十分好的女人，我对您非常满意。"

激动的阿尼西姆走出房间，但他又折回来说：

"萨莫罗多夫把我牵连进了一桩事情：我要么发财，要么完蛋。如果出了什么意外，妈妈，求您为父亲解忧。"

"瞧你说到哪里去了！哎呀呀……上帝是仁慈的。你呀，阿尼西姆，哎呀呀，你对老婆温存一些吧，可是你们俩见面都绷着脸，你笑一笑也好么，真的。"

"她像是个怪物……"阿尼西姆叹口气说，"什么都不懂，老是默不作声。她太嫩啦，让她再长大一些吧。"

台阶旁站着一匹高大壮实的白色公马，它已经套上了一辆二轮马车。

老齐布金跑了几步，矫健地跳上车，拿起缰绳。阿尼西姆亲吻了瓦尔瓦拉、阿克西尼娅和弟弟。莉帕站在台阶上，一动也不动地看着别处，仿佛她走出屋来不是为了送行，而是不知为什么来到了此地。阿尼西姆走近她，嘴唇轻轻地碰了一下她的脸颊。

"别啦！"

她没有看他，古怪地笑了笑。她的脸颊颤抖起来，大家不知怎的感到她可怜。阿尼西姆也一跳上车，他坐下，双手叉腰，因为他自以为是美的。

他们的车出了峡谷驶上小坡，阿尼西姆老是回头张望，看看村子。那天天气温暖晴朗，人们第一次把牲口赶到了户外。在牲口群旁走着一些穿节日服装的姑娘和村妇。一头褐色公牛在哞哞哞地叫，用前蹄刨着地面，它眼下自由自在，它感到高兴。四面八方，上上下下，都有百灵鸟在歌唱。阿尼西姆回头看望端庄的白色教堂（不久前才把它粉刷过），想起了五天前他在教堂里祈祷的情景；他还看了一眼绿色屋顶的学校，看一眼他昔日在那里游泳钓鱼的小河，欢乐之情不由得在他胸中激荡起来，他真希望突然从地下竖起一堵墙来，不放他再朝前走，这样他就可以同逝去的岁月在一起了。

在火车站上父子俩走进小吃部，各自喝一杯烈性白葡萄酒。老头子打算付钱，伸手到口袋里取钱包。

"我请客！"阿尼西姆说。

老头子感动地拍拍他的肩膀，向小吃部服务员眨眨眼，好像是在说："瞧，我的儿子有多好！"

"你留下来做生意就好了，阿尼西姆，"他说，"对我来说，你会是个无价之宝！我呢，我会使你从头到脚一身镀金，好儿子。"

"无论如何不行，爸爸。"

这白葡萄酒酸溜溜的，有一股子火漆味儿，但他们每人又各喝了一杯。

老齐布金从火车站回到了家。他一下子竟没有认出年轻的儿媳来。莉帕啊，她在丈夫的车子刚驶出院子就变了样儿：她忽然高兴起来。她光着脚，穿着一条旧裙子，把衣袖卷到了肩膀上，在前堂里擦洗楼梯，用银铃般尖细的声音在唱歌。当她把一大盆脏水端出去,露出孩子气的笑容看着太阳时,那样子好像是她也是一只百灵鸟。

一个刚巧路过台阶的老工人摇摇头清清嗓子说:

"是啊,格里戈里·彼得罗维奇,你两个儿媳妇可都是好样的!是上帝给你送来的!她们可不是什么娘们儿,她们是地地道道的宝贝!"

五

七月八日,星期五,绰号叫"拐杖"的叶里扎罗夫和莉帕一起从喀山村回来,他们上那儿去做了祈祷,正好逢上当地教堂举行活动,纪念喀山圣母节。莉帕的母亲普拉斯科维娅走在离他们很远的地方。她有病,气喘吁吁,总落在后头。已经是近黄昏时分。

"啊,啊,啊……""拐杖"一面听莉帕讲,一面惊奇地说,"啊,啊……真的吗?"

"我非常爱吃果酱,伊里亚·马卡雷奇,"莉帕说,"我自个儿坐在一个地方喝茶,吃果酱,有时我也同瓦尔瓦拉·尼古拉耶芙娜一块儿喝茶,她常常讲一些惹人伤心的事情。他们家有许许多多果酱,四罐子。'吃吧,莉帕,'她说,'放心吃。'"

"啊,啊,啊……四罐子!"

"他们的生活很富裕。喝茶时吃白面包,牛肉要吃多少就有多少。真富!不过,在他们家我老感到害怕,伊里亚·马卡雷奇。唉,真可怕!"

"你怕什么,孩子?""拐杖"问。他回头看,看看普拉斯科维娅是否落在后面太远了。

"结婚后，我起初是怕阿尼西姆·格里戈里奇。他人并不坏，不欺侮我，不过，只消他一走近，我就会打寒噤，脊梁骨会冒凉气。没有好好睡过一夜，老是发抖，一直祈祷上帝。现在呢，现在我怕阿克西尼娅，伊里亚·马卡雷奇，她人倒也不坏，老是笑嘻嘻的，不过，她有时候朝窗外瞧上一眼，那眼神怒冲冲的，射出绿光，像畜栏里的羊的眼睛一样，小赫雷明一家子常常怂恿她说：'你家老头子在布乔基诺有一块地，大约有四十俄亩。那儿有沙土，有水，所以阿克秀莎①，你自己出面，在那儿盖一个砖厂，我们同你合伙。现在砖价是二十卢布一千块。是赚钱生意。'昨天吃午饭时阿克西尼娅对老头子说：'我要在布乔基诺盖一个砖厂，自己做买卖。'她边说边笑。格里戈里·彼得罗维奇的脸色沉了下来，显然，他不喜欢她的想法。'只要我活着，'他说，'不可分家，应该大家在一起。'她眼中冒火了，牙齿咯咯作响。……油煎饼端上桌了，但是她不吃！"

"还有，您倒说说，她什么时候睡觉？"莉帕接着说，"她才睡下半个钟头，就跳将起来，走来走去，东张西望：庄稼汉们可别纵火烧了什么，可别偷了什么……同她在一起真可怕，伊里亚·马卡雷奇！小赫雷明一家子喝过喜酒后并未回家睡觉，他们进城打官司去了。大伙儿在闲谈中说，这好像都是为了阿克西尼娅。老大和老二答应了给她盖厂，可是老三生气了，工厂停工将有一个月了，我叔叔普罗霍尔由

---

① 阿克西尼娅的爱称。

于没活干已经在要饭了。'叔叔，你满可以去种地或者去锯木，'我对他说，'何必丢脸呢？''庄稼活我已经丢生了，'他说，'我干不了啦，莉佩卡①'……"

在一片新生的山杨小树林旁他们停下步来，歇歇气，同时也等等普拉斯科维娅。叶里扎罗夫早就当上包工头了，可是他没有养马。他在县里总是到处步行，带上一个小口袋，里头装着面包和洋葱，摆动双臂大踏步地走。同他一起走路是挺累的。

小树林入口处竖着一个界桩，叶里扎罗夫碰了碰它，看它是否坚固。普拉斯科维娅气喘吁吁地向他们走近。她那张皱纹密布、一向神色惊恐的脸上现在喜气洋洋：她今天同其他人一样上了教堂，又赶了集，在集市上还喝了梨汁克瓦斯。这在她是少有的，以至她此刻甚至觉得：今天是她有生以来第一次过得津津有味的一天。稍事休息后他们三人并排走了。太阳正在落下，夕阳照进树林，树干亮光光的。从前面传来嘈杂的人声。乌克列耶沃村的姑娘们早就走在他们的前头，但她们在林中耽搁下来了，显然，她们是在采蘑菇。

"喂，姑娘们！"叶里扎罗夫叫道，"喂，美女们！"

回答他的是一片笑声。

"'拐杖'来了！'拐杖'！糟老头！"

林中的回声也在笑。小树林落在后面了。可以看到工厂烟囱的顶部了，钟楼上的十字架在发亮——这就是那个在一次葬礼上教堂执事把席上全部鱼子酱吃个精光的村子。他们

---

① 莉帕的爱称。

快到家了，只消下坡走进大峡谷就到了。光着脚走路的莉帕和普拉斯科维娅在草地上坐下，要把鞋子穿上；包工头叶里扎罗夫也和她们一起坐下。如果从上面往下看，乌克列耶沃村连同它的柳树、白色教堂和小河似乎是美丽平静的，碍事的只是那几个工厂的屋顶，为了省钱它们被涂成了一种黯淡古怪的颜色。对面的山坡上可以看见黑麦，一垛垛一捆捆到处都是，仿佛是一场暴风将它们铺撒在那里的。还有一些新割下来的黑麦，它们还一排排地留在那儿。燕麦也熟了，像珍珠母一样在太阳光下闪闪发亮。这当口正是农忙季节。今天是过节，明天是星期六，要收割黑麦，运走干草，接着是星期日，又是假日。每天可以听见远处的雷声隆隆。暑气蒸人，像是要下雨，因此眼下瞧着这片田野每个人都在想：求上帝保佑我们及时收割好粮食。大家的心情是高兴欢畅，又着急不安。

"现在割麦人的工钱真贵，"普拉斯科维娅说，"一天一个卢布四十戈比！"

人们纷纷从喀山村的集市上回来：村妇，戴着新帽子的工人，乞丐，小孩……时而一辆大车扬起尘土驶将过去，车后跑着一匹没有卖掉的马，它仿佛在为自己未被卖掉而高兴；时而有一头发着牛脾气的母牛由人牵着犄角走；时而又驶过一辆大车，车上坐着一些醉醺醺的农民，他们都把腿搭拉下来。一个老婆子揽着一个戴大帽穿大靴的男孩，炎热的天气和沉甸甸的不容膝头弯曲的大靴子使男孩疲惫不堪，可是他还在不断地使劲吹一个玩具喇叭。他们已经走下斜坡，拐弯上了大街，但仍然可以听到他的喇叭声。

"我们的老板们好像失去了常态……"叶里扎罗夫说，"糟糕！科斯秋科夫生我的气，他说：'飞檐上薄板用得太多。''怎么太多？'我说，'瓦西里·丹尼雷奇，该用多少我就用了多少。我又没拿，没拿这些薄板下稀饭吃。''你怎么能这么跟我说话？'他说，'你这傻瓜！没出息的！别忘乎所以！工头是我让你当上的！'他大声叫嚷。'真出奇！'我说，'在没做包工头时我照样天天有茶喝。''你们全是些无赖……'他说。我没有作声，我在心里想：'在这个世界上我们是无赖，到了阴间你们就会是无赖。'哈哈哈！到了第二天他软啦！'你别为我的话生气，马卡雷奇，'他说，'要是我说了什么不必要的话，那又有什么呢？我毕竟是一个一等商人，级别上我比你长，你不该作声。''您是个一等商人，我是个木匠，'我说，'这话不错，可是圣徒约瑟夫也是木匠啊。我们这个行当是遵守教规的，是上帝所喜欢的，要是您高兴比我长，那随您便，瓦西里·丹尼雷奇。'后来，我这是说在那次谈话之后，我想：'究竟是谁更长呢？是一等商人呢，还是木匠？'这么说来，是木匠，孩子们！"

"拐杖"想了想又补充说：

"是这样，孩子们。谁劳动，谁宽容，谁就是长者。"

太阳已经下山，在河面上、在教堂的院墙里和工厂四周的空地上升起了浓雾，白白的，像牛奶一样的。黑暗很快就降临了，下方已经有灯火闪烁，看起来这一片浓雾好像掩盖住了一个无底深渊。在这种时刻，莉帕和她的母亲，这两个生来穷困而且准备这么过一辈子的女人，除了她们自己的温顺受惊的灵魂把一切都献给了别人的母女俩，也许，在这种时刻，她们刹那间隐隐约约地感到了：在这个广大神秘的世界里，在无穷无尽的生命系列中，她们也是一种力量，而且还比有些人更长。坐在这个地方，坐在高处，她们感觉很好，她们幸福地微笑着，忘记了她们还得下坡走回去。

她们终于回到了家。小铺附近和大门外面有一些割麦子的人坐在地上。乌克列耶沃村的农民通常不肯为齐布金家干活，所以他们只好雇用外地人。此刻在黑暗中感觉到：坐着的是一些有黑黑的长胡子的人。小铺的门开着，从门口可以看见聋子在同一个男孩玩跳棋。割麦人在轻声唱歌，声音低得刚刚可以听见；要不他们就大声要求，要求把昨天的工钱付给他们，可是雇主不付，生怕他们在天亮前走了。老齐布金没穿上衣，只穿一件坎肩，他和阿克西尼娅一同坐在台阶旁的桦树下喝茶。桌上亮着灯。

"老大爷！"割麦人在大门外叫道，好像是在嘲弄似的，"哪怕是先付给一半工钱吧！老大爷！"

立刻传来了笑声。接着又唱起歌来，声音低得刚刚可以听见……"拐杖"也坐下来喝茶。

"我们赶集去了，"他说，"我们寻欢作乐，玩得非常痛快，孩子们，赞美主吧！可是，发生了一件不好的事情：铁匠萨什卡去买烟叶，给了老板半卢布银币。不料那银币是假的，""拐杖"朝四周看了一眼继续说。他本想小声细语，可是他说话的声音却是低沉嘶哑的，以致大家都听清楚了。"就是说，那半卢布银币是假的。问他这钱是从哪儿来的，他说，'是阿尼西姆·齐布金给我的，是在我吃他喜酒的时候给的。'叫来警察把他带走了……注意啊，格里戈里·彼得罗维奇，可别出什么事啊，可别惹出什么闲话来啊……"

"老大——爷！"依然是那个声音在大门外嘲弄地叫道，"老大——爷！"

一阵沉默。

"啊，孩子们，孩子们，孩子们……""拐杖"很快地嘟哝，他站起身来，他感到困了。"好啦，喝了茶吃了糖，谢谢你们，孩子们。该睡觉了。我身体垮了，身上的梁的下端①都腐了。哈哈哈！"

他边走边说：

"大概是我该死了！"

他啜泣起来。老齐布金没有把茶喝完，但他还是坐了一会儿，想了一会儿，他脸上的表情像是他在倾听着已经走远了的"拐杖"的脚步声。

"想必是铁匠萨什卡在胡说。"阿克西尼娅说，她猜中了他的心思。

他走进屋去。过不多久他又走回来，手中拿着一包东西。他一打开，只见许许多多卢布闪闪发亮，全是簇新的。他便拿起一个，用牙齿检验一下就丢进托盘，接着又丢进一个……

"这些卢布果真是假的……"他瞧着阿克西尼娅说，样子有些困惑不解。"这就是那一些，是当初阿尼西姆带来的礼物。你拿去，孩子，"他小声说着把一包假币塞进她手里，"拿去，丢到井里去……去它们的！小心，别让

_____

① 木匠叶里扎罗夫把自己的"骨骼"叫做"梁"。

人家说闲话，千万别出什么岔子……把茶炊拿走，把灯火熄灭……"

莉帕和普拉斯科维娅坐在板棚里，她们看到：灯火一个接着一个熄灭了，只有在楼上瓦尔瓦拉的房间里，圣像前的油灯还在闪出蓝色和红色的亮光。从那里散发出一种宁静、满足和玄妙的气氛。普拉斯科维娅怎么也适应不了她女儿嫁给了有钱人这件事。她每次来到这里，就怯生生地蜷缩在前堂，一脸哀求人的笑容。茶水和糖给她送到前堂。莉帕也习惯不了，丈夫离家后她就不在自己床上睡觉，随便什么地方她都睡，在厨房里或者在板棚里，而且她每天擦地板洗衣服，她觉得自己是在打短工。眼下，做完祈祷回来后，她们母女俩坐在厨房里同厨娘一起喝茶，过后她们走进板棚在地板上躺下，就躺在雪橇和矮墙的中间。这儿黑黑的有一股子马颈轭的气味。正屋四周的灯全都熄了，待了一会儿她们听到聋子关店门，听到割麦人在院子里安顿睡觉。在远处，在小赫雷明的家里，有人在拉一只贵重的手风琴……莉帕和普拉斯科维娅开始昏昏入睡。

有一个人的脚步声把她们惊醒了，这时月光正亮。阿克西尼娅站在板棚门口，手中抱着被褥。

"这儿也许凉快一些……"她说着就进来了，在门口躺下，月光将她全身照亮。

她睡不着，深深地叹气，热得摊开四肢，身上的衣服已经几乎全部脱掉。在魅人的月光下，这是一头多么美丽多么威风的动物！过了不多久，又听到一阵脚步声：老头子出现在板棚门口，他穿着一身白色内衣。

"阿克西尼娅！"他叫道，"你在这儿，是不是？"

"怎么？"她气鼓鼓地回答说。

"刚才我叫你把钱扔到井里去，你扔掉了没有？"

"听他说的，把钱财抛进水井里去！我付给割麦人了……"

"啊呀，我的上帝！"老头子叫道，他既惊讶又害怕，"你这个胡作非为的娘们儿……唉，我的上帝！"

他举起双手一拍就走了，他一边走一边还说着些什么。过了一会儿，阿克西尼娅坐将起来，烦恼地叹了一口气，接着她站起来，两手一抱铺盖走出了前堂。

"你为什么把我嫁到这儿来？妈！"莉帕说。

"出嫁是应该的，女儿。这事由不了我们做主。"

一种无可慰藉的悲痛几乎抓住了她们的心。可是，她们又觉得，好像是有个什么人在从高空，从蓝色的星空朝下看，看见了发生在乌克列耶沃的一切事情，在监视着。不管罪孽有多么深重，夜阑是宁静和美好的，在上帝创造的这个世界里。真理毕竟是有的，现在有，将来也会有。这真理是同样地宁静和美好。人间万物只期待着同真理汇合，就像月光同黑夜融会一体一样。

于是，安心了的母女俩互相依偎着睡熟了。

六

消息早已传来：阿尼西姆因伪造和销售假币而入狱。几个月过去了，半年多过去了，漫长的冬天过去了，春天来临了，无论是家里人，还是村上人，大家对阿尼西姆坐牢这件事已经习惯。如果有人晚上经过这幢房子或这个小铺，他才会想到阿尼西姆在坐牢；在乡村墓地上打钟的时候，不知何故也会想起他坐在牢房里，在等候审判。

仿佛是这庭园罩上了一层阴影，房子黯淡了，屋顶生锈了，那扇沉重的包铁皮、上绿漆的店门也失去了光泽，或者像聋子所说的那样，它"翘棱儿"了。就连老齐布金也似乎变得忧郁了，他已经很久未理发和剪胡子，头发胡子都长长了。他上马车时已经不再纵身一跳，也不再吆喝乞丐，说什么"上帝会给的"。从一切都看得出来：他精力衰退了。人们已经不甚怕他，警官已在铺子里写下了一份违警纪录，尽管还像过去一样按规矩收受他的钱财。已经三次把老头子传唤到城里，为了审讯他卖私酒，只因证人不出庭，这案子就一直拖着，可把老头子给累坏了。

他常常去探望儿子。他雇律师，递呈文，给教堂献神幡，给阿尼西姆囚禁于其中的监狱看守送去了一个银质茶杯托，上面的珐琅题词是"灵魂有分寸"，还送了一把长柄小茶匙。

"没有人能替我们斡旋斡旋，好好地斡旋斡旋，"瓦尔瓦拉说，"哎呀呀……你去求求哪一位老爷，求他给主要长官们写信……让他们在审判前就把他释放，干吗要折磨小伙子！"

她也挺伤心的，不过她发胖了，变白晳了。同从前一样，她在自己房间里点亮圣像前的油灯，把屋里的一切都照管得干干净净，她仍用果酱和苹果软糕款待宾客。聋子和阿克西尼娅在铺子里做买卖。阿克西尼娅在干一项新的事业：

在布乔基诺办砖厂。她几乎每天都驱车去那里。她亲自赶车。在遇见熟人时，她伸长脖子，像鲜嫩的黑麦田中的一条蛇似的，天真而神秘地微笑。莉帕在大斋前生了个儿子，她现在一直逗着娃娃玩。这是个小小瘦瘦的可怜娃娃。奇怪的是他居然会哭会看，而大家居然还以为他是个人，甚至还给他起了一个名字：尼基福尔。他躺在摇篮里，莉帕向房门口后退几步，鞠着躬对他说：

"您好，尼基福尔·阿尼西梅奇！"

他呢，他举起两只红红的小脚。哭声和笑声混在一起，就像木匠叶里扎罗夫那样。

审判的日子终于确定了。齐布金提前五天就出发了。后来又听说从村里赶去了几个农民作证。一个老工人也去了：他也接到了传票。

审判是在星期四举行的。可是星期日已经过去，老齐布金却没有回来，而且没有关于他的任何消息。星期二傍晚，瓦尔瓦拉坐在敞开着的窗户旁倾听：老头子会不会回来。在隔壁房间里，莉帕在逗她的娃娃。她将他放在手中朝上举，欣喜地说：

"你会长大，长得大大的！将来成个男子汉，咱们一起去打工！一起去打短工！"

"得了，得了！"瓦尔瓦拉生气说，"亏你想得出，打短工，傻孩子！他将来要做商人！"

莉帕轻轻唱着，可是过不多久她就忘了，又说：

"你会长大，长得大大的！将来成个男子汉，咱们一起去打短工！"

"瞧，你又来这一套了！"

莉帕手中抱着尼基福尔，站在门口问道：

"妈妈，为什么我这么爱他？为什么我这么怜惜他？"泪水在她的眼中闪亮，她声音颤抖地接着说，"他是什么？他会是个怎样的人？他轻得像一片羽毛，像一小片面包，可是我爱他，像爱个真正的人那样爱他。瞧，瞧，他什么也不会，话也不会说，可是我一切都明白：他的两只小眼睛在说明他要什么。"

瓦尔瓦拉凝神细听：传来了晚班车抵达火车站的声音。老头子是否来了？她已经听不见莉帕的话，也不明白她说的是什么。她不知道时间是怎么过去的。她全身在抖，但这并非因为害怕，而是由于强烈的好奇心。她看见，一辆大车咯咚咯咚迅速驶过。车上坐满了农民。这是证人们从火车站回来了。大车经过小铺时，老工人从大车上跳下，走进院子。可以听到：院子里有人同他打招呼，向他打听一些事情。

"剥夺权利，没收全部财产，"他大声说，"流放西伯利亚，服苦役六年。"

瓦尔瓦拉看见：阿克西尼娅从后门走出小铺，刚才她在铺子里卖煤油，所以她一手拿瓶子，一手拿漏斗，嘴上衔着几枚银币。

"爸爸在哪里？"她发音不清地问道。

"在火车站，"工人回答，"'等天黑一点，'他说，'我会回去的。'"

院子里的人都知道了：阿尼西姆被判服苦役。厨娘在厨房里突然间大声边哭边诉起来，像恸哭亡人似的，她以为：礼节要求她这么做。

"阿尼西姆·格里戈雷奇啊，好男儿啊，你把我们遗弃给谁呀……"

受惊的狗吠叫起来。瓦尔瓦拉焦急地走来走去，她跑到窗口，用尽气力提高嗓音向厨娘喊道：

"你够啦，斯捷潘妮达，够啦！看在基督面上，别折磨人了！"

忘了烧茶炊，已经什么都顾不上了。只有莉帕一个人还不清楚这是怎么一回事，她仍然醉心于她的娃娃。

老头子从火车站回来了。大家都已经不向他打听什么了。他打过招呼后就默默地在各个房间走了走，连晚饭也不吃。

"没有人能斡旋一下？"瓦尔瓦拉在房里只剩下他们两人时说，"我对你讲过要去求求老爷们，当时你不听我的话……递一个呈子上去吧……"

"我是张罗过的！"老头子将手一摆说，"给阿尼西姆判刑后我找过替他辩护的老爷，'现在没有任何办法了，'他说，'晚了。'阿尼西姆自己也这么说：'晚了。'但我离开法庭后还是同一个律师讲妥了，给了他一笔定金。再等一个星期，到时候我再去。听任上帝安排吧。"

老头子又默默地走遍了所有的房间。在回到瓦尔瓦拉身边时他说：

"我该是病了。我的头有点儿……发昏。我头脑不清。"

他把房门关上，免得让莉帕听见，接着又轻声说：

"我的钱情况不妙。你还记得吗，阿尼西姆在结婚前，在复活节后的第一个礼拜，带给我一些簇新的面值一卢布和半卢布的银币。我当时藏起了一包，其余的钱我把它同我自己的钱混在了一起……想当年我叔父德米特里·菲拉特奇，但愿他进了天国，当年我这个叔父在世的时候，他有时去莫斯科办货，有时去克里米亚办货。他有一个妻子，她趁他外出就和一些男人私通。他们有六个孩子。叔叔有时喝醉了就笑着说：'我怎么也分不清哪个是我的孩子，哪个是别人的。'可见，他是个性格温和的人。现在我的情况也是这样：分不清我的钱中哪些是真的，哪些是假的，甚至我觉得，好像它们全是假的。"

"别说了，求上帝保佑你！"

"我在火车站买票，付了三个卢布，我觉得，好像是假钱，于是我感到害怕。我该是生病了。"

"有什么可说的，我们大家都祸福难测……哎呀呀……"瓦尔瓦拉摇头说，"关于这件事倒该想一想，彼得罗维奇……那万一出了事，你年纪不轻了。你去世后说不定还会欺侮你的孙子。啊，我真担心，他们准会欺侮尼基福尔，准会欺侮他！父亲他已经没有了，你就这么认为吧，母亲呢，她年轻，傻呵呵的。你立一个字据吧，留一点什么给他，给这个小男孩，哪怕是留一块地给他也好，就把布乔基诺给他吧。真的，彼得罗维奇！你想一想吧！"瓦尔瓦拉继续劝说，"这孩子挺可爱，真可怜！你明天就去，立一个字据，有什么好等的呢？"

"我把孙子给忘了……"齐布金说，"该去看看他。那么，你是说这孩子不错？嗯，好，让他长大吧。求上帝保佑！"

他推开房门，弯起手指头，把莉帕招呼到自己跟前。莉帕抱着孩子走到他身边。

"你，莉佩卡，你需要什么，你就要吧。"他说，"你想吃什么，你就说，我们不会舍不得的，只要你身体好就行……"他在娃娃胸前画了个十字，"好好照应我的孙子。儿子没有了，总算留下了一个孙子。"

泪水顺着他的面颊淌下。他低声哭泣着走了。过不了多久他上了床，在度过了七个不眠之夜后他沉酣地睡着了。

七

老头子暂时离家进城去了一次。有人告诉阿克西尼娅，说他这是去找公证人立遗嘱的，说他已经把布乔基诺，也就是她阿克西尼娅在那儿烧砖的地方，遗赠给了孙子尼基福尔。这个消息是在早晨告诉她的，当时老头子和瓦尔瓦拉正在台阶附近的一棵白桦树下饮茶。她关上了铺子的正门和后门，收集起她所有的全部钥匙，把它们使劲一扔，扔到了老头子的脚前。

"我不会再为你们干了！"她大声叫嚷，而且突然放声痛哭起来。"可见，我在你们家不是儿媳妇，而是个女工！大家都将要笑话我：'瞧，齐布金找了个多么好的女工！'我不是你们雇来的！我既不是叫花子，也不是下贱货，我有爹有娘。"

她不擦眼泪，把两只噙满泪水的、凶狠的、因气愤而歪斜的眼睛盯着老头子。她的脸和脖子涨得红红的、绷得紧紧的，因为她正在声嘶力竭地喊叫：

"我不愿意再卖力干了！"她接着说，"我累死了！要干活，要成天地坐在店里，要深更半夜里悄悄出去搞白酒——这一切全都叫我去干。可是要赠田地时，却只把土地送给苦役犯的老婆和她的小鬼！她在这儿是女主人、女东家，而我是她的女用人！你们把一切都给她吧，给这个囚犯的老婆，让她活活噎死！我回自己家去！你们另找傻瓜吧，该死的恶人！"

老头子生平从未骂过责罚过子女，他连想都没有想到过：家里人会对他说粗话或者举动不恭，所以此刻他感到十分吃惊，他跑进房去躲在立柜后面。瓦尔瓦拉呢，她简直茫然无措，连站都站不起来，只会挥动双手，就像是在防御蜜蜂似的。

"哎呀呀，我的爹！这算是什么呀！"她害怕地嘟哝着，"她在嚷嚷什么呀！哎呀呀……人家会听见的！小声点吧……哎，小声点吧！"

"你们把布乔基诺给了苦役犯的老婆，"阿克西尼娅仍在大叫大嚷，"现在你们把一切都给她吧！你们的东西我一样都不要！你们都滚开！你们全是一个匪帮里的！我看够了，够了！你们掠夺来往的过客，掠夺老老少少，你们这伙强盗！没有执照就卖酒的是谁？还有那些假钱呢？你们的箱子里装满了假钱，所以现在就用不着我了！"

在敞开着的大门旁已经聚集了一群人，他们在朝院子里看。

"随大家看吧！"阿克西尼娅嚷道，"我要使你们名誉扫地！我要羞死你们！我要叫你们低三下四地乞求！喂，斯捷潘！"她招呼聋子说，"咱们马上回家去！到我爹娘那儿去，我不愿意同囚犯们在一起过日子！你快去收拾一下！"

院里拉着几根绳子，绳子上都晒着衣服，她拉下她的那些都还湿乎乎的裙子和短上衣，丢到聋子的手上，接着她怒气冲冲地在院子里晾着衣服的地方乱跑，扯下所有的衣服，就连不是她的东西也扯下，丢在地下用脚踩脏。

"哎呀呀，我的爹啊，制住她吧！"瓦尔瓦拉哼叫着，"她究竟是个什么人？把布乔基诺给她吧！给她吧！看在基督的面上！"

"嘿，好一个娘们儿！"站在大门旁的人们说，"居然有这样的娘们儿！她大发雷霆了，可怕！"

阿克西尼娅跑进厨房。此刻那里正在洗衣服。洗衣槽里和炉旁的锅子里冒着热气，水汽使得厨房里闷热和混混沌沌。只有莉帕一个人在，厨娘上河边去漂洗内衣了。地板上有一堆脏衣服，尼基福尔就躺在这堆衣服旁的一张长凳上，抬起他两只红红的小脚；这样他即使从凳上摔下也不至于碰伤。正好在阿克西尼娅走进来的时候，莉帕从那堆衣服里取出阿克西尼娅的衬衣放进洗衣槽，而且已经伸手去拿一只摆在桌上盛满沸水的长柄大勺……

"拿过来！"阿克西尼娅仇恨地瞧着她说，并从洗衣槽中抢出衬衣，"用不着你碰我的内衣！你是囚犯的老婆，应该有自知之明，你是个什么东西！"

莉帕瞧着她，不知所措，她弄不明白是怎么一回事，可是她无意中察觉到了阿克西尼娅投向孩子身子的目光，她蓦地明白过来，她的脸像死人一般苍白了……

"你抢走了我的土地，这个你也拿去吧！"

说完这句话阿克西尼娅抓起盛满沸水的大勺朝尼基福尔身上泼。

紧接着响起了一声尖叫。这种尖叫声是乌克列耶沃村从未听见过的。简直不敢相信，像莉帕这样弱小的人竟会发出如此叫喊。突然间院子里一片死寂。阿克西尼娅默默地走进正屋，面露她原先的天真微笑。聋子抱着许多衬衣在院子里走来走去，接着他默默地不慌不忙地把衣服一件又一件晾起来。在厨娘从河边回来之前没有一个人敢走进厨房去看一看那儿的情景。

八

把尼基福尔送进了地方自治局的医院。他在接近黄昏的时分死了，死在医院里。莉帕不想让人来接她，她把遗骸包进一条小被子就抱着回家了。

不久前建成的这座新医院高高地坐落在一座山上，窗户很大，在夕阳照耀下整幢房子闪闪发光，好像是它的内部在燃烧似的。山下是一个居住区。莉帕顺着一条大路下山，尚未走到居住区她就在一个小池塘边坐下。有一个女人牵马来饮水，马不肯喝水。

"你还要什么呢？"女人困惑地轻声说，"你要什么呢？"

水边有一个穿红衬衫的男孩在洗父亲的靴子。除此之外，居民区里也好，山上也好，再也看不见一个人影。

"它不喝。"莉帕瞧着马说。

后来女人和拿着一双靴子的男孩都离去了，已经看不见什么人了。太阳裹上了一片火红色和金黄色的锦缎，落山睡觉了。长条的云，红的，紫的，在天空中绵延，护卫着太阳的安宁。在远处的一个什么地方有一只麻鸻在叫，声音凄怆而低沉，就像是一头被关在板棚里的母牛在叫似的。每年春天都听见这神秘的鸟的叫声，可是谁也不知道这鸟是什么样子，它又住在哪里。在山顶上的医院里，在池塘边的灌木丛里，在居民区的后面和在四周的田野里，夜莺在高声歌唱，杜鹃在计数着一个什么人的年龄，它老是数错了又从头数起。池塘里的青蛙气冲冲地拼着命在叫，而且彼此呼应着，甚至可以从中辨别出这样的说法："你就是这样的！①你就是这样的！"真是热闹啊！好像是这许多有生之物如此叫啊唱啊，其目的是要在这春夜里让谁都不睡觉，要大家，连气冲冲的青蛙也包括在内，都来珍惜和享受每一分钟，不是么，生命可只有一次啊！

一弯银白色的新月在空中照耀，还有许许多多星星。莉帕已经不记得她在池塘边坐了多久，可是在她站起身来朝前走的时候，整个居民区里的人都已经睡了，灯火全都熄了。离家大约还有十二俄里，可她已经精疲力竭，而且已经搞不

---

① 俄语中"你就是这样的！"这句话的读音很像青蛙的叫声："伊斗塔科娃！伊斗塔科娃！"

清楚该怎么走了。月亮有时在前面照，有时在右边照。还是那只杜鹃在不停地叫，它的声音已经嘶哑，略带一点儿笑音，仿佛是在嘲弄她似的："喂，要注意，别迷了路啊！"莉帕走得很快，把头巾都丢失了。她瞧着天空想：她的孩子的灵魂现在在哪儿？是跟着母亲走呢还是在繁星周围的高空中飘荡而且不再想念他的母亲呢？夜间待在田野上会感到多么孤单，特别是在这种时刻：身处歌声之中而自己唱不出来，身处不断的欢乐声中而自己又高兴不起来，而那月亮同样孤零零地从天空观望。对这月亮来说，现在是春天还是冬天，人们是活着还是死了——横竖都一样……心里痛苦的时候没有人做伴是难受的。如果她母亲普拉斯科维娅同她在一起，那就好了！要不，有个"拐杖"、或者有个厨娘、或者有个什么庄稼人同她在一起，那也就好了。

"布——布！"麻鸭在鸣叫，"布——布！"

忽然清楚地听到有人在说话：

"套车，瓦维拉！"

在前方，就在路边，一堆篝火在烧着：已经没有了火焰，在发亮的只是一堆红炭。可以听见马儿在嚼草的声音。黑暗中显现出两辆大车，一辆车上有一个大桶，另一辆较低的车上有一些麻袋。另外还显现出两个人来，一个人牵着马去套车，另一个人将双手抄在背后一动不动地站在篝火旁。一条狗在大车附近猖猖狂吠起来。那个牵着马的人站住说：

"好像有人在大路上走来。"

"沙利克，别叫！"另一个人向狗吆喝一声。

从说话的声音可以听出来，这另一个人是个老头子。莉帕站住说：

"求上帝保佑你！"

老人向她走近，过了一会儿才回答说：

"你好！"

"你们的狗不咬人吧，老爷爷？"

"没什么，你走吧。它不会碰你的。"

"我从医院来，"莉帕沉默一会儿说，"我的小儿子死在那儿了，现在我抱他回家。"

大概是老人听到这些话不高兴，他走开了，匆匆地说：

"这没什么，亲爱的朋友。上帝的旨意。你在磨蹭什么，小伙子？"他转身对旅伴说，"上紧些吧！"

"你的马轭没有了，"小伙子说，"找不到。"

"你可真是直挺挺的，瓦维拉！"

老人拣起一小块炭，吹了一下，只照亮了他的鼻子和眼睛。后来，他们找到了马轭后，他凭着这一点儿亮光走近莉帕，看了她一眼，他的目光表达了怜悯和温情。

"你是母亲，"他说，"每个母亲都心疼自己的孩子。"

他说这话时叹了口气，摇了摇头。瓦维拉朝火上扔了一点什么东西，踩了踩，顿时四周变得一片漆黑。眼前的景象消失了。跟先前一样，只有田野、繁星点点的天空以及鸟儿彼此干扰睡眠的鸣叫声。秧鸡也在叫，好像就在烧篝火的那个地方叫。

一分钟后，又可以看到那两辆大车、老头子和高个儿瓦维拉。车子走上了大路，发出吱嘎吱嘎的响声。

"你们是圣徒吧？"莉帕问老人。

"不是的，我们是菲尔萨诺沃村的。"

"刚才你看了我一眼，我的心就暖和了。小伙子也很斯文。我就以为你们想必是圣徒。"

"你路远吗？"

"到乌克列耶沃村去。"

"你上车吧，我们把你带到库兹敏基。到了那里，你就一直走，而我们就向左拐。"

瓦维拉坐上了那辆载着桶子的大车，老头子和莉帕坐上了另外一辆。车子慢慢地走着，瓦维拉的车走在前面。

"我的小儿子受了一天折磨，"莉帕说，"他用两只小眼睛看着，一言不发。他想说话，可又说不出。上帝啊！圣母啊！我痛苦得老是跌倒。我站着站着突然就倒在床边了。你告诉我，老爷爷，为什么要一个小孩在临死前受罪？如果大人受痛苦，不管是男人还是女人，受过了苦，那么他或她的罪孽也就得到了宽恕，可是为什么小孩要受苦，如果他并没有什么罪孽？为什么？"

"又有谁知道呢！"老人回答说。

他们默默地坐了差不多半小时的车。

"想要什么都知道：为什么？怎么样？——这是不可能的。"老人说，"上帝赋予鸟的不是四个翅膀，而是两个，因为有了两个翅膀它就能飞。同样，人理应知道的也不是一切事情，而只能是一半或者是四份里的一份。为了生存人该知道多少，他就知道多少。"

"老爷爷，我还是步行轻松一些。现在我的心颤得很。"

"没什么。你坐着。"

老人打了一个呵欠，在嘴上画了一下十字。

"没什么……"他又说，"你的痛苦还算不了什么。人生是漫长的，好的事情还会有，坏的事情也会有，什么都会有。亲爱的俄罗斯大着呢！"他说完朝左右两边看了一看。"我走遍了整个俄罗斯，什么都见识过，你就相信我的话吧，亲爱的朋友。好的事情将来会有，坏的事情也会有。我去过西伯利亚，到过黑龙江，也到过阿尔泰山。我移居到西伯利亚过，在那儿垦地，后来我非常想念亲爱的俄罗斯，就又回到了家乡。我们是步行回俄罗斯的。我还记得：有一回我们坐船摆渡。我瘦削瘦削的，一身破破烂烂，光着脚，人都冻僵了，啃着面包皮。这时渡船上有一位过路老爷，如果他已不在人世，那我祝他升入天堂。这位老爷怜悯地看着我，泪水直流。'唉，'他说，'你吃的面包是黑的，你过的日子也是黑①的。'……我回到了家，正如常言所说的那样，一贫如洗。我有过一个老婆，可是她永远留在那儿了：把她葬在了西伯利亚。就这么一回事。现在我做长工过日子。这又有什么呢？我要告诉你：打那时候起，有过坏事，也有过好事。瞧，我现在还不想死，亲爱的朋友，还想活上个二十来年。就是说，好事情更多一些。亲爱的俄罗斯可真大啊！"说完他又看了看两旁，而且还回头看了一眼。

"老爷爷，"莉帕问，"人死了，他的灵魂在世上还要留多少天？"

---

① 俄语中"黑的"这个词兼有"艰难的"和"沉重的"意思。

"又有谁知道呢？让我们来问一问瓦维拉，他上过学。现在学校里什么都教。瓦维拉！"老人招呼了一声。

"啊？"

"瓦维拉，人死了，他的灵魂还要在人世留多少天？"

瓦维拉把马勒住后答道：

"九天。我叔叔基里拉死后，他的灵魂在我们的小木屋里还待了十三天呢！"

"你怎么知道？"

"炉子里敲敲打打地响了十三天。"

"哦，行了，赶车吧！"老人说。显然，他对这一切丝毫不信。

在库兹敏基附近大车拐弯，上了公路，而莉帕一直朝前走。天已经亮了。她下坡走进峡谷时，乌克列耶沃村的小木屋和教堂都藏入雾中。天很冷，而且她觉得那只杜鹃还在啼鸣。

莉帕到家时，牲口还未被赶到野外，人们都还在睡觉。她坐在台阶上等。第一个走出来的是老爷子，他看一眼就立刻明白发生了什么事情，好久说不出话来，光是吧嗒着嘴唇。

"唉，莉帕，"他说，"你没有把我的孙子保护好……"

把瓦尔瓦拉叫醒过来。她举起双手一拍，嚎啕大哭起来。她马上动手给孩子洗身换衣。

"是一个可爱的孩子啊……"她说，"哎呀呀……只有一个孩子你都没有保护好，你这个不懂事的傻孩子……"

早晨和晚间都进行了超度，第二天落了葬。葬礼后客人们和神甫们都吃了许多东西，狼吞虎咽，好像是许久没有吃东西了似的。莉帕侍候着大家，神甫举起叉着一个腌蘑菇的叉子对她说：

"别为娃娃伤心，这样的娃娃会上天堂的。"

客人们全都走了，这时莉帕才真正明白：尼基福尔已经不存在了，将来也不会有他了。她明白了，就嚎啕大哭起来。她不知道该上哪个房间去哭，因为她觉得，孩子一死，在这幢屋子里就没有了她待的地方，在这里她是个毫无关系的人，是个多余的人；就连别人也有这种感觉。

"喂，你在那儿嚎什么？"阿克西尼娅突然出现在门口，大声喊叫。"闭嘴！"为参加葬礼，她穿着一新，还扑了不少粉儿。

莉帕想停止哭泣，可是她做不到这一点，她哭得更加响了。

"你听见没有？"阿克西尼娅狂怒地跺跺脚喊道，"我在同谁说话？你给我滚，不要你再来，苦役犯的老婆！滚出去！"

"算了，算了，算了……"老爷子慌张起来，"阿克休塔①，你安静些，我的好人……她哭，是人之常情。她的孩子死了……"

"人之常情……"阿克西尼娅不满地模仿着说，"让她在这儿再过一夜，明天她就给我滚！人之常情……"她又不满地模仿着说了一句，接着哈哈哈笑一阵后向小铺子走去。

---

① 阿克西尼娅的小名。

第二天一清早，莉帕就去了托尔古耶沃村，去了母亲的家。

九

现在小铺子的屋顶和门都已经上过了油漆，闪闪发亮，跟新的一样，窗台上同从前一样开着鲜艳的天竺葵。三年前发生在齐布金家里和院子里的事情已经给忘记得差不多了。

像当初一样，老爷子格里戈里·彼得罗维奇仍算是个主人，不过实际上一切事情都已转到阿克西尼娅手中：卖东西的是她，买东西的也是她，不得到她的同意什么事都不能做。砖厂运转得不错，由于修筑铁路需要砖，砖价已经涨到二十四卢布一千块。村里的妇女和姑娘们把砖运到火车站，装上火车，为此她们一天可以挣得二十五个戈比。

阿克西尼娅同小赫雷明家合伙经营，他们的砖厂现在叫做"小赫雷明股份公司"。在火车站附近开了一家饭店，已经不是在工厂里而是在饭店里演奏贵重的手风琴了。邮政局局长常来饭店，他也在做着一种什么生意。火车站站长也是这样。小赫雷明家送了一块金表给聋子斯捷潘，他不时地从口袋中掏出表来，放到耳朵边听听。

村里人讲到阿克西尼娅，都说她抓取了大权。的确是：无论是在漂亮幸福的她面露天真笑容驱车去工厂时，还是在她到了砖厂发号施令时，都叫人感到她有很大权力。大家都怕她：在家里是如此，在村里是如此，在砖厂里也是如此。如果她上邮政局，局长会一跃而起说：

"恭请坐下，克谢尼娅·阿布拉莫芙娜！" [1]

有一回，一个上了年纪好打扮的地主，穿着一件薄呢长外衣和一双高统漆皮靴把一匹马卖给阿克西尼娅，同她谈入了迷，竟向她让价，而且是她要让多少就让给了她多少。他久久握住她的手，看着她的两只快活狡猾天真的眼睛说：

"对像您这样的女人，克谢尼娅·阿布拉莫芙娜，我永远愿意使您感到满足。不过，请您告诉我：我们在什么时候可以相会，不让任何人妨碍我们？"

"随便您什么时候！"

从此这个上了年纪的花花公子几乎每天来小铺子喝啤酒。这啤酒太糟糕，苦得跟艾草一样，使地主直摇头，可是他还是喝。

老齐布金已经不干预生意上的事情。他身上不再带钱，因为他无论如何分不清真钱和假币，但他一声不响，不向任何人谈自己这个弱点。他有些健忘了：如果不给他东西吃，他自己也不会索要。家里人已经习惯了不同他一起吃饭。瓦尔瓦拉常说："昨天我们老爷子又不吃东西就躺下了。"她的语气很淡漠，因为她对此已经习惯了。

老爷子不知何故总穿着一件皮大衣，不分冬夏。只是在十分炎热的日子里他才不外出，待在家里。平常他穿着皮大衣，竖起领子，掩上衣襟，在村里溜达，在通向火车站的大路上散步，要不他就从早到晚坐在教堂大门附近的一条长凳上。他坐着，一动不动，行人们向他鞠躬，他不还礼，因为

---

[1] 邮政局局长对阿克西尼娅以她的正名连同父名相称，表示对她的尊敬。

他仍然不喜欢庄稼汉。如果有人问他一些什么，他就合情合理客客气气地作简略回答。

村里在议论：似乎是儿媳妇把他赶出了家门，不给他东西吃，似乎他是靠布施才活着的。对此有人高兴，有人怜悯。

瓦尔瓦拉更胖更白了。她依然在行善，连阿克西尼娅也不来妨碍她。现在果酱多得很，他们还没吃完，新果子就上来了。果酱常常凝成为糖渍块。瓦尔瓦拉差点儿哭出来，因为她不知怎么打发这果酱。

关于阿尼西姆的事情，大家开始淡漠了。有一天来了一封他的信，是用诗写成的，写在一张大纸上，像呈文似的，还是以前的那一手漂亮字。显然，他的朋友萨莫罗多夫在同他一起服刑。诗文下面有一行字，写得难看而又不清晰：

"我在这儿一直生病，我很痛苦，看在上帝面上帮帮我吧。"

有一天，那是一个晴朗的秋日，在黄昏前，老齐布金坐在教堂大门附近，翻起大衣领子，只看见他的鼻子和帽檐。在长凳的另一头坐着包工头叶里扎罗夫，同他并坐的是学校看守人雅科夫，一个掉了牙的七十岁上下的老头。"拐杖"和看守人正在聊天。

"子女应当供养老人，……应当尊敬父母，"雅科夫气愤地说，"她呢，这个做媳妇的，她把公公从他自己的家中赶出来。老头子没吃没喝的，上哪儿去呢？他三天没吃东西了。"

"一连三天啊！""拐杖"感到惊奇。

"他就这么坐着，一声不响。他衰弱了。何必沉默？应该上诉。法庭上可不会有人称赞她。"

"法庭上称赞谁啦？""拐杖"没有听清楚，他问道。"什么？"

"那娘们儿不错，挺卖力。干他们那一行，不这么办是不行的……我这是说不作孽是不行的……"

"从他自己的家中……"雅科夫气愤地说下去，"你该先自己攒钱买房，然后才赶人家走！嘿，你想想，真有这种娘们儿！害人精！"

齐布金听着他说，一动也不动。

"不管是自己的房子还是别人的房子，只要暖暖和和，娘们儿不吵吵骂骂就行……""拐杖"说着笑了，"我年轻时很疼我的纳斯塔西娅。她是个文静的女人。她老喜欢说：'买幢房子吧，马卡雷奇！买幢房子吧，马卡雷奇！买一匹马吧，马卡雷奇！'临死时她还是说：'你买一辆轻便马车吧，马卡雷奇，免得走路。'可是我只买过一些糖饼给她吃，别的什么也没有买。"

"她的丈夫是个聋子，又不懂事，"雅科夫不听"拐杖"的话接着说，"是个大傻瓜，活像一头蠢鹅。他能懂什么？你就是用棍子打鹅的脑袋瓜，它还是不懂啊。"

"拐杖"站起身来，他该回厂去了。雅科夫也站起来，两个人一块儿走，边走边谈。待他们走出五十来步时，老齐布金也站起来，蹒蹒跚跚地跟着他们。他步子不稳，像是走在光滑的冰上似的。

村子已经隐没在薄暮的微光之中。太阳只照着那条像蛇一般蜿蜒爬上山坡的大路的高处。一群老婆子从树林里走回村去，手中提着盛放乳菇的篮子，一群小孩同她们走在一起。妇女和姑娘们成群结队地从火车站走来，她们在车站上把砖装进了车厢。她们的鼻子以及眼睛下脸颊上布满了火色的砖灰。她们唱着歌。走在最前面的是莉帕，她在用尖细的嗓子唱歌，眼睛望着天空唱，愉快地唱，好像是她在庆幸和高兴：谢天谢地，一天过去了，可以休息了。她的母亲普拉斯科维娅，打短工的女人，也走在这群人中间，手里拿着一个小包袱。同往常一样：她边走边喘气。

"你好，马卡雷奇！"莉帕一看见"拐杖"就说，"你好，亲爱的！"

"你好，莉佩卡，""拐杖"十分高兴。"娘儿们，姑娘们，你们都喜欢这个阔绰的木匠吧！哈哈，我的孩子们，孩子们！""拐杖"抽抽搭搭地哭了。"我亲爱的一把又一把的小斧头啊！"

"拐杖"和雅科夫朝前走了，还可以听到他们在谈话的声音。他们走后这群人遇上了老齐布金，突然间变得寂静无声了。莉帕和普拉斯科维娅稍稍落在了众人的后面走。当老爷子同她们走齐了时，莉帕深深鞠了一躬说：

"您好，格里戈里·彼得罗维奇！"

她的母亲也鞠了躬。老头儿不走了，他啥也不说，瞧着母女俩。他的嘴唇在颤动，眼眶里满是泪水。莉帕从母亲的包袱里取出一块米馅烤饼，递给了他。老头儿接过去就吃。

　　太阳已经全部落下，大路高处的阳光也消失了。天黑了，凉丝丝的。莉帕和普拉斯科维娅继续赶路，后来她们在胸前画十字，画了很长时间。

主　教

一

　　在棕榈主日①的前夜，老彼得罗甫斯基修道院里正在举行彻夜祈祷仪式。到分发柳枝②时，已经快十点钟了，烛火暗淡了，蜡烛烧得只剩烛心了，一切都好像在迷雾之中。在昏暗的教堂里人群浮动，好像海洋。身体不舒适已经三天的彼得主教觉得，所有的脸，老年人的脸，年轻人的脸，男人的脸，女人的脸，彼此都相像，而且所有走过来取柳枝的人的眼神也都是一样的。在迷雾中看不见门，人群一直在动，仿佛这人群是没完没了的，始终也走不完似的。女声合唱队在唱歌，一个修女在念赞美诗。

　　真闷，真热！这个彻夜祈祷仪式多长啊！彼得主教累了。他的呼吸沉重、急促，嗓子发干，两肩累得酸痛，两腿在颤抖。合唱队厢座那边偶尔会有疯修士③大声叫喊，这搅得他恼火。而且仿佛是在梦里或者是在昏迷中，主教突然觉得他那已经九年不见面的亲娘玛利亚·季莫菲耶芙娜好像夹在人群中向他走来，要不然那是一个像他母亲的老妇，她从他手中接过柳枝后就走开了，她的眼睛一直高兴地看着他，脸上现出亲热的令人欣慰的笑容，后来她消失在人群中了。

不知为什么泪水从他脸上淌下。他内心平静，一切都顺顺当当，然而他目不转睛地看着左边正在朗诵的唱诗班，在昏暗的暮色中一个人也看不清，他哭了。泪水在他的脸上和胡子上闪亮。在他近旁还有个什么人哭了起来，接着是在远一些的地方有个人哭了，后来哭的人越来越多，以致教堂里渐渐充满了轻轻的涕泣声。可是过不多久，大约过了五分钟，修女合唱团唱起歌来，就不再有人哭了，一切又同原来一样。

很快祈祷仪式也结束了。主教坐上轿式马车准备回家，这时那些名贵、沉重的洪钟发出的欢快好听的声音在洒满月光的整个花园里荡漾。坟墓上白色的十字架，白色的桦树和黑色的阴影，还有遥远的、恰好挂在修道院上空的月亮——所有这一切现在仿佛过着一种它们自己的、为人所不理解但又是人所亲近的特殊生活。四月刚开始，在春天温暖的白昼过后有点凉，还有点寒意，而在柔和、清凉的空气里可以感到春天的气息。从修道院到城里是一条沙土路，马车只得一步一步地慢走；在轿式马车两旁，在明亮恬静的月光下，一些虔诚的祈祷者在沙土地上慢腾腾地走着，大家都不说话，都在思索着。周围的一切——树啊，天啊，甚至还有月亮，都显得和蔼、年轻，十分亲切，使人巴望永远能够这样。

轿式马车终于驶进了城，在大街上奔驰。店铺都已经关门，只有富商叶拉金的铺子里在试验电灯，灯光闪烁得厉

---

① 指基督入耶路撒冷的节日，即复活节前的礼拜日。
② 宗教仪式上以柳枝代替棕榈。
③ 这种疯修士往往被当成先知，也被称为圣愚。

害，周围有一群人在看。接着是宽阔昏暗的街道，一条接着一条，没有人影，再过去就是地方自治局修的那条城外大道，旷野，闻到了松树的清香味。忽然间眼前升起一道有雉堞的白墙，墙里边是一座高高的沉浸在月光里的钟楼，钟楼旁有五个金黄色的闪闪发光的大圆屋顶，这就是彼得主教居住的潘克拉契耶夫斯基修道院。在这儿，安静、沉寂的月亮同样高挂在修道院的上空。轿式马车驶进了大门，在沙土路上发出嘎吱嘎吱的响声，月光下在有些地方几个修士的黑色身影时隐时现，听得见有人在石板路上行走的脚步声……

"主教大人，刚才您不在的时候，您的妈妈来过。"侍从在主教走进住所时报告说。

"妈妈？她是什么时候来的？"

"在彻夜祈祷以前。她老人家先是打听您在哪儿，接着她就坐车到女修道院去了。"

"这么说来，刚才我在教堂里看见的就是她！主啊！"

主教高兴得笑了起来。

"她老人家吩咐我向您报告，主教大人，"修士接着说，"她明天来。有一个小姑娘和她在一起，大概是她的孙女吧。她老人家落脚在奥甫相尼科夫客店。"

"现在几点钟？"

"刚过十一点。"

"哎，遗憾！"

主教在客厅里稍稍坐了一会儿，他迟疑不定，仿佛不相信已经这么晚了。他的胳膊和腿有点酸，后脑壳在痛。他觉得发热和不舒服。他歇了一会儿就去了卧室，在这里他又坐了一阵，心里还想着母亲。他听见，侍从走了，修士司祭西索依神甫在隔壁咳嗽。修道院的钟敲了十一点一刻。

主教换了衣服，开始念就寝前的祈祷词。他专心地念这些古老的、熟悉透的祈祷词，同时又想着母亲。她有九个子女，有四十个左右的孙儿孙女。从前她跟着丈夫，一个助祭，住在一个穷苦的村子里，在那里住了很长时间，从十七岁起一直到六十岁。主教从幼小时起，大概是从三岁起就记得她是什么模样，而且非常爱她！可爱的、宝贵的、难忘的童年时代！为什么它，这段一去不复返的时光，为什么它似乎要比实际情形光明、快乐和丰富呢？在童年时代和少年时代他常常身体不舒服，母亲对他是多么温柔，多么体贴！此刻，他的祷告同他的回忆交织在一起了，他的回忆越来越炽烈，好像火焰，而祷告并不妨碍他想念母亲。

祷告完毕后，他脱衣服上床。四周刚刚黑下来，他眼前立刻出现了他已故的父亲、他的母亲和故乡列索波里耶村……吱嘎吱嘎的车轮声，咩咩咩的羊叫声，在晴朗的夏日清晨里的教堂钟声，窗户下的茨冈人——啊，想着这一切心里多么甜蜜！他想起了列索波里耶村的司祭西美昂神甫，这人柔和、安详、忠厚，他本人瘦瘦的，个子不高，可是他的儿子，一个宗教学校的学生，却身材魁伟，说起话来非常激烈，一口低音。有一天这位教士的儿子对厨娘发脾气，骂她说："哼，你，耶户①的母驴！"西美昂神甫听了这骂人话什

---

① 公元前 9 世纪以色列国王，以驾车迅猛出名，见《圣经·旧约·列王纪下》。

么也没有说，只是暗自羞愧，因为他记不得《圣经》上在什么地方提到了这条母驴。他离职后，杰米扬神甫做了列索波里耶村的司祭，这人酒瘾大，有的时候喝得酩酊大醉，他甚至有一个外号："醉汉杰米扬"。列索波里耶村的教师是马特威·尼古拉伊奇，他本是宗教学校的学生，这人善良，相当聪明，但也是一个酒鬼。他从来不打学生，可是不知为什么他的墙上总是挂着一小束桦树枝子①，下面写着的是毫无意义的拉丁文题词：betula kinderbalsamica secuta②。他养一条毛茸茸的黑狗，给它起个名字叫辛达克西司③。

想起这些主教笑了。离列索波里耶村八俄里远有个奥勃尼诺村，那儿有一张有灵的圣像。夏天人们举着十字架，排成宗教行列，抬着这个圣像从奥勃尼诺村到邻村去，整天敲着钟，有时到这个村，有时到那个村，当初主教就觉得空气中荡漾着欢乐，他（当时都叫他巴甫鲁沙）不戴帽子，光着脚，跟在圣像后走来走去，怀着纯朴的信仰，露出纯朴的笑容，感到无限幸福。他现在回想起来，在奥勃尼诺村一直有许多人，那里的司祭阿列克谢神甫为了赶上做奉献祈祷，叫他的聋子侄儿伊拉利昂念圣饼上的"祈福"和"祈求灵魂安息"的名单。伊拉利昂就念，有时候还为做弥撒得到五个戈比或者十个戈比，只是到了他头发白、头顶秃的时候，到他的一辈子已经过去的时候，他才忽然看到一小张纸上写着：

---

① 在俄国常用这东西打人。
② 这是用几个拉丁语和德语单词凑成的，大意是"诊治儿童的、鞭打用的桦树枝子"。
③ "辛达克西司"是俄语中"Синтаксис"一词的读音，意思是"句法学"。

"你是个大傻瓜，伊拉利昂！"巴甫鲁沙至少在十五岁以前还不开窍，学习成绩不好，因此家里人甚至要把他从宗教学校里接出来，送到小铺里去当学徒。有一次，他到奥勃尼诺村邮局去取信，他看着邮局里的职员，看了很久后问道："容我打听一下，你们的薪水是怎样领的：是按月领还是按天领？"

主教在胸前画了个十字，翻了个身，不再去想，打算睡觉了。

"我的母亲来了……"他记起来了，又笑了。

月亮照进窗户，月光照亮了地板，地板上有一些阴影。一只蟋蟀在鸣叫。隔壁房间里西索依神甫在打鼾，在他苍老的鼾声中有一种孤单、无依无靠，甚至流浪的人的味道。西索依一度做过教区主教的管家，现在大家就管他叫"前任管家神甫"。他七十岁了，住在离城十六俄里的一个修道院里，有时候也住在城里，去到哪儿就住在哪儿。三天前他顺路来到潘克拉契耶夫斯基修道院，主教就留他住下，在空闲时可以同他谈谈公事和此地的情况……

一点半钟时修道院里敲钟做晨祷。传来了西索依神甫的咳嗽声，他在不满地嘟哝着什么，接着他就起床，光着脚在几个房间里走来走去。

"西索依神甫！"主教叫道。

西索依回到自己的房间里，过不久他穿着靴子，举着蜡烛来见主教。他的内衣上面罩着一件法衣，头上戴一顶褪了色的旧法冠。

"我睡不着，"主教坐起来说，"我该是病了。什么病，我不知道。我在发烧！"

"您大概是受凉了，大主教。最好是能给您抹上一些蜡烛油。"

西索依站了一会儿，打个呵欠说："啊，主，饶恕我这个罪人！"

"叶拉金的铺子里今天点上电灯了，"他说，"我不喜欢！"

西索依神甫苍老、瘦削、驼背，总有点不满意，两只眼睛气鼓鼓地突出着像虾眼一样。

"我不喜欢！"他离开时又说了一遍，"不喜欢，随他便吧！"

二

第二天是棕榈主日，主教在本城的大教堂里做了弥撒，后来他到了教区主教那儿，又到了一个年老多病的将军夫人家，最后就坐车回家。一点多钟有两位贵宾在他家里吃饭：他的老母亲和他的外甥女卡佳——一个七八岁的小姑娘。吃饭时，春天的艳阳从外面射进窗户，欢乐地照着白桌布和卡佳的棕红色头发。穿过双层窗传来了花园里白嘴鸦的聒噪和椋鸟的歌声。

"我们已经有九年没见面了，"老母亲说，"昨天我在修道院里一看到您，主啊！您一点没有变，只是人稍许瘦了些，胡子长了一点。圣母啊，圣母！昨天做彻夜祈祷时，没法忍住，大家都哭了。我瞧着您，突然间也哭起来了，为什么哭，我自己也弄不清楚。这是上帝的神圣意旨啊！"

虽说她讲话的口气很亲切，但她显然感到拘束，仿佛她不知道该称呼他什么，是称呼"你"还是"您"，该笑还是不该笑，她仿佛感到自己与其说是主教的母亲，不如说是一个助祭的妻子。卡佳目不转睛地看着舅舅，主教大人，似乎想看出他是个什么人。她的头发往上梳，插着一把小梳子，束着一根绿绒带，光彩夺目；她生着一个狮子鼻和一对调皮的眼睛。在坐下来吃饭前，她打碎了一个杯子，所以现在她外婆一面讲话，一面把茶杯或酒杯从她面前移开。主教听着他母亲讲话，他想到了从前，许多许多年以前，她带着他，带着他的兄弟姐妹去看她认为是阔绰的亲戚，那时候她为儿女们张罗，如今呢，又为孙儿孙女们忙碌，可不，她这就带着卡佳来了……

"您姐姐瓦莲卡有四个孩子，"她讲道，"这个卡佳是最大的。上帝才知道您姐夫伊万神甫怎么会得了病，在圣母升天节的前三天死了。我的瓦莲卡现在恐怕要讨饭了。"

"尼卡诺尔怎么样？"主教问起了他的大哥。

"还可以，谢天谢地。虽说并不怎么样，不过该谢谢上帝，总算还过得去。只是有一件事：他的儿子尼古拉沙，也就是我的孙子，不愿意在教会里做事，上了大学，当医生了。他认为这样好一些，可是有谁知道呢！这是上帝的神圣意旨啊。"

"尼古拉沙给死人开膛破肚。"卡佳说。她把水杯碰翻到自己的膝盖上了。

"好孩子，乖乖地坐好，"外婆平静地说，拿走她手里的玻璃杯，"祷告一下吃饭吧。"

"我们好久没见面了！"主教说，他温柔地摩挲母亲的肩膀和手，"妈妈，当初我在国外的时候想念您，非常想念您。"

"谢谢您。"

"常有这种情形：傍晚我坐在一扇敞开着的窗子旁，孤单单的，音乐声传来，我心中突然充满了对故乡的思念，我感到，我似乎什么都可以不要，只求能回家见见您……"

母亲微微一笑，容光焕发，可是她马上又脸色严肃地说：

"谢谢您。"

他的心情不知何故突然变了。他看着母亲，他不明白，她这副恭敬、胆怯的脸容和声调是从哪儿来的，她为什么要这样，他认不得她了。他心里感到忧闷和难过。再加上他的头跟昨天一样痛，两条腿剧烈酸痛，因此他觉得鱼烧得淡而无味，他老是想喝水……

午饭后来了两位阔太太，两个女地主，她们沉着脸，默默地坐了一个半钟头。沉默寡言、耳朵微聋的修士大司祭也来过，他是来接洽公务的。后来，召人做晚祷的钟声响了，太阳落到了树林的后面，一天过去了。主教从教堂里回来后，匆匆祷告一下就躺下睡觉，盖得暖和一些。

他想起午饭时吃的鱼就感到厌恶。月光搅得他心神不宁，后来他听到有人在谈话。在隔壁房间里，大概是在客厅里，西索依神甫正在谈政治。

"日本人现在在打仗，在厮杀。老太太，日本人同黑山人①一样，一个种。他们一起受过土耳其的压制。"

接着响起了玛利亚·季莫菲耶芙娜的声音：

"就是说，我们祷告了一阵后，喝够了茶，就到诺沃哈特诺耶村叶戈尔神甫那儿去了，就是说……"

动不动就是"喝够了茶"或者是"我们喝够了"，好像她一生中只知道喝茶似的。主教慢慢地、懒洋洋地想起了宗教学校和宗教学院。他在宗教学校当过三年希腊语教师，那时不戴眼镜他已经不能看书，后来他接受了剃度，奉派担任学监。接着他进行了论文答辩。他三十二岁那年就被任命为宗教学校的校长，授予了他修士大司祭职位，那时他日子过得十分轻松愉快，似乎这样还要过很久很久，没有一个尽头似的。可是，就在那时他开始生病，人瘦了许多，差一点儿失明，结果他只好遵照医生的嘱咐，放下一切到国外去了。

"后来怎么呢？"西索依在隔壁房间里问。

"后来就喝茶……"玛利亚·季莫菲耶芙娜回答说。

"神甫，您的胡子是绿的！"卡佳忽然惊奇地说着笑起来了。

主教想起了白发苍苍的西索依神甫的胡子真有点绿兮兮的，他也笑了。

"我的天啊，这个小姑娘可真磨人！"西索依大声说，他生气了，"娇生惯养的！坐好！"

主教回想起一座簇新的白色教堂，他在国外生活时就在

---

① 旧译为门的内哥罗人，南斯拉夫的一个民族。

那个教堂里做礼拜，他回想起温暖的海水的哗哗声。他的一套住宅有五个又高又亮的房间，书房里有一张新的书桌，有藏书。他书看得很多，常常写些东西。他还回想起他非常思念故乡，回想起一个双目失明的女乞丐每天在他窗户下唱情歌和弹吉他，听着她唱歌，他不知为什么总会想起往事。可是八年过去了，他被召回俄国，现在已经当了助理教务的主教，一切往事都退到了远处去，朦朦胧胧，像是梦境一般……

西索依神甫举着蜡烛走进卧室里来。

"哎呀，"他惊讶地说，"您已经睡了，主教？"

"怎么了？"

"还早着呢，才十点钟，或许还不到十点钟。我今天买了一支蜡烛，想用蜡烛油给您抹一抹。"

"我发烧……"主教说，他坐了起来，"真的，该想个什么办法。头里很不舒服……"

西索依脱下主教的衬衣，开始用蜡烛油擦他的胸脯和后背。

"就这样……就这样……"他说，"主耶稣基督啊……就这样。今天我到城里去了一趟，去看望了——他叫什么来着？——哦，去看望了司祭西冬斯基……我在他家喝了茶。……我不喜欢他！主耶稣基督啊……就这样……不喜欢！"

三

教区主教年纪老了，很胖，他害上了风湿病或者痛风病，已经有一个月不起床了。彼得主教几乎每天去探望他，代替他接见求助的人。现在他自己生病了，才惊奇地感到所有请求他帮助的事情和为之哭哭啼啼的事情都是空虚的渺小的，求助者的笨拙和胆怯惹他生气，这些大量的渺小和不必要的请求压抑了他的心情，使他觉得，现在他才理解教区主教，后者当初年轻时写过《论意志自由的学说》，现在却似乎整个儿陷进了鸡毛蒜皮的琐事中去了，把什么都忘掉了，也不再想上帝。主教在国外大概对俄国的生活生疏了。这生活在他心目中是不轻松的，他觉得老百姓粗鄙，请托事情的女人愚蠢，令人生厌，而宗教学校的学生和他们的教师则没有知识，有时甚至很野蛮。收文和发文数计几万件，然而这又都是些什么样的公文呀！监督司祭在全教区给年老的和年轻的神甫们乃至他们的妻子儿女打品行分数，五分和四分的都有，有时也打三分，就连这种事他也必须说话、阅读和拟写严肃的公文。确实没有一分钟的空闲，成天战战兢兢，所以彼得主教只有到了教堂里才能安下心来。

尽管他性情温和谦虚，他在人们心中却引起对他的敬畏，而这是他本人所不情愿看到的，对这种敬畏他无论如何习惯不了。在这个省里，所有的人，当他看着他们的时候，都似乎是渺小的，受惊的，自觉有罪的样子。他在场时人人都胆怯，就连年老的司祭长们也不例外，大家都"扑通一声"向他跪下；不久前有一个求助的女人，这是一个乡村教士的妻子，她竟吓得一句话也说不出来，就这么一无所得地走了。他在布道时从来不忍心说人们的坏话，从来也不责备一句，因为他怜惜他们，可是在接见一些求助者时他却常常发怒，冒火，把他们的呈文丢到地上。他在此地的这段时间里，没有一个人诚恳、率直和如人一般地同他讲过话，就连他的老母亲似乎也已经跟以前不一样，完全是另一个人了！试问，为什么她同西索依说话时滔滔不绝，而且多次发笑，而同他，同儿子在一起时，她却显得严肃，通常都不说话，克制她自己，这完全不符合她的性格。为什么？他在场时举止自在、想说什么就说什么的人只有一个，就是西索依老头，这个人一辈子总跟主教们在一起，他的寿命比十一个主教长，因此，同他在一起倒也轻松，虽说他无疑是个难以对付的好口角的人。

星期二做完弥撒以后，主教到教区主教家里去，在那里接见一些求助的人，他激动，生气，后来坐车回家去了。他身体仍旧不舒服，老想上床，可是他刚到家里，就有人向他报告说年轻的商人——施主叶拉金来了，有极其重要的事情，只好接见他。叶拉金坐了将近一个钟头，他说话声音很大，差不多是在叫嚷，很难听懂他在说什么。

"求上帝保佑，要这样才行！"他临走时说，"千万千万要这样！看情况吧，主教大人！我希望这样！"

他走后，一个远方的女修道院的主持司祭来了。等她一走，做晚祷的钟敲响了，该到教堂去了。

晚上，修士们唱歌唱得和谐，充满灵感；主持晚祷的是一个年轻的、留着一把黑胡子的修士司祭，主教听着歌中唱到半夜里来的新郎和装饰华丽的殿堂，他感到的不是对罪恶的忏悔，不是悲哀，而是心灵的安稳和平静，他的思想飞到了遥远的过去，飞到童年时代和少年时代，那时人们也这么唱到新郎，唱到殿堂，现在这往日的生活显得生动、美好、欢乐，实际上大概从来未曾有过这样的往事。也许在另一个世界里，在死后的生活里，我们会怀着这样的感情回想遥远的过去，回想我们现在的俗世生活。谁知道呢！主教坐在祭坛旁，那儿很黑。眼泪在顺着他的脸颊流淌。他想，凡是像他这种地位的人所能得到的东西，如今他都得到了，他有信仰，但并非一切都很清楚，还缺少了一点什么，真不想死。而且他仍然觉得，他没有一种最为重要的东西，过去他朦胧地想望过这种东西，所以，现时使他激动的还是那个在童年、在教会学院和在国外时曾经有过的对未来的希望。

"今天他们唱得真好！"他留心听着歌声想道，"真好！"

四

星期四他在大教堂里主持弥撒，举行的是濯足仪式。教堂里礼拜结束，人们散去各自回家的时候，户外阳光普照，一派温暖和欢乐的景象，水沟里的水在潺潺流动，从城外田野里传来云雀的连续不断的歌唱声，声调温柔，呼吁着安宁。树木已经苏醒，在亲切地微笑，在树木的上方是深不可测、广袤千里的蔚蓝天空，上帝才知道它延伸到什么地方。

彼得主教回到家里后畅饮了茶水，然后换好衣服，躺下睡觉，他吩咐侍从关上了百叶窗。卧室里光线暗淡了。可是，他非常疲乏，两腿和背部痛得厉害，是一种令人难受的、阴冷的疼痛，耳朵里嗡嗡响。这时候他觉得，好像他很久没有睡觉了，很久很久了，而不让他熟睡的是一件什么小事，他刚闭上眼睛，它就在他的脑子里闪现。像昨天一样，从邻近的房间里穿墙传来说话的声音、玻璃杯和茶匙的声音。……玛利亚·季莫菲耶芙娜正在高兴地对西索依神甫讲一件什么事情，言谈中掺杂着许多俏皮话，西索依神甫却用阴郁不满的声调回答说："去它的吧！""哪能这样！""这怎么行！"主教又觉得懊恼起来，后来他甚至感到难过，因为老妈妈跟外人在一起时举止自在、随便，而同他，同儿子在一起时却怯生生的，很少说话，要不她说的也不是她要说的话，他甚至觉得，这些天里当他在场时她总是找借口站起身来，因为她不好意思坐着。那么父亲呢？如果他在世，有儿子在场时他想必会连一句话也说不出来……

隔壁房间里有一样什么东西落在地板上打碎了，大概是卡佳把一只茶杯或者茶碟掉在地上了，因为西索依神甫突然啐了一口唾沫，生气地说：

"带这个小姑娘真受罪，主啊，饶恕我这个罪人吧！东西储备得再多些也不够你摔的！"

接着就安静了，只有从院子里传来一些响声。在主教睁开眼睛时，他看见卡佳一动也不动地站在他的房间里瞧着他。她的往上梳的插着一把小梳子的棕红色头发光彩夺目。

"是你，卡佳？"他问，"谁在楼下不断开门关门？"

"我没听见。"卡佳回答说，她仔细听着。

"听，现在有个什么人走过去了。"

"那是您肚子里在响，舅舅！"

他笑起来，摩挲她的脑袋。

"你是说，尼古拉沙给死人开膛破肚吗？"他沉默了一会儿问道。

"是啊，他在学。"

"他好吗？"

"不错，他好。只是他伏特加喝得太多。"

"你父亲是生什么病死的？"

"爸爸身子弱，瘦得很，他的喉咙突然痛得厉害。那时我也病了，我弟弟费佳也病了，大家都是喉咙痛。爸爸死了，舅舅，我们的病好了。"

她的下巴抖了起来，眼睛里出现了泪水，顺着脸颊往下流。

"主教大人，"她尖声说，哭得很伤心，"好舅舅，我们跟妈妈成了可怜人了……给我们一点儿钱吧……行行好吧……亲爱的舅舅！……"

他也流泪了，激动得很久说不出一句话来，后来他摩挲着她的头，拍了拍她的肩膀说：

"好的，好的，小姑娘。光辉的基督复活节就要来了，到时候我们再商量……我会帮助……我会帮助的……"

母亲悄悄地、怯生生地走进房间，对着圣像祈祷了一阵。她看到他并没有睡，就问：

"您不要喝一点汤吗？"

"不，谢谢……"他回答说，"我不想喝。"

"好像是您不舒服……让我来看看。当然了，哪能不生病呀！整天忙，整天忙，我的上帝啊，看着您都心痛。嗯，复活节周快到了，您休息休息，求上帝保佑，到时候我们再谈吧，眼下我不打算同您谈，不想打搅您。咱们走吧，小卡佳，让主教睡一会儿。"

他想起来，很久以前，当时他还是个孩子，她正是这样，用这种滑稽、恭敬的口气同监督司祭说话的……只有凭她两只异常善良的眼睛、凭她走出房间时匆匆投来的胆怯而又充满忧虑的目光，才能猜出来她是他的母亲。他闭上了眼睛，好像是睡着了，但他两次听到了时钟敲响，还听到了西索依神甫在隔壁咳嗽。母亲又进来过一次，胆怯地看了他一会儿。有个什么人驱车来到了台阶前，听上去像是一辆轿式马车或者四轮马车。突然有敲门的声音，房门砰的一响，侍从走进卧室里来。

"主教大人！"他叫了一声。

"什么事？"

"马车备好了，该去做纪念基督受难的礼拜了。"

"几点钟了？"

"七点一刻了。"

他穿好衣服上大教堂去了。在念全部十二节福音的过程中，他应该一动不动地站在教堂中央，并亲自念了最长最优美的头一节福音。一种振奋和健康的情绪支配着他。头一节福音《现在人子受到尊崇》他背得出来，他念的时候间或抬起眼睛，看见两旁是一片灯火的海洋，听到蜡烛的吱吱声，但是同往年一样，他看不见人，只觉得这还是那些人，他在童年时代和少年时代在教堂里见到的那些人，还觉得以后每年来的也还是同样的那些人，至于到什么时候为止，那就只有上帝知道。

他父亲是助祭，祖父是神甫，曾祖父是助祭，也许，他的整个家族从俄国接受基督教的时候起就属于宗教界，所以他对教堂里做的礼拜，对宗教界和对教堂的钟声的爱是天生的、深厚的、难以根绝的。他在教堂里，尤其是在他参加礼拜的时候，他总感到自己精力充沛，朝气蓬勃，幸福美满。现在的情形也是这样。但在念完第八节福音时，他感到他嗓音弱了，连咳嗽声也听不见了，头痛得厉害，生怕自己会马上倒下去的意念使他不安。果然，他的两条腿完全麻木了，他渐渐不再感到它们的存在，他不明白的是自己怎么还会站着，又是靠了什么还站着，为什么没有倒下……

做完礼拜时已经是十一点三刻了。主教回到家里后立刻脱去衣服躺下，甚至也没对上帝祷告。他说不出话来，而且他觉得他已经站不住了。在他盖被子时，他突然间起意要到国外去，这种愿望到了难忍难熬的程度！似乎是他宁可不要性命，只求不看到这些寒伧的、廉价的百叶窗和低矮的天花板，不想闻到这难闻的修道院气味。能有一个人谈一谈、倾吐一下情愫就好了！

有一个什么人的脚步声在隔壁房间里响了很长时间，他怎么也想不起来这会是谁。房门终于打开了，西索依拿着一支蜡烛和一个茶碗走了进来。

"您已经躺下了啦，主教大人？"他问，"我来是想用和上了醋的白酒给您擦一擦身子。如果擦得透，就会大有好处。主耶稣基督啊……就这样……就这样……我刚才到了我们的修道院……我不喜欢！明天我就要离开这个地方，主教大人，我不愿意再待下去了。主耶稣基督啊……就这样……"

西索依不能久待在一个地方，他觉得，他住在潘克拉契耶夫斯基修道院似乎已整整一年。而主要的是，从他的话里难以弄懂他的家在哪儿，他是否爱什么人或爱什么东西，他是否信仰上帝……他自己也弄不懂为什么他会当上了修士，而且他压根儿没想过这个问题，至于他是在什么时候接受剃度的，这一点在他的记忆里早已磨灭了，好像他生来就是个修士。

"我明天就走。去它的吧，一切都随它去吧！"

"我很想同您谈一谈……就是一直下不了决心，"主教费力地小声说，"要知道，我对这里的人和事都不了解。"

"好吧，我住到星期天再走，就这么办吧，再待下去我是不愿意的了。去他们的！"

"我算得上什么主教呢？"主教小声地继续说，"我该做一个乡村教士，做个教堂执事……要不做一个普普通通的修士……现在的这一切使我感到压抑……感到压抑……"

"什么？主耶稣基督啊……就这样……好，您安心睡吧，主教大人！……那有什么！那哪儿行！祝您晚安！"

主教通宵没合眼。早晨八点钟光景，他开始肠出血。侍从大吃一惊，他先跑去找修士大司祭，接着又跑去请住在城里的修道院医生伊万·安德烈伊奇。医生是一个胖胖的老头，蓄着长长的花白胡子，他为主教诊察了好久，不住地摇头和皱眉，后来他说：

"您知道吗，主教大人？您生的是伤寒病！"

由于大量出血，主教在差不多一个钟头里就瘦了许多，脸色苍白了，憔悴了，脸皮皱了，眼睛大了，好像是老了，身子缩小了，他已经觉得，他好像比所有的人都瘦些，都不足道些，他还觉得，以往的一切好像都已经逝去，到一个很远很远的地方去了，再也不会重现，再也不会延续下去。

"多好啊！"他想道，"多好啊！"

老母亲来了。一看见他布满皱纹的脸和大大的眼睛，她大吃一惊，跪在他的床前，吻起他的脸、肩膀和两只手来。她不知为什么也觉得，他好像比所有的人都瘦些，弱些，都不足道些。她已经忘记了他是个主教，她吻他，就像吻亲密的、亲生的孩子一样。

"巴甫鲁沙，亲爱的，"她开口说，"我的亲人！……我的好儿子！……你怎么变成这个样子啦？巴甫鲁沙，你回答我的话呀！"

卡佳脸色苍白、阴沉，她站在一旁，弄不清楚舅舅出了什么事，为什么外婆脸上的神情如此痛苦，为什么她说出这些动人的悲伤话来。他呢，他已经一句话也说不出来了，什么也弄不清楚了，他觉得，他，一个普普通通的人，迅速和高兴地走在田野上，用拐杖敲打着地面，头顶上是阳光普照的广阔天空，他现在自由自在，像只鸟一样可以想到哪儿去就去哪儿了！

"好儿子，巴甫鲁沙，你回答我呀！"老妈妈说，"你怎么啦？我的亲人！"

"别打搅主教大人了，"西索依穿过房间时气鼓鼓地说，"让他睡一会儿吧……不用说了……有什么可说的呢！……"

来了三位医生，交换了意见后走了。白昼长长的，长得难以置信，接着是黑夜来临，它过了很长很长时间才消逝，星期六凌晨，侍从走到躺在客厅里一张沙发上的老妈妈跟前，请她到卧室去：主教长眠了。

第二天是复活节。城里有四十二座教堂和六个修道院，洪亮的、令人喜悦的钟声从早到晚不停息地响彻城市上空，激荡着春日的空气；鸟儿在歌唱，灿烂的太阳在照耀。在巨大的集市广场上喧哗热闹，秋千在摆动，手摇风琴在演奏，手风琴在尖叫，不时可以听到醉汉们的说话声。在一条主要街道上，中午后，开始了骑着快马闲游的活动，总之，大家都高高兴兴，一切都如意圆满，完全同去年的情况一样，而且十之八九明年也会同这一样。

过了一个月，新的助理教务的主教奉命上任，已经没有人想起彼得主教了，后来就干脆把他忘记了。已作古者的母亲，那个老妈妈，现在住在当助祭的女婿家里，在一个偏僻的小县城里，只有她在傍晚出门去找她的奶牛的时候，在牧场上遇到别的女人的时候，才会讲起她的儿女和孙子孙女，才会讲到她有过一个当主教的儿子，而且她讲起话来畏畏缩缩，生怕人家会不相信她……

大家确实也不全都相信她。

未婚妻

一

　　已经是晚间十点钟左右，一轮望月在花园上空照耀。在舒明家的房子里，好奶奶玛尔法·米哈伊洛芙娜吩咐做的彻夜祈祷刚刚结束。娜佳走到花园里稍待一会儿，此刻她看见：大厅里正在摆开桌子，准备吃点心，穿着一身华丽的绸衣裙的祖母在忙碌着；安德烈神甫，大教堂司祭长，正在同娜佳的母亲尼娜·伊万诺芙娜谈着一件什么事情。这时候在夜晚的灯光下隔窗望去，不知道因为什么，母亲显得很年轻。安德烈神甫的儿子安德烈·安德烈伊奇站在一旁留心地听着。

花园里静悄悄的，挺凉爽，地面上铺着一些昏暗宁静的阴影。可以听到，在远处一个什么地方，大约是在城外，不少青蛙在鸣叫。令人感觉得到五月的气息，可爱的五月！可以深深地呼吸了，不禁想到：并非在这里，而是在别的什么地方，在天空之下，在树木之上，在城市的近郊，在田野上，在树林里，春天的生机正在蓬勃展开，神秘、美好、丰富和神圣的生机，脆弱而造孽的人所不能理解的生机。不知为什么真想哭上一场。

她，娜佳，已经二十三岁了。从十六岁起她就热望出嫁，现在终于成了安德烈·安德烈伊奇的未婚妻，现在他正站在窗子那一边。她喜欢他，已经决定在七月七日举行婚礼，可是她并不感到高兴，夜间睡不好觉，快乐心情不知去向……厨房位于正房的地下室，从敞开着的窗户里听得见那儿的人都在忙，笃笃笃地用刀子剁着，而装在滑轮上的房门在嘭嘭作响，飘出一股烤鸡和醋渍樱桃的气味。不知为什么她觉得，现在似乎一辈子都会这么下去，没有变化，没有结局！

这时有个人从屋里出来，在台阶上站住。这人名叫亚历山大·季莫费伊奇，或者，随便一些，叫萨沙，是大约十天前从莫斯科来的客人。很久以前，祖母有个远亲玛丽娅·彼得罗芙娜，是一个贵族出身的穷寡妇，个子矮小，瘦弱多病，常来找祖母请求接济。萨沙就是她的儿子，不知为什么，提到萨沙时大家都说他是个出色的画家。他母亲去世后，祖母为了拯救自己的灵魂，把他送进莫斯科的科米萨罗夫斯基学校去读书。两年左右后他转入绘画学校，在那儿待了差不多十五年，勉勉强强在建筑系毕业，可是他并未从事建筑工作，却在莫斯科一家石印厂里做事。他几乎每年夏天都到祖母家来，总是身带重病来此地休息和调养。

此刻他穿着一件扣上纽扣的常礼服和一条旧的底边已经磨损的帆布裤，他的衬衫没有熨过，周身上下显出没精打采的样子。他很瘦，眼睛大大的，手指头又长又细，蓄着胡子，皮肤黝黑，但很漂亮。他已经惯于跟舒明一家相处，就像同亲人在一起似的，在他们家里他觉得像在自己家里一样。他在这儿所住的一个房间早已叫做"萨沙的房间"。

他站在台阶上，看见了娜佳，就向她走去。

"你们这儿真好。"他说。

"当然好啦，您应该在这儿住到秋天。"

"是的，大概会这样。也许，我在你们这儿要住到九月份。"

他莫名其妙地笑将起来，在她一旁坐下。

"我坐在这儿看妈妈，"娜佳说，"从这儿看去，她显得多么年轻！不错，我妈妈有许多弱点，"她沉默了一会儿补充说，"但她毕竟是一个不寻常的女人。"

"是的，是一个好人……"萨沙同意说，"您的母亲，就她自己的特点来说，当然，还是一位善良可爱的女人，可是……该怎么对您说呢？今天一清早我偶然走进你们的厨房，四个女仆在那儿干脆就睡在地板上，没有一张床，没有被褥，只有一些破烂，气味难闻，还有臭虫、蟑螂……仍是二十年前那种情形，没有丝毫变化。说到祖母，求上帝保佑，祖母总归是祖母，可是，您的母亲呢，她也许还会讲讲法国话，还演演戏什么的，看来，她似乎是该清楚的。"

萨沙在讲话时常在听话人面前伸出两根瘦长的手指。

"由于不习惯，这儿的一切总使我觉得奇怪，"他接着说，"鬼知道，这儿任何人都不干事。您母亲整天玩，像个公爵夫人似的，祖母也是什么事都不做，您呢，您也是这样。您的未婚夫，安德烈·安德烈伊奇，也是啥事都不干。"

娜佳去年就听到过这些话，似乎前年也听到过，她知道萨沙不会议论别的东西。以前这些话使她感到好笑，现在呢，不知为什么，她听着却觉得烦恼。

"这都是一些老话，早让人听厌了。"说着她站起身来，"您该想出一些比较新鲜的东西来。"

他笑了，也站了起来，两人一道向屋子走去。她个儿高高的，美丽匀称，现在同他并排站着显得非常健康和华丽。她感到了这一点，她可怜他，而且不知为什么感到不自在。

"您总说许多废话，"她说，"喏，您刚才讲到了我的安德烈，可是要知道，您并不了解他。"

"'我的安德烈'……去他的吧，您的安德烈。我为您的青春感到惋惜。"

他们走进大厅时，那儿人们已经就席吃饭了。祖母，或者按家里人对她的称呼，好奶奶，胖墩墩的，不漂亮，两道眉毛浓浓的，还有唇髭，说话声音很响。单凭她说话的声调和口气就可以看出，她在这里是一家之长。集市上好几排店铺和一幢古老的有圆柱和花园的房屋都是属于她的，可是她天天早晨要流着眼泪做祷告，求上帝保佑她别破产。她的媳妇，娜佳的母亲尼娜·伊万诺芙娜，是一个长着金黄色头发的女人，她总将腰带束得紧紧的，戴着一副夹鼻眼镜，每个手指上都戴着钻石戒指；安德烈神甫是个掉了牙的瘦老头，他脸上总有一种表情，似乎他打算说一件很有趣的事情；他的儿子安德烈·安德烈伊奇是娜佳的未婚夫，他丰满漂亮，一头鬈发，像是一个演员或者画家——这三个人正在谈着催眠术。

"在这儿住上一个星期，你身体一定会复元，"好奶奶转向萨沙说，"不过你得多吃点儿。瞧你像个什么啦！"她叹口气说，"你面色可怕！真的，你真成了一个浪子了。"

"把父亲赠予的资财挥霍一尽后，"安德烈神甫两眼含着笑意慢慢地说，"该死的他就同一些无头脑的牲畜一块儿放牧①……"

"我喜欢我的爸爸，"安德烈·安德烈伊奇碰一碰父亲的肩膀说，"他是个可爱的老人，善良的老人。"

大家沉默了一阵。萨沙突然笑将起来，用餐巾捂住了嘴。

"这么说来，您相信催眠术？"安德烈神甫问尼娜·伊万诺芙娜。

"当然，我不能肯定说我相信，"尼娜·伊万诺芙娜作出一种十分认真甚至严厉的样子回答说。"可是，我必须承认，自然界有许多神秘不可解的东西。"

"我完全同意您的说法，不过我还该加上一句：宗教信

---

① 在《圣经》中的《路加福音》里讲到了一个浪子。

仰为我们大大地缩小了神秘事物的范围。"

这时端上来一只肥大的火鸡。安德烈神甫和尼娜·伊万诺芙娜继续谈着。钻石在尼娜·伊万诺芙娜的手指上闪光，后来泪水在她眼睛里发亮，她激动起来了。

"虽然我不敢跟您争论，"她说，"不过您会同意：生活中有许许多多解决不了的谜。"

"一个也没有，请您相信。"

晚饭后，安德烈·安德烈伊奇拉小提琴，尼娜·伊万诺芙娜弹钢琴为他伴奏。十年前他在大学语文学系毕业，可是没有在任何地方做过事，不曾有过固定工作，只是偶尔参加一些具有慈善性质的音乐会，城里人因此就称他为演员。

安德烈·安德烈伊奇在演奏，大家默默地听着。桌上的茶炊在轻轻地沸滚，只有萨沙一人在喝茶。后来时钟敲了十二下，小提琴上突然断了一根弦，大家笑了，一个个都忙乱起来，开始告辞。

送走未婚夫后娜佳回到了楼上自己的房间。她同母亲都住在楼上（祖母占用着底层）。楼下大厅里的灯火开始熄灭，而萨沙还坐在那儿喝茶。他喝茶的时间一向很长，像莫斯科人一样，一喝就要喝上七大杯。娜佳解衣上床后好久还听见楼下女仆们在收拾房间，听见好奶奶在发脾气。一切终于都静下来了，只是偶尔可以听见萨沙在楼下他自己的房间里低沉地咳嗽。

二

娜佳醒来时大概是两点钟光景，天开始破晓。在远处一个什么地方，有守夜人打更。她不想睡了，躺在床上觉得软绵绵的，不舒服。就像在以往的五月之夜那样，她坐在床上思忖起来。可是她想到的还是昨夜想到过的那些事情，单调，没意思，令人腻烦，想到了安德烈·安德烈伊奇追求她向她求婚的情景，想到了她怎样同意，而后来她又怎样渐渐看清了这个善良而又聪明的人的优点。可是现在，离开举行婚礼的日子不过一个月的现在，不知为什么她却开始感到恐惧和不安，像是有什么朦胧艰难的东西在等着她似的。

"滴克——笃克，滴克——笃克……"守夜人懒洋洋地在打更，"滴克——笃克……"

从古老的大窗户望出去，可以看见花园以及远处盛开着的丁香花丛，花儿由于寒冷显得萎靡和无生气，白白浓浓的迷雾缓缓地向丁香丛飘去，要把它遮掩。远处的树上有几只昏昏欲睡的白嘴鸦在啼叫。

"我的上帝啊，为什么我这么难过？"

也许，每个未婚妻在结婚前都有这种心情。谁知道呢？莫非这是受了萨沙的影响？可是这些话是他这几年来一直说的呀，就像背书一样，而且他说话时让人觉得他幼稚和古怪。可是为什么萨沙仍然在她脑际萦回？为什么？

守夜人早已不打更了。鸟雀开始在窗下和在花园里喧闹，迷雾已从花园消散。四周的一切都被春天的阳光照亮，好像洋溢着微笑似的。很快，整个花园苏醒过来了，太阳照暖了它，阳光抚爱着它，钻石般的露珠在树叶上闪亮。古老的荒芜已久的花园在这个早晨显得十分年轻和华丽。

好奶奶已经醒了。萨沙粗声粗气地咳嗽起来。可以听见楼下已经准备好茶炊，还听见搬动椅子的声音。

时光走得很慢，娜佳早已起床，已在花园里散步好久，而早晨还在慢慢地延续着。

尼娜·伊万诺芙娜出现了，她泪痕斑斑，手里拿着一杯矿泉水。她在研究招魂术和顺势疗法，读了许多书，喜欢谈她易于产生的种种怀疑。在娜佳看来，所有这一切似乎都含有深刻而又神秘的意义。此刻娜佳吻了吻母亲，同她并排一起走。

"你哭什么，妈妈？"她问。

"昨晚临睡前我开始看一部中篇小说，写的是一个老人和他的女儿。老人在某个地方工作，上司爱上了他的女儿。我没有读完，但小说中有这么一个地方，读了它难以忍得住眼泪，"尼娜·伊万诺芙娜说，从杯子里喝了一口水，"今天早晨我想起了这一段描写，又哭了。"

"这些天我心里很闷，"娜佳沉默一会儿说，"为什么我夜里睡不着觉呢？"

"我不知道，亲爱的，而我每逢夜间睡不着觉时，就把眼睛闭得紧而又紧，喏，就是这个样子，想想安娜·卡列尼娜，想想她怎么走动和怎么说话，或者想想古代历史上的某一件事情……"

娜佳感到，母亲不理解她，而且也不能理解。这种感觉是她有生以来第一次才有，她甚至害怕起来，想藏起来，于是她就回自己的房间去了。

下午两点钟，他们坐下来吃午饭。那是星期三，是斋日，因此给祖母端上的是素的红甜菜汤和鳊鱼粥。

为了揶揄奶奶，萨沙既吃他的荤汤，也吃素的红甜菜汤。吃饭时他一直说笑话，可是他的笑话显得笨拙，总打算劝人为善，所以结果是笑话完全不可笑。他在说俏皮话前总要举起长长的消瘦的死人般的手指，这使人想到他病得很重，也许会不久于人世，这就使大家会为他难过得流泪。

饭后，奶奶回自己房间休息。尼娜·伊万诺芙娜弹了一会钢琴后也走了。

"啊，亲爱的娜佳，"萨沙开始例行的饭后闲谈，"如果您能听我的话，那就好了！那就好了！"

她坐在一张古老的深圈椅里，闭上了眼睛。他在房间里慢慢踱步。

"如果您出去学习，那就好了！"他说，"只有文明的人、崇高的人方才是有意思的，而需要的也正是这种人。要知道，这种人越多，天国就会越快地来到人间。到那时，你们的城市慢慢地彻底毁灭，一切都会翻个底儿朝天，一切都会变样，像是施了魔法似的。到那时，这里就会有宏大华美的房屋，有奇妙的花园，有罕见的喷泉，有卓越的人……然而这并不是主要的。主要的是：到那时，将不会有我们所指的芸芸众生，像现在这种样子的芸芸众生，将不会有这一种不幸现象，因为每个人都会有信仰，每个人都会知道他为什么而活着，而且谁都不会到芸芸众生中去寻找支柱。亲爱的，好姑娘，您走吧！您该向大家表示，对这种一潭死水似的灰溜溜的造孽生活您已经厌恶了。您至少要向自己表明这一点！"

"不行，萨沙。我要出嫁了。"

"唉，算了吧！根本没有必要！"

他们走进花园，在一起溜达了一会儿。

"不管怎么样，我亲爱的，应该好好想一想，应该明白：你们这种游手好闲的生活非常不干净，非常不道德，"萨沙继续说，"您要了解我的意思，打一个比方来说吧，如果您、您的母亲和您的好奶奶什么事情都不做，那就意味着有别人在为你们干活，你们在吞食着别人的生命，这难道干净吗？难道不肮脏吗？"

娜佳想说："是的，这话实在。"她想说，她明白这一点，可是，她的眼睛里涌出了泪水，她突然默不作声了，整个身子瑟缩起来，她回自己房间去了。

傍晚时分安德烈·安德烈伊奇来了，他像平常一样拉了很长时间的小提琴。一般说他并不健谈，也许，他之所以喜欢拉小提琴，是因为在演奏时可以不说话。十点多钟了，离去时已经穿上大衣的他抱住娜佳，开始贪婪地吻她的脸、肩膀和手。

"宝贝儿，我亲爱的，我的美人！……"他喃喃地说，"啊，我多么幸福！我高兴得发疯了！"

她觉得，这种话她早已听见过，很早就听见过，要不就是在书里读到过……在一部破旧的早就被遗忘的长篇小说里读到过。

大厅里，萨沙坐在桌旁喝茶，五只长长的手指托着茶碟；奶奶在用纸牌占卦；尼娜·伊万诺芙娜在看书。圣像面前的长明灯里火苗在爆响，一切似乎都宁静平安。娜佳告辞后上楼回到自己的房间里，她一躺下就睡着了。可是如同昨夜一样，天刚破晚，她已经醒了。她不想睡觉，感到心里不安和难过。她坐着，把头放在膝盖上，想着未婚夫，想着婚礼……不知为什么她想起，她母亲并不爱已故的丈夫，现在她一无所有，生活上完全依赖她的婆婆，也就是依赖好奶奶。娜佳左思右想，怎么也弄不懂：为什么一直到现在她总以为她母亲有什么特别的非凡的地方？为什么她没有看出这是一个普通平常的不幸女人？

楼下的萨沙也不在睡觉，可以听见他的咳嗽声。娜佳暗想：他是个古怪和天真的人，在他的幻想里，在他讲的奇妙花园和罕见喷泉里，都使人觉得有一种荒唐的东西；然而，不知为什么，他的天真，甚至他的这种荒唐却又非常美好，以致她一想到该不该出去学习，就有一股凉爽之气沁透她的整个心胸，使她感到欢悦和兴奋。

"不过还是不想为好，还是不想为好……"她小声说，"不该想这种事情。"

"滴克——笃克……"守夜人在一个远远的地方打更。"滴克——笃克……滴克——笃克……"

三

六月中旬萨沙突然感到无聊起来，他打算回莫斯科去。

"我不能住在这个城里，"他阴郁地说，"没有自来水，也没有下水道！我吃饭感到腻烦，厨房里脏得令人不能忍受……"

"再住一阵吧，浪子！"奶奶不知为什么小声说，"婚期就在七号！"

"我不想再等了。"

"你本来打算在我们家住到九月份呢！"

"可是现在我不想再住下去了。我要工作！"

这年的夏天潮湿和阴冷，树都是潮乎乎的，花园里的一切都显得无精打采、单调凄凉，人确实不由得想工作。楼上和楼下的房间里响起了好几个陌生女人的说话声，奶奶的房间里有人在踏缝纫机，——这是在赶制嫁妆。光毛皮大衣就为娜佳准备了六件，据奶奶说，其中最便宜的一件也值三百卢布！这种忙乱惹萨沙生气，他坐在房间里发怒；可是大家总算劝说成了，他答应在七月一日走，不会提前。

时间过得真快，圣彼节那天吃过午饭后，安德烈·安德烈伊奇同娜佳一起上莫斯科大街去，再细看一次租下来准备供新婚夫妇使用的房子。这是一幢两层楼房，可是目前还只装修好了二层楼。大厅里有明亮的地板，漆成了细木精镶的样子，有几把维也纳式的椅子，有一架钢琴，有一个小提琴乐谱架。房内弥漫着油漆气味。墙上挂着一幅装在金边镜框里的大油画，画面上是一个裸体女人，她身边有一个淡紫色花瓶，瓶子上的手柄已经断了。

"一幅妙不可言的画，"安德烈·安德烈伊奇说，出于尊敬还吁了一声。"这是画家希什马切夫斯基的作品。"

大厅过去是客厅，厅内有一张圆桌子。一个长沙发和几把蒙着蓝色套子的圈椅。长沙发上方挂着安德烈神甫的大照片，头戴法冠，胸佩勋章。接着他们走进了置有餐柜的饭厅，而后又进入卧室，在这里，在薄暗处并排放着两张床，好像是在布置卧室时人们就认定：将来这儿会永远美满，不可能会是别的样子。安德烈·安德烈伊奇领着娜佳观看各个房间，他一直搂着她的腰；她呢，她感到虚弱和惭愧，她憎恨这些房间、床铺、圈椅，而那个裸体女人更使她恶心。对她来说，已经一清二楚：她不再爱安德烈·安德烈伊奇了，或者是她，也许，从来就没有爱过。可是，这话该怎么说出口，该向谁说，为了什么去说——对此她并不明白，而且也不可能明白，虽说她整天整夜想着的就是这件事情……他搂着她的腰，说话语气十分亲切、温雅，他在自己这个寓所里走来走去，感到十分幸福；可是，她处处看到的却只是庸俗，那愚蠢无知使人受不了的庸俗。就连他那只搂着她腰的手她也觉得像是一个铁箍，又硬又凉。她随时都可能逃跑、嚎啕大哭并从窗口跳出去。安德烈·安德烈伊奇把她领进了浴室，他用手触动一下安装在墙上的水龙头，水突然流出来了。

"怎么样？"他说着哈哈大笑起来，"依我的吩咐在阁楼放了个水箱，可以装一百桶水，喏，我和你现在就有水用了。"

他们在院子里散步，然后走到街上，雇了一辆出租马车。路上尘土飞扬，就像浓重的乌云一样，看样子，一场雨就要下来了。

"你不觉得冷吗？"安德烈·安德烈伊奇问，尘土使他睁不开眼睛。

她不作声。

"你记得吧，昨天萨沙责备我，说我什么事也不做，"他沉默片刻后说，"是的，他说得对，极其对！我是什么事也不做，我也不会做。我亲爱的，这是为什么？我甚至在想到有朝一日我会戴着帽徽去机关干差事时心中就会十分厌恶，这是为什么？我一见到律师，或者拉丁语教师，或者市参议会委员，一见到就会非常不痛快，这是为什么？啊，亲爱的母亲——俄罗斯！啊，亲爱的母亲——俄罗斯，你背负着的游手好闲、一无用处的人太多了！压在你身上的像我这样的人太多了，多灾多难的俄罗斯！"

他对"什么事也不做"这一点作概括，认为这是时代的特征。

"等我们结了婚，"他继续说，"我们一起到乡下去，亲爱的，我们将在那儿干活！我们买上它一块不大的土地，要有花园，有河，我们将一起劳动，一起观察生活……啊，这会有多好啊！"

他脱掉帽子，风把他的头发吹动起来。她一边听他说话一边想："上帝啊，我要回家！上帝啊！"就在快要到家的当口，他们赶上了安德烈神甫。

"瞧，我父亲来了！"安德烈·安德烈伊奇高兴地挥动起帽子来。"我喜欢我的老爸，真的，"他一边付钱给车夫一边说，"他是个可爱的老人，善良的老人。"

娜佳走进屋子，她气冲冲的，一脸病容，心中想着整个晚上会有客人，她得接待他们，得面露笑容，得听小提琴演奏，得听各种荒诞无稽的谈话，还得专门谈谈婚礼的事。奶奶在茶炊旁边坐着，她穿着华丽的绸衣，自尊自大，目空一切，在客人面前她好像总是这样的。安德烈神甫走进来，面露费解的笑容。

"看见您非常健康，我深感愉快和宽慰。"他对奶奶说，很难弄明白，他这是在开玩笑还是认真说的。

四

风敲打着窗子和屋顶。不断地响着嗖嗖嗖的声音。家神在火炉里凄婉忧郁地唱歌。是夜里十二点多了。屋里所有的人都已经躺下，可是谁也没睡着。娜佳总觉得楼下似乎有人在拉小提琴。听到一下刺耳的声音，该是一块百叶窗脱落了。过一会儿尼娜·伊万诺芙娜只穿着一件衬衫走了进来，手中拿着一支蜡烛。

"是什么东西在碰撞作响，娜佳？"她问。

母亲把头发扎成了一条辫子，她神色怯懦，在这个风雨之夜显得苍老、难看、矮小。娜佳想起，不久前她还认为她母亲是个不寻常的女人，听母亲说话时她还感到自豪。可是现在她却怎么也想不起母亲说过的话，而还记着的却尽是一些十分乏力和无用的话。

火炉里响起了好几个男低音的歌声，还仿佛听到了"唉，唉，我的上帝！"的声音。娜佳在床上坐起来，突然她牢牢抓住自己的头发嚎啕大哭起来。

"妈妈，妈妈，"她说，"我的亲妈，要是你知道我怎么啦，那就好了！我请求你，我恳求你，让我走吧！我恳求你！"

"到哪儿去？"尼娜·伊万诺芙娜莫名其妙，她在床沿坐下问道，"到哪儿去？"

娜佳哭了很长时间，一句话也说不出来。

"让我离开这个城市吧！"她终于说话了，"不应举行婚礼，也不会有这个婚礼，你得明白！我不喜欢这个人……我连谈都不愿意谈到他。"

"不，我的亲人，不，"尼娜·伊万诺芙娜吓坏了，她急忙说，"你安静一下，这是由于你心情不好。这会过去的。这种情形是常有的。大概是你跟安德烈吵嘴了吧。不过，相爱的人吵架只是寻开心。"

"得了，你走吧，妈妈，你走吧！"娜佳痛哭起来。

"是啊，"尼娜·伊万诺芙娜沉默一会儿说，"不久前你还是个孩子，是个小姑娘，可是现在已经是未婚妻了。在自然界，新陈代谢永不间断，你会不知不觉就成为母亲和老太婆，你也会像我一样有这么一个倔强的好女儿。"

"我亲爱的好妈妈，你聪明，你不幸，"娜佳说，"你很不幸。为什么说这些庸俗的话呢？求求你，告诉我，为什么要说呢？"

尼娜·伊万诺芙娜想说些什么，可是她说不出一句话来，哽咽一声就回自己房间去了。火炉里又响起呜呜呜的声音，突然使人感到可怕。娜佳从床上跳下，迅速走进母亲的房间。泪痕满面的尼娜·伊万诺芙娜躺在床上，盖着一条浅蓝色的被子，手里拿着一本书。

"妈妈，你听我讲完！"娜佳说，"我恳求你好好想一想，恳求你理解我！你得明白，我们的生活多么微不足道，多么有损尊严。我眼睛亮了，我现在什么都看得清清楚楚了。你的安德烈·安德烈伊奇是哪号子人呢？要知道，他并不聪明，妈妈！主啊，我的上帝！你得明白，妈妈，他愚蠢！"

尼娜·伊万诺芙娜霍地坐起身来。

"你和奶奶都折磨我！"她啜泣一声说，"我要生活！生活！"她说着用小拳头捶了两下胸口。"给我自由吧！我还年轻，我要生活，而你们却使我成了一个老太婆！……"

她痛苦地哭起来，躺了下去，在被窝里蜷起身子，以致显得十分弱小、可怜、愚蠢。娜佳回到自己的房间里，穿好衣服，坐在窗旁等待早晨的来到。她坐着想了一整夜，户外有个什么人一直在敲打百叶窗和吹口哨。

早晨奶奶抱怨说，夜间大风吹落了花园里的全部苹果，还折断了一棵老李树。天色灰蒙蒙，阴沉沉，令人觉得凄凉，暗得简直可以点灯了。大家都在抱怨天冷，雨点在敲打着窗子。喝过早茶后，娜佳走进萨沙的房间，一句话也不说就在墙角里的圈椅旁跪下，双手蒙着脸。

"怎么啦？"萨沙问。

"我受不了了……"她说，"从前我怎么能生活在这种地方，我不明白，我弄不懂！现在我看不起未婚夫，看不起自己，看不起这游手好闲、空虚无聊的全部生活……"

"哦，哦……"萨沙说，他还不明白这是怎么一回事，"这没什么……这挺好。"

"我憎恨这种生活，"娜佳继续说，"在这里我一天也待不下去了。我明天就离开这个地方。看在上帝面上，您把我带走吧！"

萨沙惊讶地看了她一会儿。他终于明白了。像小孩子一样十分高兴。他挥动双手，用便鞋踏起拍子来，高兴得好像是在跳舞似的。

"好极了!"他搓着手说,"上帝啊,这太好了!"

她的两只大眼睛爱慕地看着他,一眨也不眨,像是着了魔似的,期待着他马上会对她说出一些意义无限重大的话来。他什么话都没有说,但她已经觉得,在她面前展开着一种她从前不知道的崭新的远大前景,她充满期望地看着他,决心面对一切,甚至不惜一死。

"我明天动身,"他想了想说,"您上车站去送我……我把您的行李装进我的箱子,我替您买好车票,第三遍铃响时您就进车厢,我们就一起走了。您陪我到莫斯科,然后您一人去彼得堡。您有身份证吗?"

"有。"

"我向您担保,你绝不会遗憾,也绝不会后悔,"萨沙津津有味地说,"到了那里,您将进行学习,往后就听凭命运安排吧。如果您能把您的生活翻个底朝天,那就一切都会改变。主要的是把生活翻个底朝天,其余一切都无关紧要。那么,我们明天一起走?"

"啊,对!看在上帝面上!"

娜佳觉得,她十分激动,她心头从未有这么沉重,她觉得,从此时起到启程她会一直难过,会痛苦地思忖;可是她刚上楼回到自己的房间里,刚在床上躺下,就立刻睡着了,而且睡得非常香,脸上带着泪痕和笑容,一觉直睡到傍晚。

五

派人去叫出租马车了。已经戴上帽子和穿好外衣的娜佳走上楼去，她要再看上一眼母亲，再看上一眼她自己的一切。在自己的房间里，她在还留有余温的床前站了一会儿，向四周环顾一番，接着就轻轻地走去看母亲。尼娜·伊万诺芙娜还在睡觉，房间里静悄悄的。娜佳吻了吻母亲，理了理她的头发，站了两分钟左右……接着她不慌不忙地回到楼下。

外面下着大雨。支起车篷的出租马车停在门口，上上下下都湿淋淋的。

"你同他一起坐不下，娜佳，"奶奶在女仆开始搬箱子上车时说，"这种天气去送行，何苦呢！你留在家里吧！瞧，雨可真大呀！"

娜佳想说些什么，但没能说出口，这时萨沙扶娜佳上车，用车毯盖住她的双腿，接着他自己在她一旁坐下。

"一路平安！求上帝保佑你！"奶奶在台阶上喊道，"你呀，萨沙，从莫斯科给我们来信！"

"好啊！再见，好奶奶！"

"求圣母保佑你！"

"啊，这天气！"萨沙说。

只是在此刻，娜佳才哭出来。现在她已经清楚：她是走定了，而在她向奶奶告辞和在她看望母亲的时候，她对这一点还是不相信的。别了，这座城市！突然间她想起了一切：想起了安德烈，他的父亲，新寓所，裸体女人画像，花瓶——所有这一切已不再使她惊骇和苦恼了，而只是显得幼稚和渺小。这一切都过去了，越离越远。当火车开动，他们在车厢里坐好的时候，过去的一切，原本是那么重大那么严肃的过去，目前已缩成一小团，而一直到目前尚很不显眼的宏大而又宽广的未来却在她面前展示开来了。雨点敲打着车厢的窗子，眼前只见绿油油的田野，电线杆上的鸟儿都纷纷闪过。突然间一种欢悦的心情使得她喘不过气；她想起她这是在走向自由，是去学习，而这就同很久很久以前人们所说的"外出做一个自由的哥萨克"一样。她既笑又哭又祈祷。

"不——错！"萨沙得意地微笑着说，"不——错！"

六

秋天过去了，随之冬天也过去了。娜佳已经忧愁得厉害，她天天想念母亲，想念奶奶，想念萨沙。家里的来信都是平静和善的，似乎一切都已经得到宽恕，一切都已经被忘却。五月间考试完毕，健康欢乐的她动身回家，中途她在莫斯科逗留了一下，看望萨沙。他还是去年夏天那个样子：留着胡子，头发蓬乱，穿的还是那件常礼服和那条帆布裤子，眼睛仍然很美很大；可是他面色不健康，一副疲惫不堪的样子，又老又瘦，不时地咳嗽。不知为什么，娜佳觉得他粗陋土气。

"我的上帝啊，娜佳来了！"他说着快活地大笑起来，"我的亲人，好朋友！"

他们在石印车间里坐了一会儿，那里烟雾腾腾，而浓重的油墨和颜料气味使人气闷。接着他们来到他的房间里，烟雾腾腾，痰迹斑斑，桌上有一个已经凉了的茶炊，旁边摆着一只破盆子，上面放着一小块黑纸，桌子上地板上有许多死蝇。从这里的一切可以看出，萨沙把他的个人生活安排得十分马虎，过日子随随便便，不讲究舒适。如果有人同他谈起他的个人幸福，谈起他的个人生活，谈起他的爱，他会一窍不通，只是一笑了之。

"没什么，一切都顺当，"娜佳匆匆地说，"秋天妈妈到彼得堡看望过我，她说起奶奶不再生气，但常去我的房间，向着墙壁画十字。"

萨沙看上去挺高兴，但他不时地咳嗽，而且说话声音嘶哑。娜佳一直仔细地观察着他，她弄不明白：是他真正病得厉害，还是仅仅她觉得如此。

"萨沙，我亲爱的，"她说，"您该不是生病了吧！"

"不，没什么。是有病，可是不太厉害……"

"啊，我的上帝，"娜佳焦急不安地说，"您为什么不就医？您为什么不保重身体呢？我宝贵的亲爱的萨沙。"她说着泪珠簌簌落下。这时，不知为什么，在她的脑海里浮现出安德烈·安德烈伊奇、裸女画、花瓶以及她的全部过去的生活，而这过去的生活现在看来似乎像童年时代一般遥远了。她哭了，因为她觉得萨沙已经不像过去那么新奇，那么有见识和有意思。"亲爱的萨沙，您病得很厉害。我不知道该怎么做才能使您不如此苍白清瘦。我太感激您啦！您简直想象不出来，您为我做了多少事情，我的好萨沙！实际上您现在是我最贴心最亲近的人。"

他们在一起坐了一会儿，交谈了一阵子。现在，自从娜佳在彼得堡度过了一个冬天之后，她觉得：萨沙本人、他说的话、他的笑容、他的整个形象——都有着一种衰颓陈腐的味道，他的美好时光已经过去，或许它已经进了坟墓。

"后天我将去伏尔加河沿岸旅行，"萨沙说，"嗯，过一阵后我去喝马乳酒①。我想喝点儿马乳酒，和我同行的还有一个朋友和他的妻子。他妻子是个极好的人，我一直在怂恿她，劝说她，要她出去学习。我要她把她的生活翻个底朝天。"

他们谈了一阵后就去了火车站。萨沙请她喝茶吃苹果。火车开动时，他笑吟吟地挥动手帕。就从他那双腿也可以看出：他病得很厉害，未必会活得很长久了。

娜佳在中午抵达故城。在从车站回家途中她觉得街道很宽阔，房屋却又小又矮，街上没有人，只遇见一个德国籍钢琴调音师，他穿着一件棕黄色大衣。所有的房屋都好像是蒙上了一层尘土似的。奶奶已经衰老，像以前一样，胖胖的，不好看。她伸出双臂搂住娜佳，把脸靠在娜佳的肩膀上哭了好久，不能脱开。尼娜·伊万诺芙娜也老了许多，变丑了，好像消瘦了，可是她仍像从前那样束紧腰带，钻石戒指仍在她手指上闪亮。

"我亲爱的！"她说话全身颤抖，"我亲爱的！"

后来她们都坐着默默哭泣。看得出来，奶奶和母亲都感到过去的日子已经一去不复返了：已经没有了社会地位和昔日的荣誉，已经没有资格邀请客人。这情况就像是：在轻轻松松无忧无虑地过日子的当口，警察突然在夜间光临，搜查一通，原来是这人家的主人盗用了公款，制造了伪币，于

---

① 马乳酒有治疗肺结核的功效。

是永别吧，轻松的无忧无虑的生活！

娜佳上了楼，看到了原来的那张床，原来的那些挂着朴素的白窗帘的窗户。窗外还是原先那个花园，充满阳光、欢乐和喧闹。她摸了摸桌子，坐下思忖了一会儿。她吃了一顿丰美的午餐，喝了拌上可口多脂的凝乳的茶，但总觉得已经有所不足，在房间里觉得空虚，就连天花板也低矮了。晚上她躺下睡觉，盖上被子，可是不知为什么，她觉得躺在这暖和柔软的床上挺可笑。

尼娜·伊万诺芙娜走进来稍待了一会儿。她畏畏缩缩小心翼翼地坐下，就像是个有过错的人一样。

"怎么样，娜佳？"她沉默了一会儿问道。"你满意吗？很满意，是吗？"

"我满意，妈妈。"

尼娜·伊万诺芙娜站起身来，在娜佳胸前和在窗户前画十字。

"你瞧，我成了个信教的人了，"她说，"你知道，现在我在研究哲学，一直在思考，思考……现在对我来说，有许多事都变得清清楚楚，像白昼一样。我觉得，首先要像透过三棱镜那样来度过整个一生。"

"告诉我，妈妈，奶奶身体怎么样？"

"似乎不错。那一回，你同萨沙一起走后，收到了你的电报，奶奶一读完就倒下了；她一动不动地在床上躺了三天。后来她一直祈祷上帝，老是哭哭啼啼。现在她还不错。"

她站起身来，在房内走动。

Кукрыниксы. 53

"滴克——笃克……"守夜人在打更。"滴克——笃克，滴克——笃克……"

"首先应该让一生像透过三棱镜那样来度过，"她说，"换句话说，那就是应该让生活在意识中分成一些十分单纯的因素，就好像分成为七种原色一样，应该对每种因素分别进行研究。"

尼娜·伊万诺芙娜还说了些什么，她又是在什么时候离开的——这一切娜佳全都没有听见，因为她很快就入睡了。

五月过去了，六月来临。娜佳在家里已经习惯了。奶奶忙着张罗茶炊，深深地叹气；尼娜·伊万诺芙娜每到晚上就讲她的哲学，而在家里她仍同以前一样，像寄人篱下者似的，每个二十戈比的银币都得向奶奶讨乞。屋里苍蝇很多，房间里的天花板似乎越来越低了。好奶奶和尼娜·伊万诺芙娜都不出门，怕遇上安德烈神甫和安德烈·安德烈伊奇。娜佳在花园里散步，也上街去溜达，她看着房屋，看着灰色的围墙，觉得城里的一切东西都已衰老，都不过是在等待着结局，或者是在等待着一种充满活力的崭新生活的开端。啊，让这光明的新生活快些来临吧，到那时人就可以勇敢地正视自己的命运，意识到自己是正当的，做一个快快乐乐自由自在的人！这样的生活迟早会到来！可不是么，总会有一天，到那时，奶奶家的房子会不留痕迹地消失，会被人忘掉，没有人会记起它来，而现在那里的情况却是：四个女仆只能住在地下室，住在一个肮脏的房间里。能使娜佳开心的只有邻院的几个小男孩，当她在花园里散步的时候，他们就会敲打着板墙，笑着招惹她说：

"新娘！新娘！"

萨沙从萨拉托夫寄来一封信。他用活泼的歪歪扭扭的笔迹写道：他在伏尔加河一带旅游很顺遂，可是在萨拉托夫他有点儿不舒服，嗓音变哑了，躺在医院里已经有两个星期。娜佳明白这些话的意思，一种近于确定性的预感困扰了她。但她感到不快，因为这预感以及有关萨沙的想法不像以前那样使她激动。她热切地想生活，热切地想去彼得堡，以至她觉得她和萨沙的交往虽是亲切的，但已是遥远的过去！她彻底没有合眼，早晨她在窗旁坐下仔细倾听。楼下果真响起了说话声音，不安的奶奶在焦急地询问着一件什么事情，又听见有人在哭……娜佳走到楼下时，泪水满面的奶奶正在墙角里祈祷，桌子上放着一份电报。

娜佳在房内来回走了好久，听着奶奶哭泣，后来她拿过电报来读。电报里说的是：亚历山大·季莫费伊奇，或者按小名称呼，萨沙，昨天早晨在萨拉托夫因患肺痨病去世。

奶奶和尼娜·伊万诺芙娜去教堂安排做安魂祭。娜佳又在几个房间里走了好长时间，边走边想。她清清楚楚地意识到，她的生活已经翻了个底朝天，而这正是萨沙想看到的。现在她在这儿觉得孤独寂寞，格格不入，谁也不需要她，而她也不需要这儿的一切，以前的一切已经同她脱离，好像是烧毁了似的已经消失，连灰烬也随风飘散了。她走进萨沙的房间，在那儿站了一会儿。

"别了，亲爱的萨沙！"她想道。在她面前显现出一种宽广自由的崭新生活，这种生活，尚模模糊糊神秘玄妙的生活，正在招引她，诱惑她。

她到楼上自己的房间里收拾行李。第二天早晨她告辞了家里人，生气勃勃高高兴兴地离开了这个城市，像她所认为的那样：永远地离开了。①

---

① 关于娜佳的出走苏俄作家 B.B.魏列萨耶夫写了这么一段回忆文字：

"昨天，在高尔基家里我们读了契诃夫的新作《未婚妻》的校样……

"安东·巴甫洛维奇问道：

"您觉得这篇小说怎么样？

"我犹豫了一下，但决定坦率地说出自己的看法：

"安东·巴甫洛维奇，姑娘们不是这样走向革命的。像您的娜佳那样的姑娘是不会参加革命的。

"他的目光警惕而又严峻：

"——有各种各样走向革命的道路。"（参见：《同时代人回忆契诃夫》，第450 页。）

А.П.ЧЕХОВ

ПАЛАТА № 6

图书在版编目(CIP)数据

第六病室：契诃夫小说精选/(俄罗斯)契诃夫著；
朱逸森译. —上海：上海译文出版社,2022.11（2024.11 重印）
（译文经典）
ISBN 978-7-5327-9130-9

Ⅰ.①第… Ⅱ.①契… ②朱… Ⅲ.①短篇小说—小
说集—俄罗斯—近代 Ⅳ.①I512.44

中国版本图书馆 CIP 数据核字(2022)第 200458 号

第六病室：契诃夫小说精选
[俄] 契诃夫 著 朱逸森 译
责任编辑/刘晨 装帧设计/张志全工作室

上海译文出版社有限公司出版、发行
网址：www.yiwen.com.cn
201101 上海市闵行区号景路 159 弄 B 座
山东韵杰文化科技有限公司印刷

开本 787×1092 1/32 印张 10.5 插页 5 字数 169,000
2022 年 12 月第 1 版 2024 年 11 月第 3 次印刷
印数：11,001—14,000 册

ISBN 978-7-5327-9130-9
定价：56.00 元